D1440391

LA DAME DE BEAUTÉ

JEANNE BOURIN

LA DAME DE BEAUTÉ

Roman

LA TABLE RONDE
40, rue du Bac, Paris 7ᵉ

Certes, c'était une des plus belles femmes que je vis oncques.

Olivier de la Marche.

A table, au lit, au conseil, il fallait toujours qu'elle fût à ses côtés.

Pie II (Extraits des Mémoires).

Entre les belles, c'était la plus jeune et la plus belle du monde.

Jean Chartier,
chroniqueur de Saint-Denis.

Pour une autre Agnès...

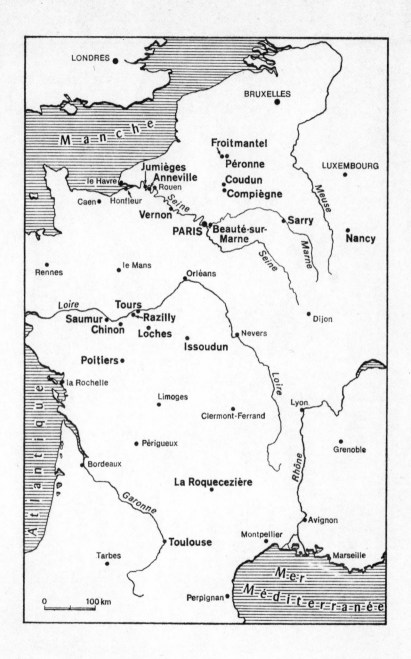

PREMIÈRE PARTIE

LA RENCONTRE

Un sein nu. L'autre reste caché par la soie cramoisie de la chemise qui a glissé le long de l'épaule au cours de la toilette. Entre eux, au plus creux, au plus chaud de la peau, luit une médaille.

Dans le miroir qu'elle tient à la main, Agnès observe son reflet. D'un doigt parfumé d'essence de jasmin, elle suit le ferme contour de sa chair, en dessine l'épanouissement. Par sa rondeur, sa blancheur, sa douceur et jusqu'au rose corail de la pointe, c'est un fruit sans défaut.

« Il n'y en a guère... »

Si ce n'est pas un péché d'être belle, ni même de le savoir, s'enorgueillir en serait un. Il faut y prendre garde.

Agnès remonte sur sa gorge la soie aux reflets de sang et se demande par quelle miraculeuse intervention de sa sainte patronne elle est encore vierge à vingt et un ans, après un assez long séjour parmi les filles d'honneur de madame Isabelle de Lorraine, duchesse d'Anjou !

C'est que la vie n'était pas précisément morose à la cour du roi René ! Joutes, fêtes, galanteries à l'italienne s'y succédaient sans trêve. Parmi les plaisirs et l'insouciance, dans la gaieté tourbillonnante, on parvenait presque à oublier les ravages, les misères atroces que coûtait à la France, depuis tant d'années, la lutte sans merci livrée contre l'Anglais. Cependant, ce n'était pas toujours avec bonne conscience. Au milieu d'un geste, au cœur de la foule rieuse, le rappel soudain des malheurs vécus par d'autres fustigeait parfois un des acteurs de la comédie, le laissant sans voix, statue de sel figée par le souvenir.

Enfin, grâce à Dieu qui a inspiré le long, patient, et douloureux ouvrage de messire le roi, on voit, chaque jour davantage, se rapprocher la fin de tant de maux. Si les plaies saignent encore, l'espoir, partout, a repris racine.

Pendant ce temps, René d'Anjou, le trop léger souverain de Sicile, a perdu son royaume transalpin et s'est vu contraint de rejoindre ses possessions françaises. Adieu, l'Italie!

« Le divertissement est terminé. Me voici donc à Toulouse qui a l'apparence d'une bonne ville. Je suis curieuse de savoir ce qui m'y attend! »

La fenêtre de la chambre où sont logées les suivantes de la duchesse est garnie, luxe qu'Agnès apprécie, de petits carreaux de verre enchâssés dans du plomb. A travers eux, parce que la pièce est située tout en haut d'une des huit tours du château Narbonnais, occupé à présent par le roi de France et ses hôtes, on peut voir, embrassée par la Garonne, la ville rose, ses campaniles, ses clochers, ses immenses nefs, ses maisons aux toits de tuiles plates. Toute proche, la tour de l'horloge, carrée, haute de cinq étages, donne doublement l'heure sur chacun de ses deux cadrans.

« Deux cadrans, deux visages, tel Janus. Un triste, un gai. Lequel sera celui de mon destin? Dois-je craindre un avenir sombre, à l'image du drame des cathares, qui furent gens de par ici? Dois-je espérer des jours souriants comme les adeptes du Gay Sçavoir, dont certains logent tout près de ces murs? »

Présentée dans un moment au roi, à la reine, à la cour qui a suivi le souverain dans son voyage en Languedoc, Agnès va sans doute se trouver mêlée à toutes sortes de gens, d'événements nouveaux.

« Les filles d'honneur de la duchesse, ces têtes folles, ne parlent plus, depuis notre arrivée ici, que de Pierre de Brézé, le sénéchal du Poitou. La renommée de ses perfections est venue au-devant de nous, sur le chemin. Il est, paraît-il, le modèle des chevaliers! Sans l'avoir jamais rencontré, chacune l'imagine comme Lancelot du Lac en personne! Il semble également que le jeune beau-frère du roi, messire Charles, comte du Maine, soit un jouvenceau plein de grâce, mais on chuchote qu'il déniche pour le roi des filles faciles dont celui-ci ne dédaigne pas la compagnie... Il y a, c'est certain, grand concours de monde à Toulouse. Y trouverai-je l'amour? Je le souhaite, mais qui le sait? Personne ici-bas. Dieu seul. »

Une pirouette. Ne pas se mettre martel en tête. S'habiller. Pour l'heure, il s'agit de briller parmi les belles du pays et les dames de la cour afin de leur prouver qu'une fille du Nord en vaut bien une du Sud.

« Pourquoi la beauté ne serait-elle pas picarde? »

Du grand coffre arrivé avec elle et déposé dans un coin de la pièce non loin de son lit, elle tire des tissus perlés, brodés de fleurs, de fruits, d'emblèmes de toutes sortes. Elle les examine, les rejette. Cette mode italienne l'amuse, mais ne lui sied pas vraiment. Elle préfère d'instinct ce qui vient de France.

« Pour faire bonne mine en une telle occasion, il me

faut être parée avec simplicité, mais raffinement. Prendre modèle sur madame Isabelle. »

Chacun sait que la duchesse a toujours su déployer autour de son bouillant et magnifique époux un faste délicat que le roi René apprécie en connaisseur.

« Notre sire Charles VII, lui non plus, dit-on, ne manque pas de goût. Il s'intéresse aux lettres, aux arts, à la musique. Pourquoi pas à la mode, puisqu'il aime les femmes ? Au sortir des si rudes années de lutte qu'il vient de vivre, il doit éprouver un profond besoin d'oubli, de repos, de plaisir. Il peut, à présent, songer enfin à autre chose qu'à la reconquête du pays. L'Anglais bat partout en retraite, la paix est faite avec le Bourguignon. Le roi est, de nouveau, maître de son royaume. Dieu le garde ! »

La porte s'ouvre. Une chambrière se glisse dans la pièce. Brune, ronde comme une caille, l'air de quelqu'un qui se rit de sa propre confusion, elle s'excuse :

— Je suis bien en retard pour vous vêtir, demoiselle !

— N'importe, Jacquotte. Il est encore temps.

Agnès choisit une robe de soie améthyste, gainant son buste, se moirant au galbe de ses hanches, et un surcot ouvert, bordé de petit-gris, tombant avec ampleur dans le dos, jusqu'à terre. Une chaîne d'argent ciselé ceint sa taille souple. Elle examine sa tenue dans le miroir que lui tend à présent sa servante, fait la moue :

— Ce décolleté est vraiment trop sage. On devine à peine ma gorge !

— C'est grand dommage, demoiselle !

— Et puis, je n'ai pas assez de ventre. La mode le veut plus bombé. Il va encore falloir glisser sous ma cotte certains petits sacs bourrés de sable...

Comme elle s'est, auparavant, épilé avec soin le front et les sourcils, comme ses cheveux blonds sont déjà enfermés dans une résille, il ne reste plus qu'à poser dessus, les cachant et les enserrant, un atour de tête, haut et pointu, drapé de mousseline d'or et agrémenté d'une bouclette de velours noir afin de souligner la blancheur de sa peau. Un voile transparent flotte au bout de la coiffure.

A l'étage inférieur, une cloche se met à tinter.

— Allons, la mère des filles s'impatiente!

Tout le monde sait que la gardienne des suivantes ne transige pas avec les devoirs de sa charge.

Jacquotte tend à Agnès un mantel de velours ciel doublé de menu vair, et la silhouette sinueuse, gréée de gaze d'or, s'élance vers les degrés.

La presse est grande. La foule des invités s'entasse dans la vaste salle du château narbonnais, à Toulouse, où siège le roi de France.

En attendant l'arrivée de la cour d'Anjou, on parle, on clabaude, on s'exclame, on médite, on loue, on rit, on discute, on s'interpelle...

— Le roi n'aime guère les figures nouvelles. Comment va-t-il accueillir la duchesse Isabelle qu'il n'a pas encore eu l'occasion de rencontrer?

— Bah! Trop de liens l'attachent à la maison d'Anjou pour qu'il fasse grise mine à cette belle-sœur qu'il voit ce jourd'hui pour la première fois. Ce ne seront que sourires.

— Avez-vous remarqué, chère dame, combien la reine supporte mal sa dernière grossesse? Elle est bien fanée, la pauvre! La voici devenue sans âge...

— A trente-huit ans, elle est déjà hors du bruit!

— Les soucis la minent! Tant d'épreuves, tant de

craintes pour notre sire, son époux, pour le trône, pour le pays!

— A ce qu'on prétend, et en dépit de vingt ans de mariage, marqués de bien des infortunes, elle reste fort attachée à son seigneur qui, pourtant, ne s'est jamais privé de la tromper!

— Elle a du mérite à se montrer toujours douce et conciliante.

— Certes. C'est une victime sans tache, mais ce n'est pas une maîtresse femme. Elle ne tient pas de sa mère, la défunte reine Yolande! En voilà une qui avait un caractère solidement trempé!

— Il paraît qu'elle ne se console pas de l'avoir perdue.

— C'est une blessure encore fraîche! La reine Yolande, qui était son soutien et son guide est retournée à Dieu (qu'Il la reçoive en Son saint paradis!) il y a bien peu de temps!

— C'était en novembre, si mes souvenirs sont bons.

— Un deuil de plus! Quelle pitié! Six enfants morts, son frère, Louis d'Anjou, trop tôt enlevé, et, maintenant, sa mère, qui était le véritable chef de leur maison.

— Il y a de quoi être dolente!

— Sans parler de son état... La voici grosse pour la treizième fois!

— Elle n'a pas de chance avec ses enfants. Il faut qu'ils meurent ou qu'ils lui donnent du souci. Le dauphin Louis n'est qu'intrigue et jalousie!

— Avez-vous vu Pierre de Brézé? Sa robe de velours pourpre est fourrée de zibeline!

— Il est trop beau. Ce ne devrait pas être permis d'avoir tant de charme et de vaillance en même temps!

— Pour devenir le modèle des chevaliers, il faut bien avoir toutes les vertus.

— Plus une : celle de savoir se faire aimer!

— Ne trouvez-vous pas que, depuis un lustre environ, le roi notre sire s'est bellement transformé ? Il a acquis une assurance qui n'aurait même pas été concevable voici seulement cinq ans.

— La quarantaine lui convient mieux que la jeunesse. Avec le succès, la majesté est enfin venue.

— Moi, ma mie, je préfère Charles d'Anjou. J'ai toujours eu un faible pour les blonds... Ce petit comte du Maine est tout à fait à ma convenance.

— Messire Étienne Chevalier n'est pas mal non plus. Je goûte assez ce genre plein de gravité. Sous son apparence austère, il doit cacher une grande sensibilité et pas mal de délicatesse... si j'en crois un mien parent qui est de ses amis.

— Je lui trouve l'air d'un clerc qui aurait fait fortune !

— Quoi que vous en pensiez, messire, le roi, s'il n'est pas beau, ne manque pas de plaire. Il paraît qu'il a toutes les filles qu'il veut.

— Par Dieu ! C'est le roi !

— Certes, mais c'est aussi un homme affable et simple. Nulle morgue dans ses manières. Il est peu de princes aussi courtois que lui. C'est un comportement qui plaît toujours au beau sexe.

— Sans doute. A présent qu'il est redevenu puissant, il peut laisser voir, sans qu'on le brocarde, l'aménité de son caractère.

— Même aux pires heures de l'occupation anglaise, il n'a jamais cessé de se montrer le plus accessible des seigneurs.

— *Ouais !* Je sais que vous êtes de ses fidèles. Moi, que voulez-vous, je le trouve mal bâti pour un si grand prince ! Il est trop maigre. Il manque de prestance. Je n'aime pas son long nez et ses petits yeux.

— Jamais grand nez n'a déparé un visage. C'est

19

le proverbe qui le dit! Quant à ses yeux, ils varient suivant l'humeur du moment. Gris quand il est préoccupé, ils deviennent verts en ses heures de gaieté. Ils sont changeants comme lui. C'est le regard d'un homme que la vie n'a pas ménagé et qui a beaucoup vu.

— Tout, en lui, est insaisissable et divers. Il n'y a pas plus ondoyant que cette nature-là!

— Ce qu'il a encore de moins plaisant, ce sont ses lèvres. Vous ne me direz pas que ce ne sont pas celles d'un jouisseur.

— Pour ça, il a de qui tenir! Isabeau de Bavière, sa garce de mère (le diable l'encorne!) n'était pas de bois, la chienne! Non plus, d'ailleurs que son pauvre père, le roi fol...

— Ma mie, les demoiselles d'honneur de notre reine ont toutes l'air de nonnes. Pourquoi avoir confié à cette face de carême qu'est madame de La Roche-Guyon, la garde des suivantes? Quelques visages avenants n'auraient pas été de trop dans l'entourage des souverains.

— Chut! C'est, sans doute, une utile précaution. On raconte que le roi aurait un peu trop tendance à s'intéresser aux jolies filles...

— Médisance! Je tiens de mon oncle, qui lui sert de bibliothécaire, qu'il ne s'adonne qu'aux travaux de l'esprit. Peu de princes, de nos jours, possèdent sa culture. Il ne cesse d'enrichir sa librairie. On vante aussi la musique de sa chapelle. Savez-vous bien qu'il a coutume de se faire jouer de la harpe, le soir, pendant les veillées?

— Mon cousin, qui est sage, parle surtout de ses dons de cavalier et de joueur de paume. Il assure également qu'il tire fort passablement de l'arbalète et que c'est un redoutable escrimeur.

— Pour ce qui est de l'épée, vous n'avez que trop raison. Souvenez-vous de Montereau...

— Silence! Il est des malheurs qu'il est bon de taire.

— En politique, mon compère, c'est toujours celui qui gagne qui a raison. Notre sire a amené le duc de Bourgogne à faire soumission... alors, je crie : Vive notre sire!

— Ne saluez-vous pas aussi en lui le vainqueur des Anglais?

— J'en remercie Dieu chaque jour! A part les bourgeois de Bordeaux, qui préfèrent vendre leur vin outre-Manche, il n'y a pas une âme dans le royaume qui ne bénisse celui qui est venu à bout des goddons!

— Tout de même, s'il n'y avait pas eu Jehanne la Pucelle...

— Sans doute, sans doute...

— En voilà une qu'on s'est dépêché d'envoyer au ciel pour ne pas en être plus longtemps encombré sur la terre!

— Paix, compère, paix! On la traitait comme une sainte!

— Ce qui n'a pas suffi pour pousser le roi à intervenir en sa faveur. Il l'a laissé condamner sans même lever le petit doigt.

— Il ne pouvait rien contre des juges achetés par l'ennemi.

— C'est ce qu'on prétend... Laissons dire. J'ai mon idée là-dessus.

— Comme la dauphine est charmante, ma mie! Son sort me fait pitié. Foin du dauphin qui la délaisse!

— Elle est d'une pâleur!

— Elle n'a pas de santé. La preuve en est qu'elle ne peut enfanter.

— Moi, je la plains moins que vous deux. Le roi et la

reine l'adorent. Ils la comblent de présents : voyez, elle est parée comme une châsse. N'oubliez pas non plus qu'elle se console des froideurs de son mari en tournant des poèmes...

— Ah! Voici enfin René d'Anjou et sa suite!

— Toujours le même, en dépit de ses déboires. Quelle allure, mes seigneurs!

— C'est l'homme le plus fastueux du royaume... et le plus raffiné!

— La duchesse Isabelle ne lui cède en rien. On la dit très subtile et adroite princesse.

— Observez son maintien tranquille, son calme, son sourire. Elle semble toute douceur. Nenni! C'est une lame d'acier dans un fourreau de soie!

— Voilà une femme, au moins, qui fait honneur à notre sexe!

— Le roi la regarde approcher avec bienveillance.

— Avez-vous vu les filles d'honneur de madame Isabelle? Quel contraste avec celles de la reine!

— Dieu me damne, qu'elles sont jolies!

★

— Par saint Jean, dit le roi, vous avez là, ma mie Isabelle, de bien belles créatures dans votre suite!

— Sire, elles sont vôtres.

Charles VII a un sourire où l'approbation se tempère d'ironie. Sa belle-sœur lui présente l'une après l'autre ses suivantes. Pour chacune d'elles, avec courtoisie, d'une voix chaude qui lui a déjà valu bien des attachements, il trouve un mot de bienvenue.

Une robe de velours vert, doublée de martre, enveloppe son corps anguleux. Un chaperon façonné le coiffe. Des épaules, il s'appuie avec satisfaction au dossier de son trône fleurdelisé. C'est un jour de joie pour lui. De joie et de triomphe. Dans sa capitale languedocienne, il savoure sa gloire encore neuve.

On n'a pas vécu toute sa jeunesse dans l'angoisse, le doute, la honte, sans en être à jamais marqué. Quelques victoires, quelques mois de revanche n'effacent pas les stigmates du malheur, ne suffisent pas à rassasier, à guérir une âme qui, depuis son éclosion a été blessée au vif.

Tout est encore trop récent, trop fragile, pour que le roi ne cherche pas avec avidité à se persuader qu'il ne rêve pas, qu'il vit réellement ces instants d'apothéose, que le cauchemar d'humiliation et d'amertume est enfin terminé.

Aussi, a-t-il voulu que le rude château des anciens comtes de Toulouse soit, lui aussi, transfiguré. Dans la grande salle au riche pavage, décorée sur son ordre de tapisseries à mille fleurs, drapée de velours bleu frappé aux lys de France, il a fait joncher le sol de tapis de laine et de soie achetés pour lui au lointain Orient par son grand argentier, Jacques Cœur. Des bougies parfumées, par centaines, ont été rassemblées pour remplacer le soleil lorsque viendra le crépuscule. Une suave odeur de cire aromatisée se mêle aux parfums des corps oints d'essence de vétiver, de bergamote, de musc, d'origan ou de jasmin.

De son long nez d'homme pour qui comptent les choses de la chair, le souverain hume. De ses yeux attentifs, il examine. En un geste familier, il passe l'ongle de son pouce sur ses lèvres gourmandes. Depuis longtemps, depuis toujours, il a poursuivi le plaisir. Avec une ardeur sans cesse exacerbée, il a traqué, sur de belles proies, les voluptés brûlantes que son tempérament exigeait. A présent, ses jeux secrets ne lui suffisent plus. Parvenu à l'âge des accomplissements, ce souverain à qui tout fut contesté, qui dut tout ressaisir, tout justifier, éprouve dans chacune de ses fibres l'impérieux besoin d'être heureux.

C'est alors qu'il aperçoit, venant vers lui, blonde ainsi qu'une gerbe, flexible à la manière d'un épi, se détachant par son éclat du groupe de ses compagnes, une suivante qui ne lui a pas été présentée.

Un visage clair, lisse, avec des pommettes rondes comme un reste d'enfance, de longs yeux pers où brillent les étincelles du rire, une bouche tendre et belle, une gorge hardie, une taille de guêpe, un sourire qui tremble...

— Sire, permettez-moi de vous présenter la plus jeune de mes filles : Agnès Sorel.

La main du roi enserre le bras du haut fauteuil. D'instinct, il se penche vers celle qui s'incline en une souple révérence.

— Plus que belle, dit-il dans un souffle. La plus belle du monde !

Les prunelles étonnées se lèvent vers lui, se lient un instant aux yeux du souverain dans lesquels vient de s'allumer un tel feu qu'Agnès n'en peut soutenir l'intensité. Elle baisse les paupières, et va, sans plus s'attarder, saluer la reine.

Peu de personnes ont vu la scène, encore moins l'ont comprise.

Isabelle d'Anjou, qui se tient à la droite du souverain, est bien trop avisée pour ne pas en mesurer l'importance. Elle se tourne aussitôt vers le plus jeune frère du roi René, Charles d'Anjou, comte du Maine, qui occupe la place de confiance, debout derrière le roi.

Comme toute la cour, elle n'ignore pas que son habileté égale son ambition, que son rôle de favori comporte certaines charges secrètes, qu'il sait déceler les goûts amoureux du roi et comment rendre consentantes celles que le souverain a remarquées. Tout cela avec grâce, aisance, sans le moindre relent de pourvoyeur ou d'entremetteur louche. Le comte du Maine est, seulement, un gai compagnon à qui l'aplomb et l'adresse sont, avec l'élégance, dons de naissance.

Pour l'instant, il a détourné son attention du trône royal. Sans surprise, la duchesse constate, en suivant la direction de son regard, qu'il semble soudain porter un intérêt des plus vifs à une robe améthyste qui s'éloigne dans la foule.

A cet instant, Charles VII, qui est resté comme ébloui, secoue le front et s'adresse à elle :

— Sorel, dites-vous, ma mie?

— Agnès Sorel, sire. C'est une fille de petite noblesse picarde. Son père, Jean Sorel, est seigneur de Coudun. Il sert le comte de Clermont.

— Tout cela est parfait, reprend le roi en se levant. Vos filles sont, décidément, triées sur le volet, Isabelle. Je reconnais bien là ce goût infaillible dont la réputation est venue jusqu'à nous.

— Vous me comblez, sire.

— C'est vous qui me comblez, ma mie.

Sur les traits ingrats du roi de France une gaieté soudaine met une sorte de grâce. Quand cet homme cesse d'être inquiet, son visage se transforme. Il devient avenant. On en oublie le manque d'harmonie.

— Je ne pensais pas, dit-il encore, rêveusement et sans nommer personne, qu'une telle beauté existât sur la terre des hommes. Non, je ne le pensais pas.

Sans transition, il s'écarte d'Isabelle, fait quelques pas, se trouve à côté du fauteuil où la reine est assise.

— Vous paraissez bien heureux, aujourd'hui, mon seigneur.

Elle le contemple avec tant de tendresse qu'elle en semble rajeunie, embellie.

— Cela se voit donc?

— Vous en êtes éclairé comme d'une lampe.

Sa physionomie douce et timide n'est pas laide, ne peut pas l'être, car elle est inondée d'amour. En dépit d'une vie d'errance, de tristesse, d'épreuves et de deuils accumulés, elle est restée la meilleure, la plus attentive des compagnes, cette princesse à laquelle il a été fiancé dès l'enfance et avec laquelle il a été élevé à Angers par Yolande d'Aragon, reine d'Anjou.

« Ma mère Yolande, songe fugitivement le roi. Une femme si remarquable qu'à sa mort, voici quatre mois, mon fils Louis, le dauphin, s'est exclamé : « Cœur d'homme en corps de femme! » Dans la bouche de ce diable de garçon, c'était certainement la plus grande des louanges. Oui, feu la duchesse Yolande était douée d'une âme de roi... sa fille, ma bonne reine, ne possède pas ces qualités viriles. C'est une colombe, une épouse sans ombre, une mère toute donnée à nos enfants. Il y a des moments où ses vertus me charment encore... d'autres où elles m'irritent! »

Il considère avec attention les yeux confiants, la bouche sensible, le nez un peu long de celle qui porte à présent pour la treizième fois un héritier royal. Toutes ces grossesses l'ont épuisée. A trente-huit ans, elle est sans âge.

— Point lasse, Marie?

— La vue de votre joie m'enlève toute fatigue, Charles.

Elle est trop bonne, trop humble, trop parfaite. Le roi l'aime bien mais, aujourd'hui, sa pensée est ailleurs. Il se sent impatient et l'effort qu'il vient d'accomplir pour se montrer plein de sollicitude lui paraît suffisant. Il prend une des mains abandonnées sur la blanche robe de deuil, la baise, s'éloigne.

D'ordinaire, il se méfie de la foule, des figures nouvelles, évite, autant que le lui permet sa nature affable, les contacts avec les inconnus. Au plus intime de lui-même, demeure une malepeur, une défiance, qui sont les traces, les cicatrices à peine fermées des souffrances endurées pendant si longtemps. En ce mois de février 1443, un sentiment tout neuf d'allégement naît en lui, le trouble, l'arrache à ses vieilles angoisses, et le porte, en dépit de sa prudence, vers les autres. Au milieu de la cohue colorée qui emplit la salle, il recherche une certaine silhouette, un regard rieur.

— Seriez-vous en quête de quelqu'un, sire ?

Le comte du Maine, vêtu à la nouvelle mode d'un pourpoint court de velours noir relevé d'or, de chausses grises moulantes, et d'un manteau doublé de satin cramoisi, se trouve soudain près du roi. Charles VII a eu recours fort souvent à son jeune beau-frère pour piéger une fille qui lui avait plu. Dans le hardi regard du prince, il lit l'invite habituelle. Cette fois-ci, il la refuse. Secouant la tête avec une fermeté soudaine, que tempère néanmoins son aménité de toujours, il élude la question :

— N'est-on pas, sans cesse, à la poursuite d'un rêve, d'une illusion ?

— Sage propos ! s'écrie près de lui une voix rieuse. Vive la vie ! Charles, moi, tel que vous me voyez, je suis à la recherche de la joie.

René d'Anjou, éclatant de santé, d'entrain, de magnificence, prend le bras du roi. Il paraît plus grand qu'il n'est, tant il a de prestance, plus intelligent, tant il a de brio, plus vivant que trois hommes ordinaires, tant il déplace d'air. Trente-quatre ans, l'œil clair, les cheveux bruns, une carrure de taureau, une voix de cuivre, et un appétit prodigieux de tout ce qui existe, tel est le fils de Yolande d'Aragon, le beau-frère du roi de France.

— René, vous êtes un fol, mais, pour une fois, je pense que vous n'avez pas tort et que la vie a du bon.

— Je suis heureux de vous l'entendre dire, Charles. Je faisais justement remarquer à Brézé combien je vous trouvais épanoui, différent du souverain amer que nous avons connu autrefois.

— Les temps ont changé, René. Il faut croire que j'ai changé comme eux.

— Sire, dit Pierre de Brézé, c'est vous qui êtes l'auteur de ce changement, non pas le temps. Vous avez vaincu le mauvais sort de la France, et le vôtre, par la même occasion.

— Avec des hommes tels que toi, Brézé, que ne ferait-on pas?

Le sénéchal du Poitou, par sa prestance, sa vaillance, sa noblesse de cœur et de race, est l'image même du chevalier. Plus : il est, à lui seul, toute la chevalerie. Beau comme l'archange saint Michel, brave comme lui, il est devenu le héros de la cour de France.

— Dieu se sert de moi comme Il l'entend, sire. Je suis à Lui avant d'être à vous.

— Je l'espère bien, fidèle ami; aussi je ne cesse pas de Le remercier de t'avoir donné à moi.

René d'Anjou part d'un grand rire.

— Voilà bien la plus belle joute de courtoisie à laquelle il m'ait été donné d'assister depuis longtemps! s'écrie-t-il. Ma parole, la cour de France est en train de surpasser en bonnes manières la cour de Bourgogne elle-même!

— Cela ne serait pas pour me déplaire, remarque le roi, dont l'œil s'est durci tout à coup.

— Fi donc, sire! Ne soyez plus jaloux. Philippe le Bon n'a-t-il pas fait soumission pleine et entière?

— Si fait, si fait. Il n'empêche que ces ducs bourguignons sont des épines que j'ai au talon.

— Qu'importe, sire? dit la voix grave, mesurée, d'Étienne Chevalier, le contrôleur général des Finances qui est aussi le secrétaire particulier du roi, qu'importe? N'êtes-vous pas plus fort, mieux entouré que le duc Philippe?

— Plus fort, je veux l'espérer. Mieux entouré, j'en suis certain, assure le roi en posant avec amitié une main où saillent les veines sur le bras de son conseiller. Mais ces Bourguignons m'ont fait trop de mal pour que je cesse jamais de m'en méfier.

— Si nous dansions, sire?

Marguerite d'Écosse, l'épouse du dauphin, s'est approchée du groupe et s'adresse à Charles VII sans souci de rompre un entretien qu'elle juge trop grave pour l'heure et le lieu.

— Pourquoi pas, ma mie?

La dauphine fait ce qu'elle veut de son beau-père qui a pour elle beaucoup d'indulgence. Le délaissement dans lequel son fils laisse sa jeune femme l'indigne et le navre. Avoir une telle compagne et ne songer qu'à comploter contre le pouvoir de son propre père, n'est-ce pas, doublement, crime de lèse-majesté?

— Sire, demande Pierre de Brézé en inclinant sa haute taille vers le roi, sire, le pouvons-nous vraiment? La cour porte le deuil de madame Yolande.

Le roi lève la main :

— La reine le porte, dit-il, pour ma part j'en demeure chagrin, mais nous avons décidé, pour des raisons d'opportunité, afin de ne pas contrister notre bon peuple toulousain, de surseoir au deuil de la maison royale.

— Depuis novembre, affreux mois où notre mère s'est éteinte, nous avons fait célébrer des dizaines de messes basses ou chantées, affirme René d'Anjou. Nous continuons de le faire. Je pense que c'est la meilleure façon de rendre hommage à celle qui reste notre modèle à tous. Elle était bien trop avisée politique pour ne pas comprendre, au saint paradis où elle se trouve, qu'il faut savoir composer, qu'il serait maladroit, présentement, de mettre un frein à la liesse populaire.

— Nous avons fait publier, ce matin, sur les places et aux carrefours, la nouvelle de la cessation du deuil public, confirme le roi. Ne le savais-tu pas, Brézé?

— Je l'ignorais, sire.

— Sache-le donc, mon ami. Je veux faire, à Toulouse, figure de protecteur, de libérateur, de boute-en-train, aussi. Il faut que chacun soit persuadé que les temps d'affliction sont enfin révolus.

— Les Toulousains l'entendent bien ainsi, affirme Étienne Chevalier. Pour s'en convaincre, sire, il n'est que de voir la foule vous bénir tout au long de votre passage, quand vous sortez par les rues de la ville.

— Oui, dit Charles VII. Oui, ici, je suis un souverain heureux.

— Alors, nous dansons! J'en suis bien aise! s'écrie la dauphine en frappant dans ses mains.

Frêle, semblant porter ainsi qu'un fardeau sa haute coiffure à bourrelets de soie filetée d'or, Marguerite d'Écosse lève vers le roi un regard d'enfant gâté. Son visage, qui pourrait être l'œuvre d'un enlumineur, se fait câlin.

— Voulez-vous donner le signal, gentil sire?

— Volontiers. Que la fête commence!

Il fait signe aux musiciens de la tribune. C'est alors qu'il aperçoit, dans la foule, proche et lointaine à la fois, Agnès Sorel en grande conversation avec une dame de la reine, mademoiselle de Belleville. Le profil d'ange

au vitrail est nimbé d'une gloire blonde. Pour le roi de
France, une autre fête commence.

★

— Agnès, ma petite colombe! Je n'espérais pas vous
retrouver ici.!
— Moi non plus, Marie. Vous me voyez fort aise de
cette rencontre.
— Et moi, donc! Je ne connais pas grand monde dans
cette foule. Il y a peu de temps que nous sommes arri-
vés en Languedoc. Depuis la mort de madame Yolande
— que le Seigneur Tout-Puissant la bénisse — la maison
de la reine, dont je fais toujours partie, était demeurée à
Saumur, bloquée par le froid de ce furieux hiver, non
moins rigoureux que notre deuil. Nous y dépérissions
d'ennui. Dieu merci, messire le roi a mandé à notre souveraine de venir le rejoindre, dès que le gel céderait un
peu, en sa bonne ville de Toulouse. Nous y voici donc,
et ravis d'y être!
— De mon côté, j'y ai suivi la duchesse Isabelle. Vous
ne savez sans doute pas que je suis de ses filles d'honneur.
— Je l'ignorais, en effet.
— Ma tante, madame de Meignelay, s'est arrangée
pour m'y faire admettre. Comme ma noblesse n'est pas
bien grande, j'y tiens un rang moindre que beaucoup
d'autres. Peu m'en chaut! Vous connaissez mon caractère. Je ne suis pas de celles qui se tourmentent pour
une question de préséance!
— Je me souviens parfaitement de votre heureuse
nature, Agnès. Toujours douce et d'humeur avenante,
comme lorsque nous étions petites filles, à Froidmantel.
— Notre enfance me semble déjà lointaine, ma mie.
— On vieillit vite à l'air des cours!

31

— Mais on n'a pas le temps de s'y ennuyer. Au fond, ne sommes-nous pas heureuses de nous y trouver, l'une et l'autre? Toulouse est réputée pour sa gaieté qui en fait une des plus agréables villes du royaume. C'est la cité des joutes, des troubadours, des jeux floraux, et des cours d'amour où on exalte la chevalerie courtoise. De quoi nous plaignons-nous?

— Ma foi...

— Vous avez là une bien jolie amie, mademoiselle de Belleville!

— N'est-ce pas, monseigneur?

— Comment se nomme-t-elle?

— Agnès Sorel, pour vous servir.

— C'est moi, demoiselle, qui souhaiterais vous servir!

— Vous vous moquez, monseigneur du Maine.

— Nullement. Un chevalier ne doit-il pas, toujours, se mettre aux pieds de la beauté?

— Qu'en pense messire de Brézé?

— La même chose, demoiselle, la même chose, exactement.

— Tu vois, Agnès, tu n'as qu'à paraître pour soumettre les deux plus séduisants seigneurs du royaume!

— Ne rougissez pas, ma mie! Ou, plutôt, si, rougissez : cela vous va si bien.

— Je vous en prie, messires!

— Jolie comme vous l'êtes, vous ne nous ferez jamais croire à votre timidité.

— Pourquoi mentir? Je ne suis point timide, en effet, mais seulement surprise par la soudaineté de votre attaque.

— Nous sommes gens de guerre, ma mie, habitués à ne pas hésiter pour monter à l'assaut!

— Prenez garde! La forteresse est, peut-être, mieux défendue que vous ne le pensez.

— Plus la prise est difficile, plus excitant est le combat.

— Il est des forteresses imprenables!

— Il n'y a que celles qui ne sont pas encore soumises pour se croire telles!

— Vertu et Sagesse sont des défenseurs vigilants!

— Nous voici en plein *Roman de la Rose*!

— Qui s'en plaindrait? N'est-ce pas là la bible de la doctrine amoureuse? L'amour courtois n'y est-il pas élevé à la hauteur d'un rite?

— S'il s'agit de courtoisie...

— Céans, il ne peut s'agir d'autre chose, demoiselle. Rappelez-vous les vers du duc Charles d'Orléans :

> *Ce sont ici les dix commandements,*
> *Vray Dieu d'amours...*

— Tout doux, monseigneur! N'oubliez pas que, dans le roman, la Rose est protégée par un mur solide, qui n'est autre que celui de ses vertus!

— A la fin, cependant, demoiselle, Bel-Accueil accorde à l'amant de cueillir la Rose.

— Sans doute, mais qui veut entrer dans le jardin des délices doit faire preuve de générosité, de franchise et de courtoisie. D'ailleurs, je suis du parti de Christine de Pisan qui considère ce livre comme une glorification de la séduction et s'attache, en l'attaquant, à défendre l'honneur et les droits des femmes. Dans la fameuse querelle du *Roman de la Rose,* je suis, je ne peux être, que du côté de ceux qui le jugent pernicieux pour la dignité féminine.

— Permettez-moi, à cette heure, de rendre hommage à la Beauté en dehors de toute polémique. Vous ne sauriez y trouver à redire.

— Tant que l'hommage reste noble et loyal, je puis l'accepter.

— Savez-vous, demoiselle, que le roi René a l'intention de donner, pendant les fêtes prévues ces jours-ci, de nouvelles joutes de courtoisie et d'amour? Elles seront consacrées, non pas aux violences et cruautés de la guerre, mais, au contraire, à la louange et à la renommée des dames.

— J'en ai ouï parler.

— Y paraîtrez-vous, demoiselle Agnès?

— Puis-je faire autrement? Je suis des suivantes de madame la duchesse, monseigneur.

— Ne me dites pas que vous vous y rendrez, contrainte par votre service.

— Peut-être y serai-je aussi par plaisir.

— Je brûle du désir de faire briller d'émotion ces beaux yeux-là!

— Et de faire battre d'inquiétude un cœur si gracieusement enrobé!

— Personne n'est encore parvenu à en précipiter les battements, monseigneur.

— Par saint Michel, je voudrais être l'heureux mortel qui y parviendra!

— Je le souhaite également de toute mon âme.

— Vous jouez là un jeu dangereux, messeigneurs! Qui sait jamais comment on devient vainqueur en de telles joutes? Peut-être sera-ce un autre qui l'emportera. Peut-être personne.

— Laissez-nous un espoir.

— En attendant, acceptez-vous de danser cette carole avec moi?

— Pourquoi pas?

★

La grand-messe chantée se termine. L'église cathédrale, dédiée à saint Étienne, résonne encore des accords presque trop doux, des chants trop suaves que la ville, ivre de musique, offre comme un florilège d'harmonies à son roi. Les dignitaires de deux cours — celle de France et celle d'Anjou — se pressent sur le parvis. Ce ne sont que soieries éclatantes et velours diaprés.

Au sortir de l'ombre tiède, entêtée d'encens, Agnès aspire en frissonnant l'air vif de l'hiver languedocien qui transporte déjà avec lui on ne sait quelle légèreté qui fait penser au printemps.

Le roi, le dauphin, René d'Anjou et quelques autres gentilshommes se rendent à l'archevêché où monseigneur du Moulin attend le souverain pour lui faire grand accueil. La reine et ses dames montent en litière. Des groupes se forment sur la place, d'autres s'égaillent, à cheval ou à pied, vers les rues voisines.

La duchesse d'Anjou est fort entourée.

— J'ai ouï dire qu'il faut aller sur la terrasse de la Prévôté pour avoir la plus jolie vue sur les toits de Toulouse, dit-elle avec l'aisance, simple et raffinée à la fois, qui ne la quitte jamais. Je propose de nous y rendre.

La promenade est brève. La petite cour rieuse de la duchesse est bientôt sur la terrasse que déborde le rempart. Une échauguette carrée, voûtée en arc de cloître, en défend un des angles. Du ciel sans nuages, une lumière blanche s'épand sur la cité, sur les tuiles roses, les fortifications, les églises innombrables, les couvents, les tours, les clochers, sur la Garonne et ses ponts, l'île et ses palais.

— Belle et bonne ville, constate Isabelle. Il fait bon vivre ici.

Agnès songe qu'il n'en a pas toujours été ainsi du temps de la croisade fratricide et du règne de l'Inquisition. Elle n'en dit mot. Personne, maintenant, n'a l'air de savoir que Toulouse, en dépit de toutes les répressions, reste imprégnée de l'hérésie cathare, demeure une cité marquée. La pensée d'Agnès, d'ailleurs, ne s'attarde pas à ces réminiscences. Elle est encore toute remuée par la joute oratoire qui l'opposa hier au comte du Maine, et, surtout, à Pierre de Brézé, le beau sénéchal. Qu'il est magnifique, Seigneur Jésus, qu'il est donc aimable !

Pendant toute la nuit, dans la chambre des suivantes, parmi ses compagnes endormies, et, cependant, séparée d'elles par les courtines tirées de son lit, Agnès a rêvé du sénéchal. Tant de grâce alliée à tant de vaillance ! Un tel charme au service d'un si noble idéal ! Elle sait qu'il fait fureur auprès des dames de la cour, mais qu'importe ? N'est-ce pas à elle, que la veille, il s'adressait ? A elle seule ? Serait-ce lui son chevalier ?

Pourtant, dans un coin de sa mémoire, demeure l'obscur souvenir d'une prédiction faite, jadis, par un astrologue de son pays. Il lui avait annoncé qu'un grand roi l'aimerait et qu'elle serait à lui. Quel roi ? René d'Anjou ? Certainement pas. La duchesse veille sur lui de trop près. D'ailleurs, il n'est plus roi de Sicile. Elle n'en connaît qu'un autre : Charles VII ! Ce ne peut être lui non plus. Il a quarante ans passés et des liens sacrés l'attachent à la reine Marie. Qui donc, alors ?

« Allons ! toutes ces prédictions sont choses folles, regardons plutôt le paysage. »

Le vent d'autan qui souffle depuis le matin bouscule les cimes des arbres dépouillés par l'hiver, fait claquer les étendards qui pavoisent la ville et les oriflammes du roi sur les tours du château, courbe les haies de cyprès, fait voler les voiles des dames et se faufile sous leurs jupes.

Agnès frissonne. Sans qu'elle sache pourquoi, soudain, le regard plein de feu qui a croisé le sien, la veille, durant sa présentation au château Narbonnais, et la phrase d'hommage, dite dans un murmure, comme arrachée au cœur par un bouleversement irrépressible, lui reviennent à la mémoire. Le prestige du sénéchal lui avait fait oublier l'admiration du souverain.

« Folle, tête folle, que vas-tu chercher là? Le roi de France! »

Ses yeux suivent, dans le ciel balayé par le vent d'est, un vol de passereaux emporté dans un tourbillon.

Décidément, l'air de Toulouse lui met la cervelle à l'envers. Ici, tout est trop exalté, trop vibrant.

— Demoiselle Agnès Sorel, voulez-vous bien me prêter quelques instants attention?

Agnès se retourne. Derrière elle, venu sans bruit, la saluant avec respect, se tient messire Étienne Chevalier, conseiller et secrétaire particulier du roi. Marie de Belleville, amie retrouvée au sein de la foule, lui a désigné, la veille, les principaux personnages de la cour.

— Bien entendu, messire.

Que lui veut-il? Il montre l'angle que surmonte l'échauguette :

— Voulez-vous me suivre un moment à l'écart, demoiselle?

— Si c'est vraiment nécessaire...

— Ce l'est, croyez-moi.

Pour s'éloigner du groupe bruyant que forment les familiers de la duchesse Isabelle, ils font quelques pas vers l'extrémité du rempart. Agnès semble bien frêle à côté du grand corps dégingandé de son compagnon. Le contrôleur des Finances, qui a trente-trois ans, paraît plus que son âge. Sa maigreur, son front d'intellectuel, pensif et raviné, les deux rides qui encadrent sa bouche, et la tristesse de son regard, lui donnent un masque d'ascète. Ses cheveux courts, coupés à l'écuelle, sont ceux d'un clerc. L'austérité de son long vêtement de drap gris, sans autre ornement qu'un col de vair, accentue cette apparence monacale. Son expression doit toujours être de gravité, mais, pour le moment, il a aussi l'air embarrassé. D'un geste machinal, il gratte un grain de beauté assez saillant qu'il a sur la joue.

— Je suis envoyé vers vous, demoiselle, pour une mission délicate.

Il s'interrompt. Dans sa gêne, il suit des yeux les bonds de la levrette qui accompagne partout la duchesse.

— Je vous écoute, messire.

Il soupire. Ses prunelles, d'une surprenante timidité pour celles d'un homme d'importance se posent sur le visage levé vers le sien. Si pur, si frais, lisse comme une amande, avec des cils de soie, des lèvres de fruit et un sourire à peine esquissé, qui attend.

— Que vous êtes belle, demoiselle!

— Dois-je prendre ce compliment pour une ambassade?

— Presque!

Il se détend un peu.

— On vous a chargé de me féliciter sur mon teint?

Elle semble si mutine, si gaiement moqueuse, qu'Étienne Chevalier respire, délivré de son fardeau.

— On m'a demandé de vous dire que votre beauté avait bouleversé une âme.

— La pauvrette! Qu'y puis-je?

— Beaucoup.

— Mais encore?

— Si vous saviez, belle Agnès, de quelle âme il s'agit!

— Il faudra bien me le dire si l'on veut que je compatisse.

— On espère davantage.

— On ne manque pas d'audace, à ce que je vois.

— Ferez-vous bon accueil à cet audacieux?

— C'est selon.

Un silence. Des cavaliers passent au galop de l'autre côté des fortifications. Un d'entre eux porte une bannière fleurdelisée.

Étienne Chevalier la désigne.

— Les lys de France, dit-il en baissant le ton.

Agnès tressaille.

— Que dites-vous?

Son compagnon tire d'une des poches de sa robe un petit sachet de velours bleu. Il l'ouvre. A l'intérieur, repose un lys de saphirs et de perles. C'est une agrafe d'épaule pour un manteau de dame.

— Accepterez-vous ce bijou, symbole de celui qui vous parle par ma bouche?

Agnès sent son sang monter à son visage, l'envahir, précipiter les battements de son cœur, marteler ses tempes.

— Mon Dieu!

— Ne dites rien. On ne veut surtout pas vous forcer. Prenez le temps de réfléchir. Prenez aussi cette fleur de pierres fines. Elle vous tiendra compagnie jusqu'au revoir.

— Je ne sais si je peux...

— Vous pouvez. Quelle que soit votre réponse, c'est à vous. Ce n'est pas une monnaie d'échange; simplement, le témoignage d'un émerveillement.

— Vous direz à qui vous envoie que je le remercie humblement.

— On préférera entendre ces mots de votre bouche. Ce soir, après le festin offert par les Capitouls, il y aura un consistoire du Gay Sçavoir. Le roi y siégera. Plusieurs troubadours y seront entendus. Connaissant votre goût pour la poésie et sachant que madame Isabelle d'Anjou y sera avec sa suite, on espère vous y voir, demoiselle.

— J'y serai, messire.

— Merci pour cette réponse.

Il salue et s'éloigne. Sous le front lisse d'Agnès, un essaim de pensées tourbillonne. Elle s'appuie de l'épaule au mur de pierres rudes contre lequel se heurte le vent. Dans sa main, elle serre la fleur de lys. Ses lèvres tremblent.

★

Tandis que, suivis par le peuple en liesse, les escholiers chantent à travers rues, ruelles, places et cours, en s'accompagnant de luths et de tambourins, les huit Capitouls font une entrée solennelle à la suite du roi, dans la grande salle du château.

Charles VII préside la fête. Ce soir, ce n'est pas le grand consistoire des Jeux Floraux, dont la date est fixée, une fois pour toutes, au mois de mai, mais une séance de poésie où le souverain semble heureux de siéger.

— Messire notre roi protège les arts et les artistes. Il ne se déplace jamais sans emmener avec lui des clercs savants, des lettrés, des peintres, un maître de chapelle, chuchote Marie de Belleville à l'oreille d'Agnès près de laquelle elle a pu se placer. Il avait une profonde tendresse pour messire Alain Chartier, notre grand poète défunt, qu'on appelait à juste titre le père de l'éloquence française. Sa mort a beaucoup affecté la cour. S'il était encore vivant, nul doute qu'il eût présidé cette séance.

Une foule compacte, colorée, vêtue de velours épais, de soies chatoyantes, coiffée de hennins, de couvre-chefs à cornes, en pains fendus, à bannière, en papillon, de chaperons à bourrelets, façonnés, ou à la mode d'Allemagne, se presse autour de l'estrade où trône le roi. Près de lui, se tiennent la reine, le dauphin, maigre, noir, et qui a l'air de s'ennuyer, la dauphine et les Capitouls.

La vaste salle est remplie de rumeurs, d'éclats de voix, de rires, d'exclamations.

— Je sais, ma mie, répond Agnès, l'esprit ailleurs et qui considère, non sans trouble, ce spectacle. Je sais. C'est Alain Chartier qui a dit un jour, devant le roi : « Un souverain sans lettres est un âne couronné! »

— Beaucoup d'histoires ont couru à son propos. La dauphine avait, elle aussi, une immense admiration pour notre poète, vieillissant. On raconte qu'elle l'a baisé aux lèvres, un jour qu'elle passait dans une salle où il s'était endormi de fatigue pour avoir trop rimé.

— Je trouve cela charmant.

— Certains en avaient jasé à l'époque. C'était stupidité. A une de ses femmes qui s'en étonnait, la dauphine avait répondu : « Je n'ai pas embrassé l'homme, mais la précieuse bouche de laquelle sont sortis tant de bons mots et de vertueuses paroles. »

— C'était fort bien dit.

Pressées de toutes parts, les deux filles d'honneur se taisent pour regarder. En un geste qui lui est familier, Agnès penche sur le côté sa tête blonde. Elle voudrait pouvoir se concentrer, réfléchir à ce qui lui arrive. Depuis la veille, une angoisse la tient à la gorge. La démarche faite par Étienne Chevalier au nom de son auguste maître ne cesse de la hanter. Comble de soucis, la duchesse d'Anjou l'a mandée, tout à l'heure, dans sa chambre pendant qu'on l'habillait pour la présente fête. Après avoir éloigné ses servantes, madame Isabelle s'est tournée vers elle :

— Agnès, ma mie, j'ai quelque chose à vous confier.

— A moi, madame?

— A nulle autre.

L'œil noir de la puissante dame jugeait, soupesait celle qui se tenait devant elle. Sur le visage empreint d'intelligence et de sagesse se lisait une gravité un peu hésitante. Les fins sourcils, épilés avec soin, se fronçaient sous l'effort de la pensée.

— Votre mère est loin, ma mie; vous ne connaissez pas grand monde ici, et la cour de France n'est pas la cour d'Anjou. Il s'en faut de beaucoup. Autour de notre sire Charles, des intrigues se nouent chaque jour, des ambitions guettent leur heure, des haines recuites mijotent en silence. Il n'est pas aisé, pour une fille inexpérimentée, comme vous l'êtes, de s'y reconnaître et encore moins de s'y retrouver. Qui croire? De qui se méfier?

— J'ai si peu d'importance, madame!

La duchesse hocha la tête.

— Ne croyez pas cela, ma mie. J'ai de bonnes raisons de penser que vous en aurez, bientôt, beaucoup plus que vous ne le supposez.

— Vous avez donc si bonne opinion de moi, madame?

— Certainement, et je ne suis pas la seule!

Isabelle de Lorraine lève une main où brillent des pierres fines.

— Ce que je tenais à vous dire, Agnès, est ceci : quoi qu'il puisse vous arriver dans les jours à venir, aussi surprenant que vous paraisse votre destin, sachez que vous avez près de vous une amie, ici même, en ma personne.

— Madame, comment vous remercier ?

— C'est bien, ma mie. N'en disons pas plus. A quoi bon ? Vous verrez sans tarder que je n'avais pas tort. Je veux espérer que vous vous souviendrez de mes paroles.

Un sourire bienveillant, un peu moqueur, et un geste du bras :

— Maintenant, allez vous faire encore plus belle, allez, Agnès ! Il ne faudrait pas être en retard à la fête poétique à laquelle nous sommes conviées.

Voilà. Que signifie ce discours ? La duchesse aurait-elle remarqué quelque chose ? Le secret vertigineux qu'Agnès n'ose pas considérer en face, dont elle se détourne avec effroi, serait-il déjà connu par certaines personnes de la cour ? Les spéculations des grands iraient-elles plus vite que ses propres pensées ? Que croire ? A quelle idée s'arrêter ? A qui se confier ? De qui se méfier ?

Soudain, chacun se tait dans la grande salle. Le roi fait un signe. Un troubadour aux longs cheveux s'approche de l'estrade, salue, et commence à chanter en s'accompagnant d'un théorbe.

Agnès n'écoute guère. Par-dessus les têtes parées et bellement coiffées, survolant tout ce monde et comme indifférent à lui, un regard, le regard du maître de la France, cherche, découvre, fixe le sien.

Les filles d'honneur de madame Isabelle forment, auprès de celles de la reine, et non loin de l'estrade royale, un groupe différent du reste de l'assistance. Plus

43

élégantes, plus jolies, elles sont aisées à identifier. Le roi ne s'y est pas trompé.

Fascinée, Agnès sent une fièvre brûlante envahir ses joues, son cou, tout son visage. Conscients de l'émoi qu'ils suscitent, les yeux du roi se détournent un moment. Pas pour longtemps. Ils reviennent vite vers celle qui les aimante.

Les troubadours se succèdent, pauvres hères ou de haut lignage, tous amants du rythme et de la poésie.

Agnès se sent défaillir. Obstinément, elle baisse les paupières. Quand elle les relève, elle rencontre le regard avide qui ne la quitte que pour revenir, sans tarder, la retrouver. Que faire? Comment échapper à ce piège silencieux? L'épreuve ne prend fin qu'au moment où le dernier troubadour tire un ultime accent de sa viole.

Parmi la foule qui bourdonne aussitôt, s'agitant et échangeant des impressions, Agnès pousse un énorme soupir.

— Lassée, ma mie?

— Un peu. Je n'aime guère demeurer ainsi debout, immobile.

— C'est pourtant loin d'être fini! Vous n'avez entendu là que la première partie des récitants. Je crois savoir qu'il y en a davantage dans la seconde.

— En effet.

— Vous voilà bien pâle, tout à coup, demoiselle. Seriez-vous souffrante?

Pierre de Brézé surgit à côté d'elle. Superbement vêtu de velours blanc souligné de martre, il lui paraît encore plus beau que dans son souvenir. Face à l'admirable construction de ces traits pleins de force et de noblesse, que des sourcils très noirs, plantés nets et droits, soulignent comme un trait, comme une barre d'appui, face à ces yeux gris si doux et, cependant, si fiers, il est évident qu'aucune femme ne doit résister bien long-temps.

Agnès redresse le front.

« Allons donc, va-t-elle se laisser prendre au prestige de cet homme dont les succès guerriers, chevaleresques et amoureux ravissent tous les cœurs? N'est-elle donc qu'une petite femelle sans défense, comme toutes celles qu'il a déjà tenues à sa merci? »

— Nenni, monseigneur, simplement un peu étourdie. Ce n'est rien.

Il y a une once de défi dans sa façon de s'exprimer, de dresser le menton. Il le sent. Habitué aux femmes et à leurs mystères, il ne perd pas de temps à s'en étonner.

— Ce vert sied à ravir à votre teint, dit-il en désignant le surcot de couleur émeraude qu'Agnès porte sur une cotte moulante en toile d'argent.

— Grand merci, monseigneur.

Elle esquisse une révérence où entre un rien de moquerie. Le sénéchal voit qu'on le raille un peu, point trop. Il en est, en secret, satisfait. S'il n'est pas dans sa nature chevaleresque de mépriser d'ordinaire la faiblesse des femmes qui se livrent à lui, il préfère, cependant, celles qui font preuve de caractère, qui ne se soumettent pas à son pouvoir. C'est du respect qu'il ressent pour celles-ci. Les filles vaincues avant d'avoir combattu l'ont toujours déçu. Cette demoiselle Sorel, Dieu merci, n'est pas de cette molle étoffe. Une consi-dération fort agréable à éprouver s'empare de son âme. Il avait pressenti dès leur première conversation qu'Agnès devait être aussi fine que jolie.

— Aimez-vous les troubadours qui viennent de chan-ter pour nous, demoiselle?

— Beaucoup. La langue d'oc, plus sonore, plus mélodieuse que la nôtre, est mieux faite pour accompagner la musique, pour la porter sur ses ailes.

— C'est vrai. Il faut aussi dire que l'isolement de cette région a préservé l'originalité de ses poètes.

— Ainsi que leur grâce et leur force. Nulle fadeur dans tout ce que nous venons d'entendre, mais, au contraire, un élan magnifique.

— Je vois qu'on ne manque pas de jugement à la cour du roi René!

— N'oubliez pas, monseigneur, que la maison d'Anjou se veut la plus délicate de toutes.

— Il n'est que d'avoir des yeux pour voir et des oreilles pour se délecter!

Ils se dévisagent en souriant. D'égal à égal. Tout naturellement, entre eux, s'établit une entente spontanée, une sympathie qui fait, d'instinct, de ces deux êtres, des amis sûrs.

Pierre de Brézé s'empare avec autorité d'une main d'Agnès et la baise au poignet.

— Décidément, c'est un pur joyau que la duchesse nous a amené dans ses bagages, remarque-t-il avec une expression de déférence amusée. Je gage que nous n'avons pas fini de nous en féliciter.

— Si Dieu le veut, monseigneur, si Dieu le veut!

Un page portant livrée de la maison d'Anjou s'approche, salue Agnès.

— J'ai ordre de vous mander de venir, demoiselle, auprès de madame la duchesse.

— Pourquoi?

— Je ne sais.

— Je te suis.

Elle fend la cohue babillante d'où monte, mêlée aux essences des plus riches parfums, une puissante odeur d'ail et de corps échauffés.

Que lui veut madame Isabelle? Où se trouve-t-elle?

Derrière l'estrade, au pied d'une tapisserie fleurie, René d'Anjou, son épouse et la dauphine s'entre-tiennent avec le roi.

— Voici donc la jeune personne qui aime tant la poésie! s'écrie le duc en apercevant Agnès.

— Ma mie, lance Isabelle de Lorraine en se tournant vers l'arrivante, je me suis portée garante de votre goût pour les rondeaux. Madame la dauphine cherche une personne capable de partager ce penchant avec elle.

— Il y a si peu de femmes, à la cour de France, sachant apprécier l'élégance d'une rime! soupire Marguerite d'Écosse dont le mince visage est marqué de deux taches roses aux pommettes.

— Je ne sais, madame, si je suis digne...

— Mais si, mais si, tranche René d'Anjou avec son assurance coutumière. Isabelle n'avance jamais rien à la légère.

— Aimez-vous autant la chasse que la poésie? demande soudain le roi qui n'a pas encore parlé.

De nouveau, Agnès est sensible à la qualité musicale de la voix qui vient de s'élever. Tant de douceur, mais aussi de chaleur dans ce timbre grave qui semble s'adres-ser au plus secret, au plus intime de chacun. Elle en écoute l'écho en elle, sans oser lever les yeux vers lui.

— Depuis toujours, sire, mon père et mes frères m'ont entraînée à leur suite, sur les traces des bêtes rousses ou noires, dit-elle en s'inclinant en une pro-fonde révérence.

— C'est tant mieux. Que votre père et vos frères soient loués. J'ai l'intention de vous convier à la chasse que je donne demain.

— Sire, grand merci.

C'est là une parole de gratitude à double sens que,

seul, le roi peut interpréter comme il se doit. Pendant une seconde, il fait peser sur celle qui ose enfin le dévisager, un regard lourd de connivence, puis détourne la tête.

— Nous chasserons au faucon, reprend-il. Je pense que cette manière moins rude, plus gracieuse aussi, de forcer le gibier, convient mieux aux gentes dames de la cour.

— Par saint Hubert, Charles, vous avez une merveilleuse idée ; il faut savoir mêler jeux de l'esprit et jeux du corps, sous peine de n'être plus, si on manque à cette loi, que la pâle moitié de soi-même ! s'écrie le duc d'Anjou avec sa fougue habituelle. Pour moi, je ne saurais y faillir.

— Nous savons tous combien vous êtes habile à maintenir un tel équilibre, René. C'est là un art de vivre où vous êtes passé maître. J'imagine qu'à votre exemple tous les gens de votre maison le sont également devenus.

Encore l'allusion, encore le sentiment d'une complicité secrète, préservée.

— Sire, soupire Marguerite d'Écosse qui ne peut rien deviner de la partie qui se joue devant elle, sire, ne serait-il pas temps de donner le signal pour la reprise des Jeux Floraux ?

— Sans doute, ma mie, comme il vous plaira.

— Il me plaît, sire.

— Eh bien, donc...

On sent que la pensée du roi est ailleurs. Il se tourne de nouveau vers Agnès :

— Aimez-vous vraiment la poésie autant que la chasse ? demande-t-il sur un ton badin pour dissimuler le regret qu'il éprouve à s'éloigner, même pour peu de temps, de celle qui l'occupe plus qu'il ne faudrait.

Cette question envoyée comme une balle, que certains trouveraient seulement plaisante, trouble profondément la suivante de madame Isabelle.

— J'aime tout ce qui est aimable, sire, dit-elle en s'empourprant.

Le moindre émoi projette sur sa peau transparente des reflets d'incendie. Charles VII, que cette innocence charme autant qu'elle le surprend, se complaît un instant à cette vision.

— Sire, nous attendons votre bon plaisir, répète la dauphine en ne cherchant pas à cacher son impatience.

— Allons! Allons...

Agnès salue, retourne vers ses compagnes. Une agitation cruelle et enivrante à la fois l'oppresse. C'est sans y prendre garde qu'elle traverse la foule.

Marie de Belleville l'accueille avec une sorte d'inquiétude. Fille sans beauté, qui le sait, qui l'accepte, elle éprouve une affectueuse sollicitude pour sa trop séduisante amie. Nulle envie. Le souci de ne pas laisser se fourvoyer en un lieu dont elle connaît les dangers celle que sa candeur autant que son éclat exposent de tant de façons.

— Vous paraissez émue, douce amie.

— Je le suis en effet. Le roi vient de converser avec moi!

— C'est un grand honneur.

— Sans doute.

Comment avouer à l'honnête Marie ce qu'elle pressent, les transes qui l'agitent?

Sur l'estrade, Charles VII donne le signal convenu. Un troubadour s'avance.

Bercée par les accents de la langue d'oc, Agnès songe. Tout chavire en elle. Aimée du roi de France! Non, ce n'est pas possible! Elle se trompe. Cependant, les mots, les regards, le lys offert, sont-ils des leurres? Que croire? Tant d'intérêt, un plaisir si vif, sur un visage, deviennent-ils, parce qu'il s'agit d'un souverain, dénués de signification? Pour les choses de l'amour, un roi se trahit de la même manière que n'importe lequel de ses sujets. Alors?

Au plus intime de son âme, un combat confus se livre entre sa conscience et la montée d'une exaltation qui l'envahit comme une marée. Peut-elle s'opposer, pauvrette, aux volontés de Charles VII? Peut-elle y céder, chrétienne dont la foi, jusqu'à ce jour, n'a jamais failli? Comment pourrait-elle consentir au désir d'un homme marié, d'un père, d'un souverain, que tout sépare d'elle? Ah! que ne l'a-t-il jamais vue!

Est-elle folle? Pourquoi tant d'histoires? Le roi peut la trouver agréable à regarder sans, pour autant, penser à mal. Le mal, justement, serait de voir des intentions pécheresses là où il n'y a, c'est probable, que jeu d'un moment.

« Sainte Vierge, mère de Dieu, ayez pitié de moi. Étoile du matin, venez à mon secours, montrez-moi le chemin. Je vous en prie bien dévotement, benoîte Dame... »

Aveuglé par un chaperon de cuir noir, le gerfaut favori du roi se tient en équilibre sur le poing de son maître. Gris ardoisé par-dessus, blanc en dessous, le plumage du rapace est strié de bandes transversales plus sombres. Des serres puissantes s'agrippent au gant royal.

— Par saint Jean, voici une claire journée qui s'annonce, remarque le souverain qui est d'humeur charmante depuis son lever. Cet hiver languedocien, même dans ses rigueurs, est autrement plaisant que celui de nos régions.

Pendant la nuit, une neige légère est tombée sur la ville et la campagne, poudrant à frimas les prés choisis pour la chasse au faucon, en bordure de la Garonne. Il fait beau et froid. Un soleil pâle brille dans le ciel, faisant scintiller la parure de givre qui recouvre toute chose. Au-delà de la plaine immaculée, une forêt proche dresse vers le ciel les branches décharnées de ses arbres, fourrées d'hermine. Une bise cinglante souffle allégrement sur la troupe qui s'avance à cheval le long du fleuve. Diaprée de mille couleurs vives, parmi la blanche étendue, la chasse royale semble sortir d'un livre enluminé.

Le roi, les ducs, les princes, les seigneurs de tous lignages, les chevaliers, les écuyers, les dames et demoiselles nobles, souvent montées en croupe, chevauchent destriers, palefrois, haquenées et coursiers richement caparaçonnés.

Charles VII, suivi des fauconniers portant également des rapaces chaperonnés, marche en tête du cortège. Des valets de vénerie le suivent, vêtus de surcots vert et noir, retenant de la voix les chiens dont le gel met le flair en défaut.

Pour cette chasse au vol, Isabelle d'Anjou a tenu à ce qu'Agnès demeurât près d'elle. Les deux haquenées foulent du même pas la neige poudreuse que leurs sabots projettent jusqu'aux longues jupes des amazones.

— Le roi a l'air de belle humeur, aujourd'hui, ce me semble, dit à mi-voix la duchesse. Avez-vous observé, Agnès, la manière dont il se tient en selle?

— Je lui trouve, madame, grande allure sur son palefroi.

— C'est celui qu'il préfère. On m'a conté qu'il le

montait lors de son entrée à Toulouse. Mais je ne voulais pas parler de l'entente qui unit si visiblement cavalier et monture. Non. Il s'agit d'autre chose de moins courant. Notre sire paraît auréolé de joie. Je discerne dans sa mine comme une excitation triomphante.

— Chacun sait combien puissant est son goût pour la chasse.

— Sans doute, mais ce penchant n'explique pas tout. Voyez-vous, ma mie, je serais bien étonnée qu'il n'y eût que cela.

Les chiens, tout soudain, donnent de la voix. Les conversations s'interrompent. Sans hâte, souplement, ailes éployées, deux milans noirs s'élèvent des roseaux craquants de gel qui poussent le long du fleuve. Plumage brunâtre, varié de roux, longues queues fourchues qui les distinguent des autres rapaces, les grands oiseaux gagnent tout de suite de la hauteur.

— Par ma foi, s'écrie le roi, ils sont à nous!

Ce disant, il retire le chaperon de son gerfaut, hausse et baisse alternativement le poing pour aider à l'envol et fait signe aux fauconniers de lancer aussi un de leurs faucons à la poursuite du gibier.

Rapides comme pierres de fronde, rasant d'abord le sol, les deux poursuivants s'élancent à tire-d'aile. Peu à peu, ils s'élèvent, décrivant des cercles, accélérant leur rythme, jusqu'au survol de leurs proies. Pendant un long moment, ils planent au-dessus d'elles. Enfin, avec un cri perçant, le gerfaut du roi en tête, ils se laissent tomber sur les milans qu'ils harcèlent sans relâche du bec et des serres.

Nullement décidés à se laisser vaincre, ceux-ci usent de leur extrême agilité pour tenter de lasser leurs poursuivants. Ce ne sont plus dans le ciel, que voltes et virevoltes.

L'entourage du roi, figé comme lui-même, suit des yeux cette lutte implacable où la force et l'adresse s'affrontent une fois de plus.

Sans interrompre l'engagement, les combattants ne cessent de s'élever. A près de six cents pieds de hauteur, ils deviennent points noirs dans l'azur.

— Voilà que je ne distingue plus les uns des autres, s'exclame René d'Anjou, lui aussi passionné de chasse.

— J'aperçois encore mon gerfaut, dit Charles VII dont la vue est perçante. Son envergure le rend plus aisément discernable que son compagnon.

— Vos yeux sont également meilleurs que les miens, Charles !

— Je ne sais, René, je ne sais. On me reproche de ne voir que ce que je veux bien voir.

— C'est sagesse, sire.

— Surtout prudence, ami.

Ils s'interrompent. Dans un tourbillon de plumes et de cris, les rapaces redescendent vers le sol. Les deux faucons harcèlent les milans noirs qui, visiblement épuisés, luttent encore.

— Ils n'en ont plus pour longtemps, remarque Pierre de Brézé dont le beau visage, renversé vers le ciel, semble celui de quelque orant au porche d'une cathédrale.

— Haw ! Haw ! crient les fauconniers pour exciter leurs oiseaux à plus de férocité.

A présent, c'est à une portée d'arbalète des chasseurs et à quelques coudées au-dessus de leurs têtes, que la bataille continue. Des gouttes de sang giclent, des plumes volent. Victoire ou agonie, des cris déchirants jaillissent de la mêlée.

— Haw ! Haw !

Les coups redoublent. La défaite des milans semble exacerber la violence de leurs assaillants.

La victime du gerfaut s'abat en premier, sanglante, le crâne ouvert. Ce vaincu choit en tournant sur lui-même, privé de vie, et tache de rouge la neige, non loin des cavaliers. Le second milan tombe à son tour, entraînant dans sa chute le faucon toujours cramponné à lui. Les chiens s'élancent pour rapporter aussitôt les deux corps pantelants aux valets de vénerie et ceux-ci, en s'inclinant, viennent les présenter au roi et à sa suite.

— Belles bêtes, approuve le souverain avec satisfaction, tout en tendant son poing afin que le gerfaut puisse venir se poser de nouveau sur le gant de cuir. La chasse commence bien.

A deux cents pas environ de la troupe qui progresse le long des roseaux gelés de la Garonne, dans un bruit d'ailes claquantes, un vol de canards sauvages s'élève soudain.

— Prenez donc les devants sans m'attendre, dit tranquillement le roi à René d'Anjou et aux seigneurs les plus proches. J'aveugle mon gerfaut et je vous rejoins.

Les fauconniers déchaperonnent vivement quatre oiseaux de chasse, et la brillante cavalcade s'élance sur leurs traces vers une seconde poursuite.

Le roi a pris son temps. C'est donc de façon toute naturelle qu'il se trouve, quand il se remet en route, à la hauteur des dames du cortège. Son palefroi prend alors place près de celui d'Isabelle.

— Eh bien, Charles, vous voici donc! s'écrie celle-ci avec enjouement. Préféreriez-vous, cher sire, la compagnie des femmes à celle de leurs seigneurs?

— Je préférerai toujours ce qui est beau et gracieux à ce qui l'est moins, répond le roi, tout en saluant familièrement sa belle-sœur.

Cependant, ses yeux lancent, par-delà Isabelle, un message muet à sa blonde suivante.

— Je faisais justement remarquer, tout à l'heure, à ma

54

douce Agnès, combien je vous trouvais l'air épanoui, ce matin.

— Partageait-elle votre impression?

— Je le crois.

— J'ai simplement dit, sire, que le goût de votre majesté pour la chasse suffisait à expliquer une telle attitude, lance l'intéressée qui intervient dans la conversation en dépit du protocole, assurée qu'elle est d'aller, en agissant de la sorte, au-devant du désir royal.

Un sourire où se mêlent amusement et attention, lui donne immédiatement raison.

— Il est vrai, demoiselle, que j'aime poursuivre le gibier, mais les plaisirs de la chasse n'entrent que pour une bien petite part dans la gaieté que je ressens aujourd'hui.

— Pouvons-nous espérer, sire, que notre arrivée à Toulouse est pour quelque chose dans cette allégresse?

— Pour beaucoup, Isabelle, pour beaucoup.

Une nouvelle fois, Agnès sent son cœur battre à tout rompre. Si le roi répond avec bonne grâce à l'épouse de René d'Anjou, c'est néanmoins vers elle qu'il se penche sur l'encolure de son cheval pour mieux la voir. C'est sur elle seule qu'il fixe un regard d'une éloquence bien plus chaude que les mots qu'il emploie.

Depuis quelques instants, les faucons survolent les canards apeurés dont la vitesse n'est plus qu'une inutile protection. Les chasseurs s'immobilisent de nouveau pour regarder plus à leur aise les rapaces qui se laissent tomber comme la foudre sur leurs proies.

Une échauffourée pleine de confusion et de clameurs s'ensuit, bientôt suivie de la fuite éperdue des volatiles non capturés dont la vélocité reste l'unique sauvegarde. Cancanant d'épouvante, ils brassent l'air à grands coups d'ailes frénétiques.

Si le roi s'était trouvé à côté d'Agnès à ce moment-là, sans eût-il doute continué la conversation si heureusement entamée, mais la présence entre eux de la duchesse rend toute tentative de ce genre compromettante. Bien qu'observant, en apparence du moins, les péripéties de la chasse avec la plus vive attention, Isabelle n'est certes pas femme, en pareil cas, à laisser inactifs ses yeux et ses oreilles. Charles VII préfère donc remettre à une autre fois l'aparté qu'il souhaite si ardemment. Par raffinement, d'abord. Il a trop l'expérience des choses de l'amour pour ne pas déguster en connaisseur ces minutes hésitantes, ces tâtonnements du désir où tout reste suspendu dans une attente émerveillée. Par prudence, aussi.

Il est encore très proche de son amère jeunesse, et des habitudes de méfiance qu'un destin sans pitié lui a imposées. Il doute des autres, de tous les autres, mais aussi de lui-même. Surtout de lui-même. Tant d'affronts ont marqué au fer rouge sa mémoire qu'il continue à se tenir, d'instinct, sur ses gardes. Les empreintes de l'esprit étant les plus tenaces, il n'est pas jusqu'au désir violent qu'il ressent dans chacune de ses fibres pour cette belle créature dont il ne se méfie.

Ne pas se trahir si vite. Attendre. Longtemps, ce fut son unique moyen d'action — on le lui a assez reproché! — c'est encore à présent un procédé sûr. Après tout, il n'y a que deux jours qu'il la connaît. Deux jours! Il lui semble, pourtant, si puissant est le sentiment qui l'habite, que cet amour fou est charrié depuis des lustres par le sang de son cœur.

Il lui faut cette femme. Il a d'elle un besoin que rien ne peut entraver. Il n'y a pas, pour autant, intérêt à hâter la manœuvre. Les femmes aiment qu'on les sollicite, non qu'on les force. Elles ne sont point gibier, mais inspiratrices.

L'Amour Courtois fleurit, comme nulle part ailleurs, à la cour angevine. On l'y cultive avec un soin infini. Cette admirable fille est certainement nourrie de ses enseignements, imprégnée de ses principes. Il en tiendra compte, ne brusquera rien, acceptera, lui, le roi, de se plier aux règles d'un jeu qu'il ne peut renier, étant le premier chevalier de son royaume. Même si ces règles paraissent désuètes, périmées et fort gênantes, en somme, à l'homme positif qu'une existence impitoyable a fait de lui.

Ne trouve-t-il pas, aussi, au fond de son orgueil si souvent piétiné un certain faible pour cette préciosité sentimentale? Comme un goût de revanche? Allons, il peut, maintenant, s'offrir le luxe des délicatesses excessives, des complications exquises, des jongleries de cœur. Ce qui, pour d'autres, n'est que fade routine, acquiescement à une mode, devient, pour l'ancien roi sans royaume, pour l'héritier désavoué par tous, le témoignage d'un prodigieux redressement de situation. Dorénavant, il se trouve du côté de ceux qui, possédant l'essentiel, peuvent se permettre d'attacher de l'importance à ce qui l'est moins. Agnès sera le fleuron de cette couronne qu'on avait voulu lui arracher. Elle sera sa récompense, la preuve vivante de sa résurrection!

La chasse se dénoue. Les canards sont morts ou hors d'atteinte. Les faucons reviennent se poser sur les poings tendus.

— Où allons-nous, à présent? demande la duchesse.

— Traquer la poule faisane sous les branches de la forêt que vous voyez là-bas, ma mie Isabelle.

Le roi salue sa belle-sœur, dédie un regard chargé d'intentions à Agnès et s'éloigne dans les éclaboussures de la neige poudreuse.

★

Le silence. L'obscurité et le silence. Au creux de la couette de plumes, entre les draps de fine toile, Agnès est étendue, les yeux ouverts sur la nuit. Ce calme inhabituel, au lieu de lui apporter la paix, ajoute à son tourment. Pour la première fois, elle couche loin de ses compagnes. Depuis longtemps, depuis son entrée au service de la duchesse, elle s'était habituée aux rires, aux bruits, aux murmures du dortoir des filles d'honneur.

Se retrouver solitaire entre quatre murs ne l'inquiéterait pas, cependant, si, à l'octroi de cette pièce pour elle seule, luxe déjà insolite, signe entre les signes, n'étaient venues s'ajouter toutes les étranges sollicitudes qu'on lui prodigue depuis quelques jours.

Pourquoi Isabelle d'Anjou s'était-elle brusquement avisée d'une promiscuité qu'Agnès considérait comme toute naturelle, parce que conforme aux habitudes, et qui ne la gênait en rien? En quoi une grande dame comme l'épouse du roi René avait-elle à se préoccuper d'un aussi mince détail? Cette façon de la séparer des autres suivantes ne donnait-elle pas à penser?

Les questions se bousculent sous le front haut et lisse comme un porche d'ivoire.

Pourquoi ce lit à colonnes artistement sculptées, décoré d'une tenture bleue brochée, avec des courtines et une courtepointe de même étoffe, comme pour une princesse! Pourquoi des tapisseries sur les murs de la chambre? Qui a changé son ancien coffre à vêtements contre un autre, plus grand, plus riche, contenant deux robes neuves, l'une de velours cramoisi, l'autre de brocatelle blanche?

Non qu'Agnès méprise le luxe. Bien au contraire.

58

Un penchant qui ne manque pas de force l'y inclinerait plutôt. Mais cette satisfaction même qu'elle ressent en tout son corps, doux et nu, blotti dans le duvet de cygne, enfoui sous les neigeuses couvertures de peaux d'agneaux, ce contentement animal, dont la sensualité lui paraît excessive, parce que trop intense, n'est-il pas inquiétant, lui aussi, comme la manifestation première de l'état qu'on veut lui proposer?

Elle se tourne, se retourne. La senteur de jasmin qui imprègne sa couche l'assaille suavement. Les chandelles de cire fine qui brûlent sur un escabeau, à son chevet, sont parfumées, elles aussi, à la même essence de fleur. Comment a-t-on su sa prédilection pour le jasmin? Que signifie un tel souci de ses goûts? A quoi la prépare-t-on?

Ce raffinement dont est entourée soudain l'obscure suivante de la duchesse la trouble plus que de mauvais procédés. Tant de ménagements ne peuvent être innocents. Elle se sent prise, enveloppée, dans les mailles dorées d'un filet mystérieux.

Depuis la chasse au faucon, donc depuis neuf jours, elle a été emportée dans un tourbillon de fêtes qui ne lui a pas laissé le temps de méditer sur ce qui lui arrivait. Festins, bals, sérénades, joutes, promenades, défilés de masques à travers la ville décorée de tapisseries et d'étoffes de couleurs, réjouissances sans fin qui lient un jour à l'autre en un seul et interminable divertissement.

Agnès est ivre de fatigue et de plaisir. Elle ne parvient pas à concentrer sa pensée, à sonder les événements, à chercher la cause, trop subtile pour être aisément découverte, de l'inquiétude qui, sous le masque de la joie et de l'insouciance, ne cesse de la tarauder. Rien, en effet, ne semble justifier une appréhension que tout, au contraire, tend à dissiper, à noyer dans l'exaltation ambiante.

Elle soupire, remue sa tête blonde sur l'oreiller. Il n'est pas jusqu'aux cérémonies religieuses qui ne soient agrémentées d'harmonies trop recherchées, bercées d'accents trop doux, prêchées avec des mots trop cléments. On y établit, dans les sermons, des rapprochements inouïs entre l'amour divin et l'amour profane. On y remercie Dieu bien plus pour la beauté du monde que pour sa rédemption. On y parle d'abandon à l'amour, rarement d'ascèse spirituelle. Un vent de légèreté, de voluptueuses délices souffle, en ce mois de février finissant, sur Toulouse et sur la cour de France.

« Seigneur, cette ville, cette société, ne sont que tentations ! »

Plus encore que de l'air ambiant, Agnès ressent les effets des soins dont elle est, plus qu'aucune autre dirait-on, l'objet de prédilection. Dans son sillage, une sorte de tendre folie s'est brusquement emparée des hommes.

Certains troubadours lui ont dédié des poèmes. Étienne Chevalier la considère avec on ne sait quelle rêverie dans l'œil. Le comte du Maine, en sa présence, se déchaîne, étincelle, n'est plus que fantaisie et paradoxes.

Elle soupire. Pourquoi faut-il que, par ailleurs, Pierre de Brézé soit si délicat, si discrètement séduisant? Sans en avoir l'air, il l'entoure d'une cour subtile, respectueuse, bien plus efficace que les démonstrations de Charles d'Anjou.

Hier encore, aux joutes qui eurent lieu à l'instigation du roi René, le sénéchal est entré en lice porteur d'un écu dont la devise était : « La plus..... du monde. »

Chacun était intrigué, certains croyaient comprendre,

d'autres avaient pensé deviner. Agnès, elle, savait.

Ces cinq points l'avaient obsédée pendant des heures. L'amour courtois, interdisant toute manifestation qui puisse gêner l'honneur de la dame choisie, on pouvait interpréter à sa guise ces signes indéchiffrables. Mais, en réalité, il n'y avait guère à s'interroger.

Agnès se rappelle l'exclamation que sa vue a arrachée au roi le jour de sa présentation : « La plus belle du monde ! »

Le roi... Tout la ramène à lui. Il n'est pas jusqu'à ses rivaux qui ne lui empruntent ses propres paroles.

En de telles circonstances, parler de rivaux ! Elle, Agnès Sorel, fille de petite noblesse, sans fortune, sans appui, peut songer au roi de France comme à l'un de ses soupirants pour lui opposer d'autres gentilshommes ! C'est à ne pas croire. Aussi se répète-t-elle qu'elle rêve, que tout cela n'est que songeries, imaginations, folies, leurres.

Et pourtant ! Depuis qu'il l'a aperçue dans la grande salle du château narbonnais, depuis que, pris de vertige, il s'est penché vers elle, Charles VII n'a pas cessé de s'employer à lui prouver ses sentiments.

Après le don du lys en pierres fines, après l'invitation à la chasse, après les phrases échangées, les sous-entendus, les regards éloquents, il y a eu ce banquet offert aux deux cours par les Capitouls.

Parmi les nombreuses santés portées par le roi, ce jour-là, il s'en est trouvé une qui, de toute évidence, et sans fausse humilité, lui était adressée, à elle seule. Après avoir bu à « La France », à « Toulouse », à « La victoire sur les Anglais », Charles VII a levé encore une fois son hanap d'or. « A la Beauté », a-t-il dit en posant les yeux sur elle avec une ivresse qui ne devait pas grand-chose au vin gris.

Placée à l'une des branches de la table en forme d'U, de telle sorte que le roi, qui présidait, pût la voir sans tourner la tête, Agnès s'était sentie glacée et brûlante à la fois. Peut-on, dans un cas semblable, parler de coïncidence?

L'expression du souverain à ce moment-là était telle qu'elle ne pouvait prêter à confusion.

Agnès repousse de la main une mèche blonde, échappée à ses nattes de nuit, qui frissonne sur sa joue.

Et ce bal où le roi s'est arrangé pour s'emparer d'une de ses mains, au passage, alors qu'ils se croisaient en dansant la carole? La violence avec laquelle il a serré entre les siens les doigts qu'elle lui abandonnait, autant par surprise que par émotion, était presque effrayante.

« Seigneur Jésus, je ne suis pas folle. Je n'ai pas d'hallucinations. Tout est vrai. Vous le savez. Je n'invente rien. Que dois-je faire? Je Vous en prie, aidez-moi. »

Hier encore, après la messe aux augustins, comme elle sortait de la gracieuse chapelle de la Pitié et qu'elle s'inclinait, en une profonde révérence, devant le roi qui était resté à parler avec quelques seigneurs sous le porche, ne l'avait-il pas relevée en lui étreignant si fort les poignets qu'elle en avait conservé les marques quelques minutes sur la peau?

Comment le souverain, qui venait de faire oraison avec tant de piété, au pied de l'autel, pouvait-il lui témoigner si visiblement son intérêt, alors que la reine se trouvait à quelques pas de lui? A moins de songer que sa prière, justement, ne s'était élevée avec tant d'ardeur vers Dieu que pour Le supplier d'intervenir, d'éloigner de lui le désir mauvais?

Agnès repousse son drap. Elle a trop chaud, beaucoup trop.

Ce qui l'enfièvre ainsi, est-ce la honte, la peur du

péché, l'angoisse, ou bien une curieuse confusion, une nervosité faite d'attente et de trouble émerveillement ? Elle ne se dupe pas. Le roi est bel et bien épris d'elle. Tout le prouve. Tout l'affirme.

Quelques heures plus tôt, dans les appartements de la duchesse, alors qu'on jouait par petites tables aux échecs, ce jeu à la mode, il lui avait manifesté une nouvelle fois le besoin qu'il avait d'elle.

Assise face au comte du Maine qui l'avait priée d'être sa partenaire, elle réfléchissait sans se préoccuper des dames et des seigneurs qui allaient et venaient autour des joueurs, s'arrêtant ici ou là, donnant des conseils, jugeant l'adresse de chacun. Soudain, une main s'était posée sur son épaule, s'y était attardée.

Avant même de s'être retournée, d'avoir reconnu le roi, Agnès avait su que c'était lui. Son cœur avait bondi, un tremblement qu'elle ne pouvait refréner l'avait agitée tout entière. C'était au prix d'un effort considérable qu'elle avait levé les yeux sur l'arrivant.

Charles VII se tenait debout près d'elle. A côté de lui, l'observant, attentif, curieux, son argentier, Jacques Cœur, qui venait d'arriver à Toulouse pour y installer le Parlement. On parlait beaucoup de la confiance que le souverain témoignait, au grand dam de certains, à ce fils d'un pelletier de Bourges dont il avait fait un des plus puissants financiers de son royaume.

Le roi, donc, suivait, en apparence du moins, la partie qui se jouait sous ses yeux. Mais sa paume brûlait l'épaule que ne recouvrait qu'une mince soie brochée. La fièvre qui le consumait se communiquait par ce contact au corps frissonnant qui ployait un peu sous sa pesée. S'il était aisé de percevoir son émoi, il l'était moins de ne pas le partager. Les traits du souverain, qu'elle n'avait vus que du coin de l'œil, lui avaient paru creusés, comme durcis par un feu intérieur. Son regard étincelait, ses narines palpitaient.

Aussi longtemps qu'il l'avait pu, il était demeuré ainsi. En lui demandant à grands cris de venir arbitrer une autre partie, René d'Anjou l'avait forcé à s'éloigner.

Agnès, elle, était demeurée à sa place, les jambes flageolantes, le souffle précipité, la tête brûlante, anéantie.

— Eh bien, lui avait lancé le comte du Maine, eh bien, belle Agnès, que vous arrive-t-il?

Elle s'était excusée, avait parlé de fatigue.

« Mon Dieu, mon Dieu, que vais-je devenir? Que dois-je souhaiter? Le roi, marié, n'a pas le droit de trahir la reine. Pourtant, quand il me touche, tout vacille en moi, je me sens ravagée. Suis-je donc de cire? Il me semble fondre à la chaleur de ses mains. »

Elle se lève, prend une robe de velours fourrée, va vers le crucifix qu'elle emporte dans tous ses déplacements et qu'elle a posé sur un coffre vide qui se trouvait là. Devant lui, elle se jette à genoux sur les dalles de pierre. Prie de toute son âme. Elle ne veut pas devenir la rivale de la reine, elle ne souhaite pas cet amour trop lourd à porter. Elle n'aime pas le roi. Du moins, elle ne le pense pas. Pourtant, cet émoi, cette angoisse qui recèle une secrète douceur, cet appel inconnu qui monte en elle à l'approche du souverain, si ce n'est pas de l'amour, qu'est-ce donc?

Une réponse se fraie un chemin à travers les défenses de son âme assiégée. Parce qu'elle a vécu à la cour du roi René, où l'on est loin d'être prude, elle sait, bien que vierge, la force du désir, son emprise sur certains. Serait-elle de celles qui ont la chair plus faible que le cœur?

« Seigneur! Je ne veux pas! »

Courbée sous le poids de sa découverte, elle pleure.

Ses tresses blondes balaient le sol au pied de la croix qu'éclairent d'une lumière mouvante les flammes des bougies parfumées.

★

Au milieu des feuilles mortes, sur le talus, Agnès découvre un pied de violettes en fleur.

— Marie! Marie! L'hiver s'en est allé! Voici le printemps qui s'annonce!

— Dieu en soit loué! Je hais le froid et n'aime que le beau temps.

Avec le mois de mars, le soleil a repris un peu de force et d'éclat. Sa chaleur recommence à se faire sentir. Pour profiter de ces prémices les deux amies, ce matin-là, suivies d'un serviteur, sont sorties à cheval de la ville et sont allées se promener dans la campagne. Après avoir mis pied à terre, elles marchent sans hâte, humant l'air léger et devisant avec nonchalance.

Agnès a souhaité cette halte au sein de l'agitation qui ne lui laisse pas de répit. Agitation intime et mondaine à la fois : autour d'elle les réjouissances continuent, cependant qu'en elle, le tourment ne s'apaise pas.

— Les gens de par ici appellent le vent d'ouest vent de cers. C'est lui qui apporte, venue de la mer, la douceur du renouveau.

— Le Languedoc est une terre pleine de charmes, mais aussi de pièges, Marie; son printemps peut être dangereux.

— Sans doute. Un dicton de chez nous ne dit-il pas : « Mieux vaut glisser sur la glace que sur le gazon » ? Gardez-vous de l'herbe neuve, fillette!

Et de rire. Il n'est âme de vingt ans, même si elle est

aux abois, qui ne s'illumine dans la blondeur d'un soleil d'avant-saison.

— Voici d'autres touffes de violettes, ma mie.

— Faisons un bouquet.

— Plutôt un chaperon de fleurs.

— Je doute qu'il y en ait en suffisance.

— Essayons toujours.

Agnès n'a dit mot à Marie de Belleville des soucis qui la taraudent. Son amie pourrait-elle la suivre sur un terrain si peu sûr? Par des aveux prématurés, elle craint de détruire la seule amitié sans ombre qu'elle ait trouvée ici. Le silence préserve donc cette entente dont elle éprouve le rafraîchissant besoin.

Penchées toutes deux vers le talus où fleurissent les violettes, elles n'ont pas prêté attention à l'arrivée, non loin d'elles, d'un cavalier que suit un seul écuyer.

Il arrête sa monture à quelques pas des jeunes filles et les observe un moment en silence. Sur un signe de sa main, le gentilhomme qui l'accompagne à distance respectueuse et le serviteur des dames d'honneur de la duchesse s'éloignent discrètement.

Agnès ne s'en soucie pas. Elle cueille les violettes avec l'attention qu'elle porte à tout ce qu'elle fait. Vêtue de la robe de velours cramoisi dont elle ignore toujours l'origine, elle a jeté dessus un mantel de drap fourré de loutre et fermé par une cordelière. Sous les vêtements, les courbes de son corps se laissent aisément deviner.

Le cavalier la contemple un moment sans bouger. C'est Marie, on ne sait comment alertée, qui se retourne et découvre la présence immobile du cavalier. Elle plonge en une révérence de cour, tout en chuchotant à l'adresse de sa compagne :

— Ma mie, le roi!

Agnès se redresse d'un mouvement preste et salue à son tour.

— Sire, Dieu vous garde!

— Vous également, demoiselle.

Un silence. On entend, au loin, les sonnailles d'un troupeau, les aboiements d'un chien.

Charles VII n'a point de goûts fastueux. Ses vêtements en témoignent. Une tunique de drap serrée à la taille, des chausses vertes avec des houseaux qui laissent apparaître son buste long et ses jambes sèches. Sur ses épaules, un manteau à chevaucher, court, doublé de loup. Il porte un chaperon à la façon d'Allemagne. C'est un homme sans prestance, presque laid, mais la gravité, l'attention avec laquelle il considère choses et gens, son affabilité et on ne sait quoi de meurtri, de las, une fermeté qui n'est pas sans douceur, une mélancolie devenue habituelle à la suite des souffrances passées, donnent à ses traits ingrats une sorte de charme douloureux auquel on ne reste pas indifférent.

C'est du moins ce que ressent Agnès durant ces instants suspendus. Le roi la regarde, hésite, se décide enfin :

— Demoiselle, j'ai à vous entretenir.

— Sire, je suis votre servante.

Marie de Belleville s'est empourprée. Elle est la seule à se choquer d'un pareil manquement à l'étiquette. Agnès, elle, sait depuis le moment de sa présentation à la cour que cela doit arriver. Elle est prête, bien que son cœur défaille.

Charles VII descend de cheval. Il attache les rênes à un jeune ormeau qui pousse là, s'approche, sourit, et tout son visage se transforme. Il tend la main. Agnès y dépose la sienne. Tous deux s'éloignent sous les branches qui n'ont pas encore commencé à reverdir...

Quand ils réapparaissent entre les troncs, près d'une

heure plus tard, Marie de Belleville, qui a eu du temps, sur son talus pour réfléchir, ne se pose plus de questions.

Le souverain tient à présent dans sa paume le bras d'Agnès qu'il guide dans sa marche. Ils s'arrêtent non loin de Marie.

— Demoiselle de Belleville, prenez bien soin de votre amie. Elle m'est chère entre toutes. Il faut veiller sur sa beauté comme sur un don de Dieu.

Élevant alors jusqu'à ses lèvres le poignet droit d'Agnès, il le baise avec une ardeur pleine de dévotion.

— Rentrez à présent sans plus tarder, dit-il aux deux amies, il y a trop d'hommes d'armes dans ce pays pour que vous y soyez vraiment en sûreté.

D'un geste, il fait surgir du bois écuyer et serviteur, salue, saute en selle, s'éloigne.

Agnès et Marie montent sur leurs haquenées. Elles cheminent en silence pendant un long moment. Il fait bon. La douceur du temps a redonné aux oiseaux le goût de chanter. Des mouches, ivres de soleil, bourdonnent follement autour des chevaux. Dans un pré, un berger suit ses moutons. Des filles battent du linge dans l'auge d'une fontaine.

— Ma mie, dit enfin Agnès quand les remparts de Toulouse surgissent soudain à un détour du chemin, ma mie, il ne faut pas me bouder. Rien de ce qui arrive n'a été voulu par moi. Le roi décide, il n'y a qu'à obéir. En réalité, je suis aussi innocente que vous.

Marie soupire.

— Je m'efforce de comprendre, dit-elle, et il me semble y être parvenue. Soyez en paix : je ne vous juge pas. De quel droit ? Seulement, je tremble pour vous car je vous porte amitié. Qu'allez-vous devenir ?

Agnès penche la tête sur son épaule, selon son habitude, quand elle est dans le doute.

— Je ne sais à quoi m'attendre, Marie, sur mon honneur, je ne le sais pas.

— Je crains que les événements ne se chargent trop
vite de vous donner réponse.

— Le roi m'a assuré qu'il ne me forcerait jamais en
rien. Qu'il saurait attendre mon bon plaisir.

— Il le suscitera, Agnès, il le provoquera, soyez-en
certaine. Il est tant de moyens, pour un puissant souverain, de mener là où il le souhaite une fille aussi jeune
et neuve que vous !

— Si vous saviez quel respect il m'a témoigné, de quelle
délicatesse il n'a cessé de faire preuve !

— Le roi passe pour être le plus fin gentilhomme de
son royaume, Agnès. Il est passé maître dans l'art de la
diplomatie.

— Ce n'est pas habileté, ma mie, ce n'est pas cela.
Dans ce bois, il s'adressait à moi comme si je tenais son
destin entre mes mains et je voyais ses lèvres trembler
quand il me prenait par le bras.

— On tremble pour autre chose que de la déférence,
ma mie !

— Sans doute. Il n'en reste pas moins qu'il a su me
persuader de sa bonne foi. Malgré vos dires, je n'en saurais douter.

— Que tous les saints du paradis vous entendent et
vous protègent, Agnès. Je ne désire rien d'autre que de
vous voir heureuse, mais pas au prix de votre honneur !

Agnès demeure silencieuse. Les deux amies croisent
une troupe de pèlerins qui cheminent comme elles vers
la porte de la ville en chantant des cantiques. Un mire [1]
passe, docte, sur sa mule blanche.

— Je vous supplie, au nom de ce que vous avez de plus

---

1. Un chirurgien.

sacré, Marie, de ne souffler mot de ce que vous savez à âme qui vive, reprend Agnès. Mon repos et ma réputation en dépendent.

— Je vous aime trop tendrement pour rien faire qui puisse ternir votre renommée, ma mie. Soyez sans crainte, je saurai me taire. Je ne m'en entretiendrai qu'avec Notre-Dame, dans mes prières.

C'est une lourde clé de fer forgé. Assez longue, elle dépasse d'un bon pouce hors du trou de la serrure. Agnès en serre l'anneau ouvragé entre ses doigts. Donnera-t-elle, comme elle le fait chaque soir, le tour complet qui fermera sa porte ?

Quel trouble en elle et quelle confusion ! Elle reste debout devant le lourd battant de chêne, hésitante, l'esprit en déroute. Elle revient d'une soirée intime organisée par la duchesse d'Anjou dans ses propres appartements.

Depuis le début de ce mois de mars, qui en est à présent au milieu de son cours, la duchesse Isabelle se plaît à ces réunions privées où, plusieurs fois par semaine, on soupe sans cérémonie, entre convives triés sur le volet. Son époux et elle invitent toujours les mêmes personnes : le roi, le comte du Maine, la dauphine, le sénéchal, Étienne Chevalier, André de Villequier, chambellan favori de Charles VII et sa femme, Marguerite, dame d'honneur de la frêle belle-fille du souverain, Jacques Cœur, parfois, et deux ou trois suivantes de la cour d'Anjou, compagnes d'Agnès que celle-ci aime bien pour leur gaieté et leur attitude amicale.

Au demeurant, ces soupers ont bien innocente allure. On y déguste des mets exquis, des épices rares, on y boit du vin de Portugal, de l'hydromel, de la cervoise. Le ton en est joyeux, sans grossièreté, drôle, sans gaillardise. Des jongleurs et des ménestrels viennent faire des tours d'adresse, chanter des lais, rondeaux ou ballades, suivant l'humeur du moment. Parfois on danse, on joue aux dés ou aux échecs, on récite des poèmes. Après le dernier plat de fruits confits, les derniers verres de vins herbés, parfumés de myrte, d'anis étoilé ou de romarin, on prend congé les uns des autres pour aller dormir.

Tout cela est familier, simple, bon enfant. On rit beaucoup. Le roi se montre convive rempli d'entrain et gai compagnon. Il aime raconter des histoires pleines de joyeusetés ou des récits anciens. Il répète que ces soupers intimes le reposent du faste de Toulouse, qu'il s'y délasse entre gens de sa famille et amis sûrs.

La reine, fatiguée par son deuil et sa grossesse, se couche tôt et n'assiste pas à ces réunions. La duchesse anime de son esprit, la dauphine de sa grâce, ces moments hors du commun. Une émulation faite de goût, de délicatesse, du désir de plaire sans trivialité exalte les dons intellectuels des convives. On y rivalise de finesse.

Il n'y a vraiment dans tout cela rien d'inquiétant. Pourtant, si Agnès s'y plaît plus que nulle part ailleurs, elle s'y rend toujours en tremblant et en revient l'âme éperdue. Autour d'elle, elle le sent, se referment les mailles du filet. Avec douceur, bien sûr, et tact, sans l'ombre d'une violence, mais implacablement.

Pourquoi Isabelle d'Anjou donne-t-elle à tout bout de champ ces petits soupers qui, jusqu'à présent, n'étaient pas dans ses habitudes? Pourquoi le roi, qui a tant à faire d'autre part, y assiste-t-il avec une telle assiduité?

Agnès se veut lucide. Elle n'est en aucune manière dupe de toutes ces coïncidences. Il ne lui est que trop aisé de deviner le but des manœuvres dont elle se sait l'unique objet : flatter l'inclination du roi pour elle, aider à leur mutuelle connaissance l'un de l'autre, les rapprocher, enfin, le plus souvent possible, sous des apparences pleines d'innocence.

Ce qui demeure pour elle un mystère est la raison profonde qui pousse René et Isabelle d'Anjou à se faire les pourvoyeurs du souverain. A demi ruinés, seraient-ils dans l'obligation d'être plus que jamais dans les bonnes grâces de Charles VII? Ou bien, comptent-ils sur elle, qui est de leur maison, pour les rapprocher un peu plus du trône? Qu'importe! Elle a dépassé cette forme de curiosité.

Ce qui compte, c'est l'amour chaque jour plus évident que le roi éprouve pour elle, c'est la manière obsédante, tout allusive et discrète qu'elle se veut, dont il ne cesse de lui témoigner sa passion. Avec un art consommé, il l'enserre dans un réseau de mots, de regards, de sourires, de caresses furtives, de frôlements à peine discernables, qui finissent par l'émouvoir bien plus qu'il ne faudrait.

Au contact de ce brasier qu'elle a allumé sans y songer, Agnès se sent fondre. Devant cet homme qui lui témoigne une telle adoration, ses défenses tombent une à une. Déjà, elle ne le considère plus ainsi qu'il est : sans beauté, sans prestance, assez disgracié, en somme, par la nature, mais tel qu'il se transforme à sa vue. Elle ne discerne plus sur ce visage que la transfiguration soudaine qu'y cause son apparition. Elle ouvre une porte, entre, salue, et l'être chétif se redresse, s'épanouit, le visage ingrat s'illumine, le regard se met à briller comme une escarboucle. Peut-on rester de glace à vingt ans, quand on dispose d'une âme sensible et qu'on a la tête remplie de romans de chevalerie, devant un tel amour? Venant d'un tel roi? Elle, Agnès, possède un pouvoir absolu sur le maître absolu du royaume! Elle est devenue maîtresse du cœur du maître de la France!

Il y aurait de quoi mettre à l'envers une cervelle moins solide que la sienne. Cependant, ce n'est pas tant cette griserie qui, dans son cas, est à redouter. Plus encore que par une vanité, qu'on serait en droit de juger légitime, c'est par une sorte de compassion tendre, d'amoureuse pitié que la vertu d'Agnès est mise en péril.

Un souverain pourrait, en une telle conjecture, exiger, même avec courtoisie, le don de ce corps qui l'affame. Il pourrait passer outre aux pudeurs et aux craintes d'une vierge distinguée par lui. Or, c'est tout le contraire qui se produit. Charles VII semble se blâmer de son propre désir, il lutte manifestement contre lui, il accepte d'attendre, avec une patience que ses sentiments ne peuvent que condamner, l'acceptation de l'humble fille qu'il respecte autant qu'il l'aime. Sincérité bouleversante ou adresse suprême, c'est ainsi qu'il émeut le plus sûrement Agnès.

Devant la violence, elle aurait combattu. Face à ce frémissement qu'on cherche à contenir, à cette soumission venue de tant de puissance, elle se sent vaincue.

« Seigneur Jésus, pourquoi faut-il que la faiblesse me touche plus que la force? Que la vénération que me témoigne ce roi fasse plus pour sa cause que sa grandeur et sa souveraineté? »

La main d'Agnès lâche la clef sans l'avoir tournée dans la serrure.

Sera-ce pour cette nuit?

Au cours des soupers de la duchesse, elle a appris à mieux connaître Charles VII, à admirer sa parfaite maîtrise de soi, son intelligence, sa pénétration, la souplesse de sa pensée, mais aussi, à mesurer la progression d'une idolâtrie qui l'a envahi tout entier et qui, jour après jour, l'investit elle-même.

Pourquoi résister davantage? Ne sait-elle pas, avec cette sincérité dans la connaissance qu'on n'a qu'envers soi, qu'elle appartiendra à cet homme-là, un jour, fatalement. Que c'est une évidence. N'en a-t-elle pas, au fond de son être, aussi envie que lui?

Si son cœur, en effet, ne suit qu'avec retard le chemin tracé par le roi, si elle ne sait pas encore comment elle pourra l'aimer sans restriction et sans remords, ce qu'elle sait, en revanche, de façon impérieuse et non équivoque, c'est le pouvoir sensuel qu'il détient sur elle. La seule approche de cet homme déchaîne au fond de sa chair des instincts où la sauvagerie le dispute aux délices. Son contact la trouble comme un philtre. Elle doit s'avouer qu'elle espère la suite de ce bouleversement avec autant d'impatience que d'effroi.

Alors, à quoi bon toutes ces tergiversations?

Le front contre les petits carreaux de verre enchâssés de plomb, elle regarde la nuit, la lune printanière qui bleuit les toits et les murs de Toulouse.

Cette chambre qu'on lui a si généreusement octroyée, n'est-elle pas destinée de toute éternité à voir se dérouler des assauts que tout en elle souhaite et repousse à la fois?

« Ah! Seigneur, je serai donc la mie du roi! D'autres diront sa pute! Seigneur, je ne rêvais pas de cet honneur avilissant, de cette souillure glorieuse quand je suis arrivée en cette ville. Pourquoi m'avoir désignée pour ce rôle? Pourquoi avoir répandu dans mes veines un sang trop chaud, trop soumis aux lois de l'amour? Seigneur, je ne pensais qu'à un mariage modeste, pas à des noces royales et pécheresses!

« Vous savez combien j'avais horreur du scandale, combien j'en vivais éloignée et que je n'y songeais pas ! »

Agnès tressaille. Des pas résonnent sur le pavé, le long de l'enceinte du château. Ce ne sont, pourtant, que les réveilleurs de la ville qui passent leur chemin comme à l'accoutumée. Ils sont quatre, portant la casaque noire brodée d'une tête de mort, emblème de leur charge, qui parcourent chaque nuit les rues et ruelles de Toulouse. Ils veillent à la fermeture des portes, ils sonnent une petite cloche, ils crient les heures et recommandent aux prières des vigilants les âmes de ceux qui s'en sont allés. Ce sont les gardiens de la ville endormie.

La jeune fille frissonne. Pourquoi voir un sinistre présage dans ce qui n'est qu'une habitude d'ordre, une protection souvent efficace ?

Il ne s'agit pas de mort, mais d'amour !

Quoi ? Le roi de France lui fait l'honneur insigne de l'élire entre toutes — car il ne manque pas de belles qui accourraient vers lui au moindre signe —, de l'entourer d'hommages assidus, de se soumettre à ses hésitations, et elle ne sait que se plaindre ?

Allons, allons, Agnès, un peu d'audace ! A quoi servent ces débats infinis, ces ajournements ? De quel droit fais-tu de la sorte droguer un si grand prince ? Te crois-tu donc, toi-même, tellement considérable et que ta chute ait une importance quelconque ? Un peu d'humilité, ma fille, également. N'oublie pas que ton confesseur te juge trop orgueilleuse, trop occupée de toi. Obéis-lui, soumets-toi. Ne te berce plus de faux-semblants, accepte et immole-toi !

Que viens-tu, d'ailleurs, parler d'immolation ? Tu as la chance peu commune d'être aimée par un roi, toi, fille de peu, que rien ne destinait à un tel destin, et tu te plains! Sans doute, en remarques-tu pour l'instant les inconvénients plus que les avantages, et le sort de la reine te tourmente-t-il à juste titre. Il n'y a là rien d'étonnant. Elle sera ton remords. Tu n'imagines tout de même pas, pauvrette, pouvoir aborder à une pareille rive sans y trouver quelques épines sous les fleurs? On n'est jamais tout à fait innocent du mal qu'on fait, involontairement ou non, aux autres. Tu ne l'ignores pas. Envisage-le donc sans trembler.

Ta conscience non plus ne demeurera pas en repos. Devenue pécheresse, il te faudra beaucoup d'amour, beaucoup de charité, beaucoup d'aumônes, de dons et de prières pour pouvoir espérer trouver, au bout de ta route, le pardon. Si tu veux demeurer pure, si le péché t'effraie plus que la colère du roi, fuis, il en est encore temps. Retourne en Picardie, fais-toi oublier et tente, de ton côté, de ne plus évoquer ces dernières semaines, leurs promesses, et leurs joies. Fille pauvre et obscure, tu épouseras un petit chevalier sans fortune et tu useras ta vie à torcher vos enfants.

Tu es à ce carrefour où toute vie se trouve amenée tôt ou tard. Quel chemin choisis-tu? C'est le plus rude qui mène au ciel, le plus doux ne peut conduire qu'à ta perte.

Menteries que tout cela! Tu as déjà choisi! En toi quelque chose a déjà cédé. Mais tu espères adorer Dieu et le roi en même temps. Obtenir les biens terrestres et la récompense divine. Ne sais-tu donc pas que c'est là le piège ordinaire du démon?

Comme toutes les autres qui ont connu cette alternative avant toi, tu crois qu'il te sera possible, à force de bonnes œuvres, de te racheter sans trop de mal. Tu verras bien. Il ne te reste plus qu'à t'en remettre à Dieu.

A genoux devant son lit, Agnès prie, supplie, accepte à l'avance la rançon de cette faute trop douce qu'elle s'apprête à commettre, qu'elle a commise, en esprit.

Elle se relève. Retourne à la fenêtre. Soupire. Attend.

S'il vient ce soir, pourquoi nier ce besoin de lui qui te tient en secret? Reconnais donc que cet homme suscite en toi une houle de désir, un appétit des sens plus puissant, dès à présent, que tout ce que tu as à lui opposer.

Agnès s'approche de son coffre à vêtements, défait son atour de tête, dénoue ses cheveux que retenait une résille, les secoue sur ses épaules. Que cette nuit est douce et ses nerfs alertés!

Elle n'a pas voulu que Jacquotte, qui dort dans un cabinet voisin, l'aide à se dévêtir. Elle l'a congédiée avant de partir au souper de la duchesse en prétextant qu'elle rentrerait trop tard. Pourquoi? Ne sait-elle pas quel espoir impur se cachait sous le soin qu'elle semblait apporter au sommeil de sa servante?

Elle enlève son surcot, dégrafe la chaîne d'argent qu'elle met comme ceinture, la laisse glisser le long de ses hanches, retire sa robe de brocatelle blanche. Le doublet de toile tombe également à ses pieds. La voici nue, en chemise de soie bleu lin, ses cheveux sur les épaules.

Avec une brosse dure, elle coiffe longuement les mèches blondes, douces et vivantes sous les doigts. Le parfum de jasmin qui s'en dégage l'enveloppe tout entière. Avec rapidité, elle les tresse en une grosse natte qui lui tombe jusqu'aux reins.

Il lui semble percevoir un frôlement derrière la porte. Jambes flageolantes, elle reste immobile, aux aguets. Rien ne survient. Un regret lui pince le cœur.

« Tu ne pourras pas prétendre, folle fille, que tu ne l'espérais pas! »

Elle laisse choir sa chemise, se dessine, silhouette aux formes sveltes, cuisses longues, seins épanouis attachés haut sur le buste, épaules d'ivoire, dans la lumière des bougies parfumées. S'allonge entre les draps.

« Allons, tu peux dormir. Il ne viendra plus. »

Cependant, elle ne ferme pas les courtines de son lit et clôt les paupières comme à regret.

Est-ce tout de suite, est-ce plus tard, dans la nuit, après des rêves oubliés, que le bruit du pêne de sa porte, en se refermant, la tire de sa torpeur ?

Les bougies ne sont guère plus consumées que tout à l'heure. Leur clarté, qu'un courant d'air agite, éclaire une silhouette d'homme qui s'avance, lentement vers sa couche.

Voici donc le moment venu ! Son sang bat à grand bruit dans tout son corps, une fièvre soudaine l'enflamme, elle est incapable de bouger, de parler.

Le roi est à présent contre son lit. Il se penche :

— Agnès, belle Agnès, j'avais une telle envie de vous rejoindre que je ne parvenais pas à trouver le repos... Aussi, suis-je venu jusqu'à vous, presque malgré moi. M'en voulez-vous ? Si vous le souhaitez, je suis prêt à repartir. Décidez. Je ferai ce qu'il vous plaira.

Agnès sourit et, pourtant, jamais de sa vie elle n'a éprouvé une telle émotion. Peur et tentation étroitement confondues.

— Sire, murmure-t-elle, sire, comment pourrais-je, moi, vous dire de vous en aller, à vous ?

DEUXIÈME PARTIE

L'ACCOMPLISSEMENT

Ainsi qu'une allée de jardin, le grand chemin royal, pavé de longues dalles de pierre, sinue en lacets nonchalants à travers champs et bois du Limousin.

Il fait un temps de renouveau. Tiédeur du soleil revenu, chants d'oiseaux grisés de lumière, éclatement des bourgeons qui transforment les arbres, les arbustes, les haies, jusqu'au moindre buisson, en bouquets de verdure, premières fleurs sur les talus, tout concourt à faire courir dans le sang, sur les lèvres, dans les cœurs, une gaieté, faite de joie animale et de gaillarde santé, qui dilate les poitrines.

Le cortège royal progresse vers Périgueux, prochaine étape sur la route de Poitiers. En tête, Charles VII chevauche son destrier blanc, houssé de velours fleurdelisé. Il est suivi d'une escorte de seigneurs qui montent des palefrois somptueusement caparaçonnés.

Le chariot où voyage la reine est décoré d'or fin, celui de la dauphine peint en argent, et la duchesse d'Anjou a pris place dans une litière capitonnée de drap écarlate, tirée par deux haquenées grises empanachées de plumes. Leurs harnais sont de cuir rouge clouté d'or.

Les dames d'honneur, de parage, ou d'atour, se

déplacent à cheval pour les plus alertes, en chariots de couleurs vives pour les autres. Les moines, clercs, aumôniers et médecins de la cour montent des mules. Les domestiques de tous grades, suivent sur des roussins, des mulets, dans des charrettes, précédant enfin les lourdes basternes qui transportent le mobilier, les tapisseries, l'argenterie et la vaisselle du roi, objets faisant partie de la suite ordinaire du souverain.

Les archers royaux montent la garde le long de la file qui, s'étirant sans hâte, avance lentement le long de la route.

On a quitté le Languedoc quelques jours plus tôt et on s'achemine vers la capitale du Poitou par étapes point trop fatigantes, s'arrêtant chaque nuit ici ou là, au gré de l'hospitalité des châteaux, des villes et des gros bourgs. Partout, l'accueil est fervent, les vivats chaleureux, l'hébergement largement offert. Bien avant les agglomérations et longtemps après les plus petits hameaux, des villageois, des paysans, des bergers, des pèlerins, de bonnes gens de toutes sortes et de tout poil, accourent faire la haie au passage du cortège royal pour acclamer Charles VII devenu fort populaire en quelques années.

Sans en rien laisser voir, Agnès s'enivre, elle aussi, de ces fumées de gloire, de cet encens triomphal prodigué à son amant. Elle chevauche avec allégresse parmi les demoiselles de la duchesse d'Anjou, portant son secret dans son cœur comme un enfant dans son sein. Ne rien dire, dissimuler sa griserie et avoir l'air de s'intéresser au babillage de ses compagnes, aux prés remplis de fleurs, aux bois, aux vignes toutes en promesses.

Elle n'éprouve aucun mal d'ailleurs à sourire au renouveau. Comme le roi, elle aime la campagne, la nature, et ressent dans tout son corps, enfin révélé à lui-même, la complicité qui la lie à la terre alanguie sous les rayons du soleil. Bien décidée à ignorer les friches et les jachères, les ruines et les murs calcinés, témoignages d'une guerre sans pitié, elle ne veut voir et saluer que le clocher qui brille dans la splendeur du matin, la tour crénelée claquante de bannières, la chapelle qui garde la route, l'oratoire dont la porte, poussée par une main pieuse, laisse deviner dans la pénombre le scintillement des cierges devant l'autel de bois sculpté, la maison-Dieu édifiée pour l'aide aux pèlerins, la croix, les croix modestes ou monumentales, en pierre, en granit, en chêne, plantées au sommet des collines, à l'entrée des gorges, aux carrefours des sentiers, repère et signal offert aux passants, qui jaillissent de ce sol gorgé de foi comme des oraisons matérialisées.

Agnès chante à lèvres closes. Cette liesse, cette impétuosité est-elle due à la nouveauté de sa situation, au mystère qu'il sied de garder, à la fièvre des sens, aux témoignages de fol amour que le roi ne cesse de lui prodiguer quand ils sont seul à seul? Elle ne sait pas au juste. Elle a vingt ans et un souverain l'adore! Son cœur bat, son œil brille, l'élan qui la soulève n'a pas encore de nom.

Qu'a-t-on deviné, à la cour, de ce qui s'est passé entre Charles et elle à Toulouse? Rien, en apparence. Cependant, il est de subtils hommages, dont le ton se nuance d'une déférence à peine plus marquée, d'un respect teinté d'arrière-pensée qui donnent à songer pour qui observe. Qu'importe!

Pour le couple clandestin que forment à présent Agnès et son roi, il s'agit, en vérité, d'un discret mais radieux voyage de noces. L'incognito qui les environne avive encore leurs transports, donne un piment supplémentaire à leurs rendez-vous, à leurs retrouvailles hasardeuses de chaque nuit, aiguise leurs étreintes. Charles VII possède le goût des jeux cachés, des bonheurs dérobés. Initiateur plein de science et d'ardeur, il connaît les raffinements du cœur aussi bien que ceux de la chair et utilise avec un art consommé ce que les circonstances qui les rapprochent peuvent avoir d'ambigu et de troublant.

Comment une fille sans passé, donnée vierge à un tel homme, ne subirait-elle pas la contagion d'une passion à la fois si débridée et si savante?

Agnès se signe une fois de plus en passant devant un calvaire. Il faudra que Dieu finisse par lui pardonner ce péché délicieux qui, d'ailleurs, ne contriste personne puisque la reine ne se doute de rien et poursuit tranquillement, sous ses habits immaculés de deuil, sa treizième grossesse.

Il est, pourtant, un personnage de l'entourage immédiat du roi dont elle sait qu'il lui faudra se défier : le dauphin. Ce Louis au cœur venimeux, à l'esprit d'intrigue, qui ne cesse de s'opposer à son père que pour tenter de lui ravir le pouvoir. Beaucoup trop rusé pour ne pas éventer un jour ou l'autre leur secret, il cherchera sans doute à tourner à son profit une aventure dont il ne verra que le côté scandaleux. Singulier individu qui ne s'embarrasse pas d'amours, il l'a cruellement démontré à la dauphine, et qui jugera avec une sévérité feinte ce père coupable d'aimer une fille dont l'âge est plus en rapport avec le sien qu'avec celui du roi.

Agnès lève les épaules. Tant pis. Il sera toujours temps d'aviser, le moment venu. Pour l'heure, elle n'écoute que son bonheur de vivre et sourit.

— Peut-on savoir, ma mie, à qui ou à quoi vous souriez de la sorte?

La dauphine, qui s'est prise, ces derniers temps, d'amitié pour Agnès à cause de leur penchant commun pour la poésie courtoise et pour les pastourelles, rondeaux, tensons, virelais, motets et ballades des troubadours, vient de quitter le chariot de la reine près duquel elle chevauchait, pour rejoindre la dame d'honneur de la duchesse.

Les autres demoiselles s'écartent par égard à la personne royale et laissent les deux jeunes femmes au centre de leur groupe distendu.

> — *Le temps a laissé son manteau*
> *De vent, de froidure et de pluie,*
> *Et s'est vêtu de broderie*
> *De soleil luisant, clair et beau*
>
> *Il n'y a bête, ni oiseau*
> *Qu'en son jargon ne chante ou crie :*
> *Le temps a laissé son manteau !*

En saluant la dauphine, Agnès a récité le début du poème de Charles d'Orléans.

— Il faut croire, madame, que je suis faite comme bête ou oiseau car le printemps me délie l'âme et me met le cœur en fête !

— Il est vrai que cette saison est remplie de charme.

Marguerite d'Écosse, un peu dolente, quoique infiniment coquette, parée avec un raffinement inouï pour cette cour sans faste, tend son visage maladif et gracieux vers sa nouvelle amie comme pour humer sur elle des effluves de vitalité, des parfums de jeunesse.

— Si seulement mon époux ne me délaissait pas avec une telle indifférence, soupire-t-elle tandis que la brise soulève la gaze d'or qui tombe de sa coiffe en papillon.

Depuis qu'il sait que je ne puis enfanter, il se désintéresse de moi sans la moindre pudeur.

Personne n'ignore, à la cour, que la santé débile de sa femme exaspère le dauphin qui ne se cache nullement pour se gausser de sa fragilité.

— Ma nourrice prétendait que des semences de santoline mélangées à du miel et prises à petites doses chaque matin faisaient merveille dans le cas de fatigue ou d'anémie, dit Agnès dont la nature est obligeante. Pourquoi n'en prendriez-vous pas, chère dame, afin de retrouver vos forces et, aussi, l'amitié de monseigneur Louis?

— Hélas! Il n'est pas de drogue capable de me ramener mon mari! Son unique passion ne sera jamais que la politique et son seul amour le trône de France!

— En ce cas, il se peut qu'il ait encore longtemps à attendre l'objet de ses ardeurs!

Agnès rit. Marguerite d'Écosse qui ne peut connaître les liens attachant la jeune femme au roi et la secrète raison de cette gaieté insolente, jette un regard interrogatif vers sa compagne.

— Comme vous savez rire, constate-t-elle avec mélancolie. Pour ce qui est de Louis, reprend-elle au bout d'un instant, vous ne semblez pas lui porter grande affection.

Nul regret dans cette constatation. Elle-même qu'éprouve-t-elle pour le garçon maigre et noir qu'on lui a fait épouser voici déjà sept ans, à des fins dynastiques, sans se soucier de ses sentiments? Elle aurait pu alors, dans son inexpérience et sa bonne volonté, s'attacher à ce prince. A présent, elle le connaît trop bien pour conserver la moindre illusion et sait qu'il n'y a rien à en attendre. Elle lui voit l'âme dévorée d'ambition, l'esprit dédaigneux des arts qui la charment tant elle-même, seulement tourné vers la quête haletante de la royauté. Elle a mesuré son audace, faite de ruse et trahison, son intelligence dévastatrice, son manque de scrupule, et elle ne l'aime pas. Attendant un poète, elle a reçu pour époux un conspirateur.

— Il est des moments où l'existence m'est à charge, ma mie, avoue-t-elle dans un soupir. Comment faites-vous pour être toujours de si belle humeur?

— Je n'y ai point de mérite, chère dame. Contrairement à vous, j'ai du goût pour la vie et y mords avec appétit.

— Bien que la naissance m'ait mise sur les marches du trône, je vous envie, Agnès, vous et votre nature tonique. Les honneurs ne sont que hochets. A la gloire, je préférerais me sentir en paix avec moi-même. Or, je ne le suis pas.

— Vous, madame! Tout le monde vous adore à la cour!

— Beaucoup le proclament en effet, certains doivent le penser, du moins je l'espère, mais personne n'a besoin de moi.

Agnès se tait. Le roi a besoin d'elle et le lui prouve. De mille façons, il s'ingénie à lui manifester la passion qui le dévore. Par là, plus encore peut-être que par la possession charnelle, il l'envoûte et la séduit.

Soudain, la dauphine se ravise. Regrette-t-elle ses confidences?

— Je vais rendre visite à Isabelle d'Anjou, dit-elle en rassemblant ses rênes. Depuis Toulouse, elle s'est attaché un jeune poète nommé Guilhem qui est des plus doués.

Agnès salue. Comme elle aimerait pouvoir, aussi naturellement, se rendre près du roi pour échanger avec lui toutes sortes de propos, car il a l'esprit fin et

orné comme peu de gentilshommes de France, d'Angleterre ou de Bourgogne peuvent se vanter d'en posséder,
mais le moyen d'afficher une liaison qui soulèverait
tant d'opprobre? Il faut se taire et ménager la reine.

Aimant les situations claires, haïssant l'hypocrisie,
Agnès trouverait normal de dire à tout un chacun qu'elle
est la mie du roi et que, de toute sa chair, elle lui appartient. Hélas, tout le monde se voilerait la face. Ne pas
oublier que Charles est descendant de saint Louis!
Donc, jouer le jeu. Le roi en souffre certainement autant
qu'elle, bien qu'il n'y ait rien là d'inattendu. Durant la
nuit de Toulouse quand elle pesait le pour et le contre
de son abandon proche, elle savait déjà qu'il en serait
ainsi. Elle avait choisi, alors, entre le poids du sacrifice
et celui du renoncement. En toute liberté, sans faux-
semblants. Elle ne le regrette pas. La sagesse réaliste
qu'elle tient sans doute de son ascendance picarde lui
conseille d'écarter ces ombres pour mieux goûter les
douceurs infinies d'une situation exceptionnellement
grisante : n'est-elle pas la femme que le souverain de
la France aime avec emportement, la source cachée du
bonheur dont il rayonne?

Des cerisiers et des amandiers fleuris éclaboussent la
campagne de leur blancheur que le soleil illumine. Des
cris et des éclats de rire fusent un peu partout au milieu
du bruit de l'escorte en marche et du fracas des charrois.
Décidément, il fait bon vivre par un temps pareil, en
connaissant un tel amour, au sein d'une cour si plaisante!

— La duchesse d'Anjou vous mande, demoiselle.

Un page s'est faufilé parmi les suivantes jacassantes
jusqu'à la jeune femme qui remonte aussitôt le convoi
à sa suite.

De l'intérieur de sa litière en bois doré, Isabelle d'Anjou, vêtue de velours émeraude, entourée de quatre de ses dames, tient un cercle. Autour d'elle, caracolent seigneurs, damoiseaux et troubadours. René, son époux, l'escorte à sa façon remuante et tapageuse. Il se tient à gauche de la voiture. Le roi, lui, se tient en ce moment à droite. Il s'adresse avec un plaisir évident à sa belle-sœur et Agnès, une fois encore, devine le rôle singulier que la duchesse s'est donné dans leur aventure. Grâce à elle, les amants ont chaque jour mille occasions de se rencontrer le plus innocemment du monde et sous les yeux de tous. Quel meilleur garant pouvaient-ils souhaiter?

Avant même que l'entourage d'Isabelle ait aperçu l'arrivante, le regard du roi s'est posé sur elle. Agnès se sent caressée, enveloppée, dévêtue par ses prunelles qui s'allument à son approche d'un éclat qu'elle connaît bien. Frissonnante de plaisir, elle conduit sa haquenée contre la litière, du côté où se tient le roi.

— Vous me demandez, madame?

— Je me languissais de vous, ma mie.

On ne peut mentir avec plus d'enjouement et de grâce.

La jambe d'Agnès frôle celle de Charles qui rapproche imperceptiblement son destrier, de façon à accentuer ce contact.

— Le roi notre sire m'a fait l'honneur de me réclamer un chant, reprend Isabelle. Or, il se trouve que je souffre de la gorge et ne puis chanter maintenant. J'ai donc aussitôt songé à vous, Agnès, que le ciel a douée de la plus jolie voix que je connaisse. Vous sentez-vous disposée à nous charmer?

— Dame, je suis à votre service, et aux ordres de Sa Majesté.

Ils sont trois, au moins, à savoir jusqu'où va sa soumission aux désirs du souverain. Elle en ressent une jouissance secrète que partage à coup sûr son royal amant.

— Sire, vous plairait-il d'ouïr une ancienne aubade provençale que j'aime particulièrement et que nos jongleurs ont remise à la mode?

— Si elle vous plaît, demoiselle, elle me plaira aussi.

— Je veux l'espérer, sire.

Agnès demande à une des dames de la duchesse qui se trouve près de celle-ci, dans la litière, de bien vouloir l'accompagner sur son luth. Quelques accords, puis le timbre frais s'élève :

> *En un verger sous feuillage d'aubépin*
> *La dame tint son ami tout près d'elle*
> *Jusqu'au cri du guetteur ayant vu l'aube :*
> *Mon Dieu! mon Dieu! comme l'aube vient vite!*
>
> *Ah! Plût à Dieu que la nuit ne prît fin,*
> *Que mon ami ne s'éloignât de moi*
> *Que le guetteur ne vît ni jour ni aube*
> *Mon Dieu! mon Dieu! comme l'aube vient vite!*
>
> *Beau doux ami, embrassons-nous encore*
> *Au fond du pré où les oisillons chantent;*
> *Aimons-nous bien en dépit du jaloux,*
> *Mon Dieu! mon Dieu! comme l'aube vient vite!*
>
> *Beau doux ami, faisons un dernier jeu*
> *Dans ce jardin où chantent les oiseaux*
> *— Tant que guetteur ne joue pas de sa flûte —*
> *Mon Dieu! mon Dieu! comme l'aube vient vite!*
>
> *Dans l'air léger qui me vient de là-bas,*
> *De mon amant beau, courtois et joyeux,*
> *De son haleine, j'ai bu un doux rayon...*
> *Mon Dieu! mon Dieu! comme l'aube vient vite!*

La duchesse d'abord, puis le roi avec elle, reprennent en chœur le dernier vers de chaque strophe. Ce n'est certes pas hasard, si la jeune femme a choisi cette chanson dont les paroles sont celles-là mêmes qu'il lui est arrivé de prononcer entre les bras du roi à Toulouse, au lever du jour, quand le cor des réveilleurs avertissait du haut d'une tour les bourgeois du guet que leur service prenait fin.

Une voix pure, un timbre grave. Leurs accents unis, ici, en plein jour, comme leurs corps, là-bas, dans l'ombre nocturne.

Ils se contemplent l'un l'autre jusqu'au vertige. Il ne sera pas facile de tenir longtemps cachée cette passion qui s'empare d'eux dès qu'ils sont un peu proches. Combien de temps pourront-ils dissimuler ? Combien de temps leur entourage mettra-t-il à se rendre à l'évidence ?

— Agnès, ma mie, vous avez interprété cette aubade de la plus ravissante façon et nous vous en savons gré, lance Isabelle d'Anjou comme pour rompre un charme. Désirez-vous, Charles, qu'elle nous chante autre chose ?

— Grand merci, chère dame. Je ne saurais en entendre davantage, dit le souverain en s'arrachant non sans peine à sa fascination. Il me faut retourner en tête du cortège. Croyez bien que j'en suis au désespoir.

Il salue, pose encore une fois des yeux chargés d'un message bouleversant d'ardeur et de nostalgie sur Agnès et s'éloigne à travers la foule qui s'écarte avec respect.

Agnès demeure sur place, éblouie. Posséder un tel ascendant sur un homme comme lui ! S'il n'est pas resté pour écouter une seconde poésie, c'est qu'il n'était pas sûr de pouvoir demeurer ainsi près d'elle sans se trahir. Elle connaît à présent ce masque aux prunelles assombries et étincelantes à la fois, ces traits que creuse le désir, le tremblement des lèvres. Oui, elle tient entre ses mains le cœur et le corps du roi de France! Il est à sa merci. Elle en ressent en même temps une griserie immense et un trouble profond. Du respect, aussi, pour celui qui se livre si totalement à elle, par amour.

« Jamais, je ne lui causerai de tourment, Seigneur, jamais! Je veux lui être toute douceur et agrément, son refuge et sa fidèle joie. Sa mie, sa bonne fée. Me pardonnerez-vous mes péchés, sire Dieu, si je lui apporte ce qui lui a, depuis toujours, si cruellement manqué : gaieté et paix du cœur? »

— Si nous prenions un peu de repos, à présent, mon très cher seigneur? Nous voici au mitan de la nuit et, une fois encore, je suis brisée. Comblée, mais à bout de force. Que penseriez-vous, Charles, d'une trêve amoureuse?

— J'accepte, parce que je sais d'expérience combien les trêves sont choses brèves, ma mie. J'espère bien que celle-ci sera de courte durée. Voyez-vous, Agnès, la faim que j'ai de vous reste insatiable. Sitôt que je vous ai quittée, j'ai envie de vous reprendre.

— A-t-on jamais rêvé plus fol amour? Vous m'émerveillez, mon cher sire. Cependant, n'est-il pas meilleur, parfois, de demeurer sur son appétit et la satiété n'est-elle pas le pire des dangers à courir? Parmi beaucoup d'autres sciences, vous m'avez appris l'art d'intensifier le désir de mille façons subtiles. L'attente, il me semble, y est en bonne place. Suspendons le combat pendant un moment, Charles. La reprise n'en sera que plus chaude.

— A votre gré, ma belle. Laissez-moi alors me repaître la vue un moment de ce corps plus doux, plus pulpeux, plus éclatant, au milieu de ces couvertures d'agneau, que les plus beaux fruits de mes vergers. Fleur et fruit, vous êtes, à vous seule, un jardin vivant, ma mie!

— Et vous, un jardinier trop avide, Charles!

— Hélas! Vous me quittez!

— Je me lève uniquement pour aller quérir notre collation nocturne, mon cher seigneur. Comme j'aime à le faire toutes les nuits où vous daignez honorer ma couche!

— Il est vrai que je boirais volontiers de ces vins pimentés que vous me faites préparer avec tant de soins. J'y puiserai, en outre, un supplément de vigueur pour honorer toujours davantage votre beauté!

— Oui-da! vous n'en avez nul besoin, sire! Je connais votre ardeur et puis me porter garante que les aromates d'Orient qui parfument ce vin ne vous sont en aucune façon nécessaires.

— Je n'ai besoin que de votre présence pour m'embraser tout entier, ma mie.

— Charles! Soyons sages un tout petit instant, je vous prie! J'ai fait déposer sur ce coffre, comme tous les soirs, les épices de chambre que vous aimez : anis, gingembre, coriandre, genièvre, noix, noisettes, figues, et aussi des pâtes de coing, d'amandes et d'abricot, sans oublier les nougats. Faites-moi la grâce d'y goûter.

— Croquons-les ensemble.

— Il me faut bien reconnaître que je suis aussi gourmande que vous, Charles!

— Buvons l'un après l'autre dans ce hanap, ma très chère. J'apprécie chaque jour un peu plus la saveur de ce breuvage où se retrouvent à la fois la force du vin, la douceur du miel et le feu des épices. Versez-m'en, ma mie, et buvons à votre santé.

— A la nôtre, cher sire.

— A notre amour, Agnès!

— A votre fidélité, Charles, quand vous serez loin de moi.

— Hélas, ma mie, ne parlons pas de cette séparation dont la seule pensée me torture.

— Il en est de même pour moi, soyez-en sûr. Depuis Toulouse, je ne vous ai pas quitté, ou si peu...

— Ah! ce début de printemps toulousain, Agnès, restera le plus bouleversant de toute ma vie.

— Et notre voyage jusqu'ici, ne fut-il pas, lui aussi, un enchantement?

— Dieu nous garde, malgré nos péchés! Depuis que je vous aime, mes jours ont changé de couleur, Agnès, et je suis heureux comme je ne croyais pas qu'un homme pouvait l'être!

— Je vois également tout sous un aspect nouveau. Votre bonne ville de Poitiers, par exemple, que je n'avais jamais, jusqu'à maintenant, traversée avec un plaisir particulier, si ce n'est pour la beauté de ses églises et de ses moutiers, me semble tout à coup une cité admirable.

— Que vous me ravissez, ma belle, en parlant de la sorte. Vous savez que j'ai longtemps vécu ici quand je n'étais que le comte de Poitiers, alors que les Anglais tenaient Paris et presque toute la France. J'y avais faute de mieux installé ma capitale, mon parlement et même fondé une université. J'y fus très dolent et je m'y suis beaucoup ennuyé.

— C'était, alors, votre temps d'épreuve.

— Dix-neuf ans, Agnès! J'ai vécu dix-neuf ans dans cette ville, inquiet, trahi, pourchassé, renié, vendu...

Vous ne pouvez entrevoir vous, si jeune, si neuve, ce que fut mon destin dans ce temps-là!

— Oubliez ce passé détestable, mon cher seigneur. Vous avez vaincu à la fois les Anglais et l'adversité.

— Oui, n'y pensons plus, céans. Donnez-moi, plutôt, un baiser de votre belle bouche.

— Charles!

— La trêve n'est-elle point terminée?

— Pas encore. J'aime bien ces moments hors du lit où nous parlons comme des amis.

> — *Vous êtes plus blanche qu'ivoire,*
> *Je n'adorerai que vous!*
> *Je mourrai, si je n'ai de secours*
> *Et prompte preuve d'amour!*
> — *Par le chef de saint Grégoire —*
> *Un baiser sous l'arbre ou en chambre!*

— Que c'est déloyal à vous, Charles, d'user de la sorte des vers de ce pauvre Guillaume de Poitiers. Vous n'avez pas vergogne d'appeler à la rescousse, et pour de telles fins, ce poète douteux que l'Église excommunia à plusieurs reprises pour ses mœurs relâchées?

— En faveur dé son talent — n'est-il pas le premier en date de nos troubadours? — faites grâce à ses turpitudes, ma mie. Ses vers, au demeurant, sont charmants:

> *Je me rends, je me livre : Elle*
> *Peut bien m'inscrire en sa charte.*
> *Et ne me tenez pour ivre*
> *Si j'aime ma bonne dame :*
> *Sans elle je ne puis vivre,*
> *De son amour j'ai si grand faim!*

« J'entends là l'écho exact de mes préoccupations amoureuses, Agnès !

— Comment trouvez-vous, mon cher seigneur, tant de temps à me consacrer dans vos pensées, alors que vous avez une telle multitude de projets politiques en tête ?

— C'est très simple, ma douce : quand je confie une armée à mon damné fils le dauphin pour qu'il aille secourir Dieppe menacé, encore une fois, par les Anglais (et qu'en même temps, il me débarrasse de son encombrante personne) ou quand je reçois le nonce et mon cousin, le duc Charles d'Orléans, pour discuter avec eux des modalités d'une paix que souhaitent, par mystique, Henri VI, le roi d'Angleterre, par opportunité cette canaille de Winchester, et, enfin, mes pauvres sujets par une lassitude bien compréhensible, j'ai l'air d'agir en roi, uniquement. Point du tout. C'est aussi votre amant, ma belle, qui intervient. En effet, suivez-moi bien : mon cousin de Bourgogne, Philippe (que le diable l'étripe !), joue maintenant les bons apôtres, après avoir attisé de ses mains le brasier de cette lutte interminable, et je pourrais prendre plaisir à le faire languir à son tour. Je n'y aurais pas manqué voici encore deux mois, par esprit de revanche. Seulement, depuis lors, ma mie, vous êtes apparue, et mon cœur plein de vous me pousse à l'indulgence, à la concorde, pour tout dire à la mansuétude. Alors qu'il pourrait être profitable de continuer un combat où nos adversaires s'épuisent, je souhaite la paix, à cause de vous !

— De moi, sire ?

— Bien sûr, mon âme. Je ne veux point être sans cesse obligé de courir loin de vous, pour me battre, et je ne veux pas non plus vous savoir exposée, dans un pays en

guerre, aux vicissitudes de la tourmente. Si je songe activement à la paix, c'est, aussi, parce que vous êtes faite
pour la joie et la douceur de vivre, parce que vous ne
pouvez être pleinement épanouie que dans un royaume
apaisé.

— Mon cher seigneur!

— Ne sera-ce pas là le plus beau des cadeaux que je
puisse vous offrir, ma mie?

— Certes oui, Charles, et je vous en serai éternelle-
ment reconnaissante!

— Point de reconnaissance là où loge l'amour, Agnès!
Mes visées, au reste, ne sont pas si pures. Si je saisis,
en agissant de cette manière, une occasion de vous
complaire, c'est également pour vous faire, ainsi, un
présent auquel aucun de mes rivaux ne peut prétendre.

— Vos rivaux? Lesquels, sire?

— Ne croyez point que je sois aveugle, ma belle! A
ma cour, tout le monde, peu ou prou, est épris de
vous!

— Nenni!

— Si fait. Prenons un exemple. Pierre de Brézé, sénéchal du Poitou, nous reçoit, en quelque sorte, chez lui
dans cette ville. Rien ne lui semble trop fastueux pour
les festivités dont il nous gratifie. Croyez-vous que ce soit
uniquement pour moi? Nullement. Ces fêtes, ces danses,
ces tournois, ces festins, ces concerts, vous sont, secrètement, dédiés. Ne voyez-vous pas comme il vous dévore
des yeux?

— Je n'ai point prêté attention à ses regards.

— Ne savez-vous pas qu'il a conservé sur son écusson
sa mystérieuse devise: « La plus ..... du monde »? Nierez-
vous que c'est à vous (à qui cela pourrait-il aller aussi
bien?), à vous seule, qu'il a songé en la choisissant?

— Il se peut.

— Ne détournez pas vos regards, ma mie. Il est flatteur pour une femme, serait-elle la plus belle du monde, d'être aimée si courtoisement par le plus magnifique et le plus brave chevalier de France !

— Si vous ne vous abusez pas, sire, c'est alors avec un respect infini que le sénéchal m'aime. Il se montre en tout point digne de l'idéal chevaleresque qu'il représente si noblement.

— Sans doute, sans doute. Son âme est droite et, même s'il ne sait pas encore que vous êtes à moi, l'attention que je vous porte suffira à le tenir éloigné de vous... en dépit de son propre penchant. Il en est de même pour Étienne Chevalier qui, sous des apparences austères et parce qu'il n'a que trente-trois ans, se consume à petit feu pour votre charmante personne. Vous ne me ferez jamais croire que vous n'avez pas remarqué son visage pâli par les chagrins amoureux. Seulement, lui, a certainement deviné bien des choses. Il sait qu'il n'a plus d'espoir à conserver.

— Il ne m'a jamais témoigné que délicate et déférente amitié.

— Je l'espère bien ! Il est beaucoup trop fin, d'ailleurs, pour qu'il en soit autrement.

— Sire, si nous parlions d'autre chose ?

— Pas encore, ma mie. Continuons un moment la revue de vos servants. Il n'est pas jusqu'à Charles d'Anjou, mon jeune beau-frère, qui ne se soit laissé charmer par votre grâce.

— Avec lui, ce ne sont que rires et propos sans danger. Il courtise toutes les femmes point trop mal faites !

— Assez habile pour souhaiter donner le change, il sait, j'en jurerais, que vous êtes à moi.

— Vous le croyez ?

— Je le crains. Des rumeurs ont certainement filtré. Tout finit par se savoir, ici, ma belle Agnès.

— J'aurais tellement désiré que notre liaison demeurât secrète.

— Je le souhaite aussi et m'y emploie sans cesse, ma mie. Cependant, il n'y a guère d'illusion à conserver : notre bonheur se lit sur nos visages.

— Ne peut-on interpréter cette euphorie comme le résultat de vos victoires, comme le témoignage de votre satisfaction devant la bonne marche des négociations en cours?

— Je serais fort étonné si mes intimes s'y laissaient tromper. J'ai surpris hier mon nain qui écrivait sur les murs de ma chambre votre nom en lettres d'or!

— Personne n'attache d'importance aux faits et gestes de ce fou! La liesse qui règne ici depuis notre arrivée peut fort bien s'expliquer par des raisons politiques.

— Elle le pourrait, en effet, mais, voyez-vous, ce n'est point le cas. Je suis persuadé que certains de ceux qui nous entourent savent à quoi s'en tenir et qu'ils ne portent pas au compte de la politique ce qui relève du cœur.

— Vous cesserez donc d'être joyeux quand je serai retournée en Anjou?

— Vous le savez bien!

— Hélas, cher sire, que cette séparation me répugne donc à moi aussi!

— Isabelle de Lorraine compte partir de Poitiers dans quelques jours, afin d'être à Saumur à la mi-avril. Je ne sais ce qui me retient de vous prendre à elle et de vous détacher de sa maison!

— Cela ne se pourrait sans scandale. La reine est grosse, Charles, il ne faut pas l'affliger.

— Je sais, je sais. Je me refuse, vous le savez, à lui causer de la peine. C'est pourquoi je me tais. Pourtant, vous voir partir me déchire le cœur. Que deviendrai-je, privé de vous?

— « Ni vous sans moi.

« Ni moi sans vous. »

— Il ne me restera qu'à trouver un prétexte pour vous rejoindre à Saumur, à la cour de ma belle-sœur. Soyez sans crainte, je saurai susciter les occasions!

— Je vous attendrai chaque jour, Charles.

— Et chaque nuit, ma mie?

— Il va de soi.

— En attendant ne perdons pas celle-ci, ma belle, elle est déjà fort entamée. Venez plus près de moi et ouvrez ce doublet de velours, que je vous voie enveloppée de pourpre et cependant vêtue de votre seule nudité! Par saint Jean, que vous êtes belle!

La tête du lévrier, long museau et poil de soie, repose, confiante, sur les genoux d'Agnès. Non sans un plaisir doux amer, celle-ci passe et repasse sa main, ornée de bagues nouvelles, sur le pelage gris du chien que le roi lui a donné à Poitiers avant de la quitter pour de longs mois.

Personne, à Saumur, ne connaît la provenance de ce cadeau. Dans les yeux de l'animal luit une fidélité sans condition, symbole de celle que les amants se sont jurée avant de se séparer.

« Que le temps me dure », songe Agnès, en enroulant d'un geste familier une des oreilles duveteuses autour de son doigt.

Il fait très lourd en cette fin du mois de juin. Au-delà des bordures d'œillets que René d'Anjou a fait venir à grands frais et grands soins de sa chère Provence pour décorer le jardin de l'opulente demeure construite dans l'île d'or qu'enserre la Loire, face au château dont les fastes lassent, parfois, son épouse; au-delà, aussi, des lys dont la senteur entête, le terrain descend en pente douce jusqu'aux grèves qui bordent l'eau.

Une buée de chaleur flotte sur le fleuve. Des barques y passent, à rames ou à voiles, transportant des charges de fruits ou de légumes, des volailles, du foin, du bétail, ou des cargaisons de bois et de tonneaux.

Des coches d'eau, massifs, peints de couleurs vives, décorés de verdure, bâchés à l'avant, et sur lesquels des voyageurs de tous âges et de toutes conditions ont choisi d'effectuer leur déplacement, glissent sans hâte parmi les bateaux chargés de marchandises.

De l'autre côté de l'eau, dominant la ville, le château de Saumur dresse sa silhouette blanche dont le soleil illumine les tours hardies et élégantes. Ses bâtisseurs, sous les ordres du précédent duc d'Anjou, ont eu l'audace, la fantaisie, de le décorer pour couronner ses crénelages, de fleurs de lys, d'un foisonnement de clochetons, de toits aigus, de dentelles de pierre, de cheminées armoriées, et d'une débauche de girouettes, si finement dorées, que la lumière triomphante en rend la vue blessante pour les yeux. Un pont-levis, jeté sur le ravin qui le ceint, fait communiquer ce chef-d'œuvre avec la campagne environnante.

Assises dans l'herbe, sous les branches de vieux poiriers, les dames d'honneur de la duchesse, tout en devisant, se confectionnent des chapeaux de fleurs.

Une fontaine, au bruit d'eau vive, retombe dans un bassin de marbre, au milieu de la pelouse.

Agnès, qui a commencé à se tresser une couronne d'œillets, chinés de blanc et de carmin, a fait allonger contre les plis de sa robe, Carpet, son lévrier. Elle lui porte une tendresse un peu excessive où se déverse le trop-plein de son âme esseulée. Tout en ayant l'air de suivre la conversation, elle laisse son esprit vagabonder loin d'elle, là où doit se trouver Charles VII.

Du fort bel hôtel, élevé à cet emplacement sur un caprice d'Isabelle, s'élèvent des accords de harpe, de psaltérion et de viole. La duchesse fait de la musique.

Dans une autre pièce, en ce jour où la chaleur humide le fait renoncer à la chasse, René d'Anjou peint en compagnie de gentilshommes de ses amis, amateurs comme lui de peinture et d'art graphique.

Qu'il ferait doux vivre en ce val de Loire créé, semble-t-il, pour l'existence sensuelle et harmonieuse qu'on goûte à la cour angevine, qu'il serait aisé de se laisser aller aux divertissements de tous ordres qu'on y donne, si un sentiment, fait de regrets, d'incertitude, d'un brin de jalousie et de beaucoup de nostalgie, ne rongeait, sous une apparence tranquille, le cœur d'Agnès.

Elle ignore encore si elle aime d'amour ce roi dont l'image la hante nuit et jour, mais elle ne peut nier le vide que cette absence a creusé dans sa vie, la vacuité affligeante des mois écoulés depuis leur séparation. Son corps, par la fougue de ses sens révélés à eux-mêmes et par le désir qui la torture certains soirs dans son lit, son esprit, par ce déplaisir poignant qui l'habite sous ses dehors affables, semblent, l'un et l'autre, savoir mieux qu'elle à quoi s'en tenir sur ses véritables sentiments.

Si elle se refuse encore, en dépit de leur témoignage, à nommer ce cher désordre qui l'agite, c'est autant par défiance des mots qui ont trop servi et des idées romanesques que tant de ses compagnes ont puisées dans les récits de chevalerie, que par crainte instinctive de ce qui l'attend si elle accepte une telle situation.

Le roi lui a juré de revenir le plus vite possible, mais trois mois ont passé depuis lors. S'il ne revenait pas? Si une autre femme l'avait attiré autant et davantage qu'elle-même? Si une autre l'avait plus complètement séduit?

En admettant qu'il revienne comme chacune des lettres qu'il parvient à lui faire passer en secret le proclame, et elle est bien tentée de le croire, comment, alors, se comportera-t-il?

On a vu des amants curieusement changés après une longue absence. Charles sera-t-il toujours aussi épris, aussi subjugué?

Agnès ne ressent aucun penchant pour la douleur. Sa nature saine et équilibrée fuit, autant que faire se peut, les manifestations morbides qui sont de mode à cette époque où la guerre et les maux qu'elle entraîne ont répandu, dans la noblesse aussi bien que dans le peuple, la hantise de la mort, et une étrange complaisance envers le malheur. Elle se rebelle contre l'attrait malsain qui pousse beaucoup de gens à se repaître des calamités qui assiègent avec un tel acharnement, depuis plus de cent ans, les hommes de ce pauvre pays. Elle est de ceux qui saluent avec un immense espoir et un indicible soulagement les prémices de la paix, l'annonce d'un retour à la vie normale que connurent, jadis, leurs ancêtres dans des siècles de lumière et d'expansion, alors que régnaient Philippe Auguste ou bien saint Louis. Elle se veut oublieuse des catastrophes et des ruines récentes, tournée uniquement vers un avenir plus accueillant.

Dans son existence personnelle, elle n'accepte pas non plus la tristesse ainsi qu'une nécessité. Elle repousse de toute sa jeune verdeur, les idées sombres ou le découragement.

Donc, elle a choisi d'attendre. Sans se laisser aller à

des rêves désordonnés. Ne pas décider qu'on aime d'amour un homme qui peut encore apporter avec lui le désespoir. Se garder, s'il en est temps, pour un clair destin, tissé d'insouciance, et non pour l'amertume des destinées avortées.

Le lévrier s'agite. Des mouches, que la chaleur orageuse affole, viennent de le piquer sans que sa maîtresse, distraite, y ait pris garde.

— Tranquille, Carpet, tranquille!

— Il a raison, votre chien, s'écrie une des demoiselles de madame Isabelle. Nous nous engourdissons tant il fait chaud sous ces arbres et je crains, pour ma part, de m'endormir dans un instant. Si nous rentrions dans la grande salle? On pourrait y jouer au corbillon et distribuer des gages. Ce sera plus amusant que de rester à cuire ici en attendant l'heure du souper qui sera suivi, ce soir encore, d'un bal paré.

— Bonne idée, Alix, il fait plus frais sous les voûtes de la salle que dans le verger. Rentrons.

Un moment après, quand sonne l'angélus à tous les clochers de Saumur, un jeune garçon, détaché du château, apporte un courrier que le messager du duc vient de remettre entre les mains d'un des quinze chambellans de René d'Anjou.

Agnès reçoit deux missives. Elle glisse l'une d'elles dans l'escarcelle brodée qui pend à sa ceinture et ouvre l'autre aussitôt. Sa cousine, Antoinette de Maignelay, qui réside toujours en Picardie dans le domaine familial, en compagnie de sa mère, tante d'Agnès, trouve le temps long dans le vieux manoir et s'y languit tout le jour.

« Pourquoi ne pas lui dire de venir me rejoindre ici? La sœur de ma mère est très introduite auprès de la duchesse à laquelle elle m'a recommandée autrefois. Elle ne s'opposerait certainement pas à la venue de sa fille en Anjou. De mon côté, je serais bien aise de retrouver ma cousine. Tant de jeux et de menus mystères partagés durant notre enfance, nous lient davantage l'une à l'autre que ne le feraient des natures identiques. Nulle fille de mon âge n'est plus proche de moi, si ce n'est Marie de Belleville dont je préfère le caractère. Mais Marie ne peut venir avant longtemps à Saumur. Son service la retient auprès de la reine qui poursuit sa grossesse en Touraine. J'ignore quand je pourrai la revoir. Les demoiselles de la duchesse, têtes légères s'il en fut, qui ne prennent au sérieux que la dernière mode venue d'Italie ou de Bourgogne et les récits de chevalerie, ne me sont rien. Je ne puis me confier à aucune. J'étouffe ici, et pas seulement à cause de la chaleur ! Allons, c'est décidé, je vais écrire à Antoinette pour lui proposer de venir me rejoindre céans. »

Pour lire, Agnès s'est écartée de ses compagnes et rapprochée d'une des belles fenêtres à décoration flamboyante qui ornent la façade de la demeure. Elle s'y penche un instant, pour respirer les senteurs du jardin et tâte, au fond de son escarcelle, le parchemin qu'elle vient d'y enfouir. Bien qu'aucun sceau n'en révèle la provenance, elle sait à quoi s'en tenir. Le roi lui adresse, aussi souvent qu'il le peut sans danger d'attirer l'attention, des lettres qui ne sont que des cris d'amour. Agnès les lit et relit la nuit, une fois retirée dans la chambre qu'ici comme partout, la duchesse a pris soin de lui faire octroyer pour elle seule, loin du dortoir des filles.

Après le souper, il y aura, par petits groupes animés, jusqu'à la tombée du crépuscule, la promenade dans la campagne baignée d'odeurs de foin coupé et de fraîcheur vespérale, puis le bal dans les salles du château que la nuit envahira lentement, repoussée au fur et à mesure par l'éclat des torches et des chandelles qu'on allumera à profusion, puis une collation de vins et de fruits qui terminera la soirée. Alors, alors seulement, enfermée dans sa chambre, éclairée par les bougies parfumées qu'on continue à lui fournir sans jamais y manquer, elle prendra connaissance des mots haletants, des évocations troublantes, des rappels, des appels, de tout ce délire passionné que le roi de France lui envoie discrètement, sans marque extérieure, sur un simple parchemin, pour lui dire, lui redire qu'elle est la plus belle, la mieux aimée, l'unique !

★

Il pleut sur l'Anjou, sur la vallée de la Loire, sur les toits aigus du château de Saumur. Les girouettes dorées, en forme de chimères, grincent et virevoltent sous la poussée changeante des bourrasques, venues de l'océan et qui remontent le fleuve.

— Voici l'automne. Combien différent de ceux que nous avons connus jusqu'à ce jour !

— Les choses, les gens, les événements vont aussi vite, cette année, que le vent d'ouest, monsieur le sénéchal.

Jacques Cœur et Pierre de Brézé, l'un près de l'autre, regardent tomber la pluie.

Dans la pièce obscurcie par le ciel plombé, on a allumé, sous le manteau d'une vaste cheminée de pierre, un des premiers feux de la saison. Ses lueurs agitées par les rafales éclairent, de dos, les deux hommes si différents, le chevalier et le banquier, qui devisent ainsi que des amis.

Plus grand, mieux découplé que son compagnon, haute silhouette de guerrier rompu à tous les exercices du corps, le sénéchal incline un visage attentif vers l'argentier. Comme toujours, il est vêtu avec une élégance de grand seigneur, d'une robe de velours violet filetée d'or, doublée de loutre. A trente-trois ans, ce modèle des preux brille de toute la splendeur de son accomplissement. Possédant la confiance absolue de Charles VII, étincelant d'intelligence au conseil royal, vainqueur aux armées comme en lice des adversaires les plus redoutés, il n'a qu'à paraître pour plaire, aux hommes par sa vaillance, aux femmes par sa séduction.

On le sait ambitieux, mais qui songerait à lui reprocher de vouloir se rendre maître de l'esprit du roi, quand on devine qu'il ne rêve que de lui servir de guide sur le chemin de la gloire, qu'il s'est donné pour but de placer son souverain à la tête des monarques européens? Rien de vil ne saurait l'habiter et cette passion du pouvoir se confond avec son amour sans faille pour le royaume de France.

Ses mains, puissantes, racées, traduisent sa force autant que son raffinement. Ce chevalier capable de vivre des mois en selle, de la vie brutale et dure des soldats en campagne, se mue à volonté en sybarite à qui aucun luxe n'est étranger. Ce pur chrétien ne connaît pas de cruelle. En lui, un équilibre harmonieux s'est fait de la façon la plus naturelle entre le charnel et le spirituel. Il s'est voué à Dieu sans, pour autant, renoncer à la douceur des amours humaines, et il s'en trouve bien.

Près de lui, appuyé de l'épaule au mur de pierre, l'homme d'affaires du roi paraît presque lourd. Vêtu de velours noir, sa tenue est volontairement simple, mais des perles de grand prix ornent son chaperon.

Des jambes fortes, du tronc épais, du cou solide de cet homme de quarante-huit ans, se dégage une impression de puissance tranquille, réfléchie, de fermeté et, cependant, d'audace, que confirment la physionomie ouverte, l'œil pénétrant, la mâchoire extrêmement accentuée. Tête de plébéien au nez hardi, à la bouche volontaire, au front carré, doué d'un esprit pratique et subtil à la fois, grand ouvert à tout ce qui se présente. Son imagination presque visionnaire, son sens des affaires considérable, sa vitalité, son génie commercial sont devenus célèbres dans toute l'Europe et une partie du Proche-Orient.

Jacques Cœur, industriel, armateur, constructeur naval, banquier, ambassadeur, négociant en toutes marchandises, amateur d'art plein d'intuition, propriétaire terrien de domaines grands comme des provinces, fin politique, adroit diplomate, condottiere entreprenant jusqu'à la témérité et, pourtant, généreux avec discernement, Jacques Cœur le prestigieux, soutenu lors de ses débuts obscurs par Yolande d'Aragon qu'il a secourue aux heures difficiles du règne, a été présenté, alors qu'il revenait d'un voyage aux Échelles du Levant, par la perspicace reine de Sicile au roi en 1433. Depuis lors, rien n'a entravé sa marche ascensionnelle. Ses amis, qui sont innombrables, ses obligés, qui sont légion, ses proches l'appellent Jacquet, diminutif remontant à son enfance, en signe d'affection, d'estime, de familiarité et, pour certains, de sournoise envie.

En 1439, Charles VII lui a confié la charge d'argentier, faisant ainsi de ce fils d'un pelletier de Bourges l'administrateur des biens personnels du souverain. Contre une rétribution fixe, il doit veiller aux frais et aux besoins de la cour pour laquelle il entretient un dépôt de meubles, de vêtements, de joyaux, de fourrures, d'étoffes, de denrées de luxe, et de mille autres biens. Le roi lui accorde une confiance sans limite qui lui vaut beaucoup de jaloux. Il n'en a cure.

Parce que le roi et Cœur travaillent souvent ensemble, ils se connaissent bien et Charles VII, qui n'a qu'à se louer des services de son argentier, lui a octroyé en 1440 des lettres d'anoblissement.

On chuchote que, en dépit de son blason tout neuf (d'azur à la face d'or, chargé de trois coquilles de sable, accompagné de trois cœurs de gueules, posés deux en chef un en pointe) et de sa devise : « A vaillans cœurs rien impossible », il prête de l'argent et pratique l'usure. Il se peut. Cependant, beaucoup de gentilshommes de haut lignage le nomment ouvertement leur bienfaiteur et il n'est pas jusqu'à la dauphine et à la reine elle-même qui n'aient parfois recours à lui pour acheter à crédit fourrures de prix, tissus d'or ou draps de soie.

Il prête également au souverain, au trésor public, et on le nomme, qui avec admiration, qui avec animosité : le banquier du royaume !

Pour l'instant, tout en regardant tomber la pluie, il contient en lui, comme il lui arrive souvent, un bouillonnement d'idées qui rougit ses pommettes fortement accusées.

— Il y a bien des gens et des choses en train de se transformer dans ce pays, reprend-il au bout d'un instant. Le roi, notre sire, tout le premier.

— Il est certain qu'il a rajeuni depuis quelque temps. Son maintien s'est affermi, son visage semble, par moments, éclairé de l'intérieur.

— N'est-ce pas ?

Un temps. Le feu, qui consume un tronc entier de frêne, crépite joyeusement dans la cheminée.

— En sa chambre verte tendue d'hermine, à Tours, le premier septembre dernier, voici donc un peu plus d'un mois, la reine a mis au monde sa huitième fille, la princesse Madeleine, dans une solitude presque totale.

— Il est vrai que le roi, tout juste arrivé ici à cette

date, ne s'est pas déplacé pour aller saluer son épouse, non plus que le nouveau-né.

— C'est la première fois que la chose se produit en dehors des moments où la guerre lui dicte sa loi.

— Saumur n'est pourtant pas bien loin de Tours, remarque Brézé d'un air songeur.

— Seize heures, monsieur le sénéchal. Je ne crois pas, voyez-vous, que soit intervenu dans cette abstention le souci de la distance.

— Celui du pouvoir, peut-être? Tant de tractations et de projets occupent Sa Majesté!

— C'est en juillet que j'ai préparé les nouveaux règlements qui vont donner à la France des finances robustes, relancer les industries et permettre de reprendre, enfin, le commerce avec certains pays étrangers. Autrement dit, la fameuse Grande Ordonnance de Saumur, parue le vingt-cinq septembre dernier, était déjà sur le chantier depuis trois mois et en si bonne voie qu'elle ne pouvait pas préoccuper notre sire.

— En revanche, les tractations secrètes qu'il m'a demandé d'entamer en vue du mariage du jeune roi d'Angleterre, Henri VI, avec Marguerite d'Anjou, cette perle qui ressemble de si frappante manière à sa mère la duchesse Isabelle, semblent lui fournir matière à réflexion. Il est vrai qu'il y a de quoi! Une union semblable, à l'heure actuelle, aurait des répercussions incalculables.

— Sans doute, mais vous me faisiez remarquer vous-même, monseigneur, voici un instant, combien le roi avait l'air heureux. Il rayonne, c'est un fait, il rayonne! Non, croyez-moi, ce ne sont pas les soins du pouvoir qui le tiennent éloigné de la reine et de sa petite fille. Nenni. Il s'agit de tout autre chose.

— Vous semblez en savoir long, Jacquet!

— Je suis, en effet, au courant de certaine conjoncture...

Un serviteur entre, portant à bout de bras un lourd chandelier de cuivre à six branches, allumé. Il le pose sur une table et sort.

— Par saint Denis, je vous écoute, monsieur l'argentier !

Posément, Jacques Cœur change de position, se redresse, fait face au sénéchal. Il le dévisage un instant en silence, puis, manifestement conscient de prononcer des paroles insolites, lance un nom.

— Agnès Sorel !

Pierre de Brézé fronce les sourcils, détourne les yeux, se tait. Agnès ! Pourquoi pas ? Elle a bien su l'émouvoir, lui ! Au plus secret de son âme, il n'est point étonné. Tout juste un peu meurtri. Obscurément, il devait savoir, mais ne consentait pas à se l'avouer. A présent, il faut faire face. Accepter l'évidence, s'incliner puisqu'il s'agit du roi.

La pluie tombe toujours sur le large paysage qui s'étend, au-delà du fleuve, jusqu'aux coteaux vineux de l'autre rive. A cause du mauvais temps, le mouvement de batellerie est restreint sur la Loire.

— En êtes-vous tout à fait sûr, Jacquet ?

— Certain. Je puis fournir des preuves. Notre sire est follement épris de cette belle enfant. Épris au point de ne plus pouvoir se passer d'elle, de l'avoir rejointe à la première occasion, ici, où il n'avait que faire, au point de délaisser, pour elle, la reine Marie et son enfantelet.

— Agnès a beaucoup de charme, elle est avenante, épanouie, sa chair est éclatante, son esprit fort plaisant, énumère tendrement Brézé. Elle a déjà fait tourner bien des têtes à la cour.

— Elle ne s'intéresse, apparemment, qu'à celle portant couronne!

— Holà! Ho! monsieur l'argentier, qu'allez-vous insinuer?

— Rien de ce qu'on pourrait redouter, monseigneur. Non pas. Chez cette fille de bon lignage, il n'y a pas trace de vénalité. Elle ne se serait pas donnée sans amour. Seulement, tout n'est pas simple dans une telle aventure et les hommages d'un souverain portent en eux-mêmes un germe empoisonné. Au cœur d'Agnès doivent se mêler d'inextricable façon des sentiments très vifs — n'oublions pas que notre sire passe pour être fort habile au déduit amoureux — et des mouvements de vanité des plus compréhensibles quand on songe à toutes celles qui souhaiteraient se trouver à sa place. Ce ne peut être sans conséquences de ce genre qu'une fille si jeune se voie élue, puis idolâtrée par un monarque. Il est, au demeurant, tout à fait naturel qu'elle se montre également sensible à l'amour dont elle est l'objet et à la gloire dont ce choix l'auréole.

— Vous déduisez à merveille, Jacquet, mais ce sont là déductions gratuites. Rien ne prouve que vous voyiez juste. Si de tendres liens unissent Agnès Sorel et le roi, je préfère que ce soit ceux du cœur à ceux de l'intérêt.

— Peut-être est-ce le cas? Je connais bien mes semblables, et j'en ai conçu une certaine sévérité à leur égard. Cependant, les choses qui relèvent de la passion échappent à tout système.

— Faisons-lui confiance, mon ami. Il y a en elle je ne sais quoi de pur... Au fait, ce grand amour que vous prêtez au roi n'est-il pas, lui aussi, produit de votre imagination, qui est vigoureuse?

— Absolument pas, monseigneur. Je suis bien renseigné.

— Je n'en doute pas. Cependant, le roi est aussi avisé que prudent. Je serais fort surpris qu'il acceptât de prendre, alors qu'il touche au port, des risques pour une simple aventure.

— C'est beaucoup plus que cela, monsieur le sénéchal, beaucoup plus et beaucoup mieux ! C'est la récompense après tant de maux, la réalisation d'un rêve de jeunesse toujours repoussé, l'incarnation d'une victoire si longtemps attendue ! Non, ce n'est pas une banale affaire de plaisir : c'est l'assouvissement d'un cœur qui n'a jamais eu le temps, jusqu'à ce jour, de mesurer à quel point il est soumis, de nature, aux lois de la passion. C'est le feu dévorant qui embrase l'homme de quarante ans quand il lui arrive de trouver, sur terre, l'image du paradis !

Une nouvelle fois, les deux hommes se taisent. D'un même mouvement, ils s'éloignent de la fenêtre ruisselante et s'approchent du foyer. Des étincelles sautent sur les dalles de pierre, non loin de leurs chaussures à la poulaine.

— Heureusement, Agnès n'est pas que belle, elle est bonne, reprend Jacques Cœur. Je l'imagine encore étourdie par l'événement, mais j'espère qu'elle saura le surmonter. Puisqu'il fallait sans doute que le roi s'éprît d'une autre femme que de la sienne — reconnaissons que la reine n'est plus guère attrayante maintenant — c'est peut-être une grâce du ciel que ce soit de celle-ci !

— Dieu vous entende ! Beaucoup vont craindre que, par légèreté, elle ne détourne le roi des sentiers victorieux où il s'est enfin engagé après tant d'hésitations et d'atermoiements.

— Ceux-là seraient dans l'erreur. Vous savez, monseigneur, que j'ai l'habitude d'évaluer les êtres : cette fille est de bonne trempe et de qualité. Elle plairait à la reine Yolande qui reste, n'est-il pas vrai, notre modèle à tous deux?

— Certes!

— Elle nous a formés l'un et l'autre à l'exemple de sa propre sagesse. Pourquoi ne formerions-nous pas, à notre tour, cette jeune femme suivant la même méthode?

— C'est une alliance que vous me proposez là, Jacquet!

— En quelque sorte, monsieur le sénéchal.

Les bras croisés, le regard brillant, Jacques Cœur se sent emporté par le génie inventif qui l'habite.

— Le royaume se relève à peine de la plus longue, de la plus désastreuse des guerres. Ce pauvre pays, encore tout saignant, songe d'abord à panser ses plaies. Il ne faut pas croire, pour autant, qu'il s'y attardera. Ce serait méconnaître sa vitalité, sa faculté prodigieuse de redressement. Avec un peu d'attention, on peut déjà pressentir l'élan qui va s'emparer de chacun dès que la paix sera signée. A brève échéance, il va déferler sur la France un appétit insatiable de jouissance, une frénésie de prospérité, de luxe, un besoin irrépressible de biens matériels. Quand un peuple a tellement et si longtemps souffert, il est mûr, croyez-moi, pour des réveils prodigieux!

— Le tableau que vous brossez avec un si bel enthousiasme, Jacquet, n'a rien, me semble-t-il, de très exaltant!

— Que voulez-vous dire, monseigneur?

— Ceci, mon ami : l'avenir que vous annoncez avec, hélas, beaucoup de vraisemblance, est lourd de maléfices. Je vois, dans ce désir forcené de possessions immédiates, un des pires dangers qui puissent guetter l'humanité. En se ruant ainsi vers les séductions faciles qu'offre le monde, les habitants de ce pays vont, de toute évidence, se détourner de l'indispensable quête spirituelle. N'oubliez pas que la tentation des richesses et du plaisir reste le plus éprouvé des pièges démoniaques !

Pierre de Brézé repousse du pied des braises qui viennent de rouler jusqu'à lui.

— Je ne le sais que trop ! C'est pourquoi il me semble préférable de prévoir cette réaction, inévitable, je le répète, et de la prendre en main. A nous, alors, de la diriger.

— Vers quoi ?

— Vers un épanouissement général qui tiendra compte à la fois des désirs matériels et de ceux de l'esprit.

— Vous voyez grand, Jacquet ! Prenez garde de ne pas vous laisser séduire, vous tout le premier, par des chimères irréalisables. Peut-on, à la fois, mener de front la conquête du bien-être et celle du salut ? Combien de gens pourront résister aux douceurs que vous leur ferez miroiter ? Combien y perdront, définitivement, leur âme ?

— La misère n'est pas meilleure conseillère que l'opulence, monseigneur ! Il est temps, me semble-t-il, de tenter cette gageure : donner aux gens le goût d'un juste équilibre entre les satisfactions du corps et celles de l'âme. Je sais que ce ne sera pas facile. Comme j'ai l'habitude de la lutte, je lutterai pour parvenir à mes fins. En réalité, ne sont-elles pas louables ?

— Je vous l'accorde, elles le sont. Cette harmonie dont vous parlez, Jacquet, nos ancêtres avaient su l'instaurer, jadis, dans des époques saines et heureuses dont nous sépare un siècle et demi de dévastations, d'horreurs, de souffrances indicibles. Saurons-nous les ressusciter ? Contrairement à vous, ils avaient choisi de se tourner, en premier, vers la recherche spirituelle. Le reste leur a été donné de surcroît.

— Ne peut-on parvenir au même résultat en procédant à l'inverse?

— J'en doute, mon ami.

— Essayons toujours, monsieur le sénéchal. Au reste, nous n'avons pas le choix. Le royaume est au plus bas. Il faut, d'abord, le remettre en selle avant de songer à le lancer sur les routes du salut!

— J'en suis moins certain que vous, Cœur. Cependant, vous avez à mes yeux, un mérite : celui de proposer un acheminement réalisable tout de suite avec les moyens dont nous disposons. Il est évident que le peuple de France, saturé d'épreuves, a soif de sécurité. Donnons-la-lui donc. Que lui offrez-vous?

— Un nouveau mode de vie, tout simplement!

— Vous songez à l'Italie, Jacquet!

— Je ne le nierai pas. Je voudrais transformer ce pays dévasté, rompu, malade, en une terre prospère, capable d'égaler les plus brillantes nations voisines. Y introduire, avec l'abondance, un raffinement, un goût des arts, un savoir-mieux-vivre qui, loin de le pourrir, lui redonnerait le désir d'aller, au-delà de ce contentement passager, vers le seul absolu.

— Quel curieux personnage vous faites, Jacquet! Si on ne savait pas que vous êtes, avant tout, un négociant, on pourrait se laisser prendre à vos belles envolées. Je suis d'ailleurs persuadé que, par moments, vous y croyez vous-même.

— Pourquoi pas, monseigneur? En quoi ma sincérité serait-elle amoindrie de ce que les intérêts de la France et les miens coïncident étroitement?

— En rien, mon ami, c'est certain.

— Vous savez, monsieur le sénéchal, que j'ai un penchant indéniable pour les entreprises qui sortent du commun. Quoi de plus grandiose, dans ces conditions, que la rénovation de mon propre pays?

— Nous verrons bien, Jacquet.

— Faites-moi confiance.

— Vous savez que j'y suis tout disposé.

— Bon. Passons alors à l'étape suivante : celle de la réalisation de ce projet que vous ne repoussez pas. Si je possède une imagination fertile, j'ai, également, une bonne dose de sens pratique. Or, ce dernier me conseille de ne pas garder d'illusions sur la façon dont mes idées seraient accueillies si je ne trouvais pas quel-qu'un pour me seconder. Entendez-moi bien : le roi hési-tera, comme toujours; les gens de sa suite se méfieront; les craintifs — ils sont innombrables — s'affoleront. J'au-rai contre moi tous ceux à qui je veux du bien. Je ne me lancerai donc pas dans une telle entreprise sans l'appui indispensable d'une personnalité possédant un ascen-dant suffisant sur l'esprit du roi pour l'amener là où il doit se trouver afin d'admettre et de soutenir mes visées.

— A ma connaissance, une seule créature est capable, aujourd'hui, d'incarner et d'imposer cette image d'une France nouvelle et radieuse que vous envisagez.

— Nous sommes d'accord, monseigneur! Agnès, qui est, d'instinct, heureuse d'être belle, sera la première, j'en jurerais, à se sentir charmée par ce rôle d'égérie que je lui réserve. Jugez plutôt : aimée du roi, jeune, ravissante, débordante d'entrain, elle va se précipiter sur l'occasion que je lui offre d'échapper à l'ombre, à l'ennui de cette cour médiocre, de secouer, avec pru-dence au début, les anciennes routines, les amers souve-nirs qui pèsent si lourd sur l'entourage des souverains, d'être, enfin, la rénovatrice d'un art oublié de vivre, de se cultiver, de penser!

— Je suppose, comme vous, que cette perspective est faite pour lui plaire.

— M'aiderez-vous, monsieur le sénéchal?

— Le moyen d'agir autrement? Dans la mesure où je vois, dans ce grand dessein qui vous occupe, la continuation bénéfique de ceux qui étaient chers à la reine Yolande, dans celle, aussi, où il me semble l'unique remède à tant de maux, dans la mesure, enfin, où notre sire ne peut que s'en trouver bien et y gagner en prestige ce qu'il y perdra, de toute manière, en sagesse, je vous donne mon appui, Jacquet.

— N'en ayez point regret, monseigneur!

— Je m'y efforcerai. N'est-ce pas la seule solution?

Jacques Cœur hoche la tête. Satisfait du résultat de sa démarche, il est déjà tout entier tourné vers les moyens d'action qu'il entend mettre en œuvre.

— Il est essentiel de nous faire seconder par des compagnons en lesquels nous aurons toute confiance, reprend-il, en homme qui sait combien sont précieux les véritables dévouements.

— Cela va de soi. Le roi qui, lui aussi, souhaite, sans trop oser y croire, un nouveau départ pour son royaume, ne leur sera pas hostile.

— D'autant moins qu'ils lui seront présentés par la main des Grâces!

— En somme, Jacquet, vous voulez faire d'Agnès Sorel la source de notre renouveau, la muse d'une évolution qui va transformer notre pays?

— N'est-ce pas le plus gracieux des rôles que puisse jouer une femme amoureuse d'un monarque?

Les deux hommes se dévisagent ainsi que des alliés. Dehors, la pluie fait rage. Le ciel s'assombrit encore avec la venue du crépuscule.

— Pour un prince qui, si longtemps, est resté, aux

yeux de tous, le malchanceux, notre roi n'aura pas eu moins de trois inspiratrices dans sa vie : une conseillère, une sainte, une muse. C'est une belle réussite.

— C'en est une. A nous d'agir de telle sorte qu'il oublie à jamais sa timidité, sa faiblesse, son instabilité, afin de se croire, par la grâce d'un sourire féminin, le prince victorieux qu'il rêve d'être !

★

Charles VII est en danger de mort. Ainsi qu'il le fait chaque jour, il s'est confessé, puis il a demandé l'extrême-onction.

A Tours, où le roi est venu au-devant de lord Suffolk, ambassadeur extraordinaire d'Henri VI d'Angleterre, un mal inexplicable a terrassé le souverain.

Qu'a-t-il ? Nul n'ose se prononcer. Son médecin, ses apothicaires, son chirurgien, ne quittent pas sa chambre depuis vingt-quatre heures. En vain. Le mal semble sans rémission.

Cependant, des rumeurs courent, bourdonnent, se propagent à travers le château et la ville. Il y est question d'empoisonnement criminel. Qui donc aurait intérêt à la disparition du roi ? Pas mal de gens, sans doute, mais, surtout, celui-là qui se trouve sur les marches mêmes du trône, tellement impatient d'y accéder. Chacun y songe. Tout le monde se tait.

Dans le vieux palais féodal où la lumière très douce du val de Loire n'entre qu'avec parcimonie, malgré le retour du printemps, on ne croise que des visages anxieux, des mines angoissées. C'est que, la veille encore, tout semblait aller si bien !

Le jeune roi d'Angleterre vient d'accepter avec enthousiasme l'idée d'épouser une des filles de René d'Anjou, la plus accomplie, cette Marguerite dont la jeune beauté fascine la cour. Bienheureuse Marguerite! Grâce à elle, la guerre va enfin s'apaiser, les haines désastreuses déposer les armes, la paix refleurir!

Depuis le mois de janvier, Pierre de Brézé, nommé plénipotentiaire du roi de France, aidé de quelques autres, a agi dans ce but. Les pourparlers ont enfin abouti. Chacun se sent soulagé d'un poids immense. Ce mariage de la nièce du roi avec le souverain anglais va tout arranger. Du moins, on veut s'en convaincre. Et voilà qu'au moment où lord Suffolk, débarqué à Harfleur, descend vers Tours au milieu des manifestations de joie et des festivités que lui offre une population en liesse, Charles VII, brusquement, se trouve mené aux portes de la mort.

C'est trop injuste! Trop cruel!

Si le roi disparaît, tout va être remis en question. Sans son auguste soutien l'union providentielle de la France et de l'Angleterre pourra-t-elle se conclure?

Agnès, sur la demande de son ami le sénéchal, est intervenue sans bruit, à sa manière, pendant l'hiver, auprès de son amant pour le pousser à accepter ces accordailles qui semblent à certains monstrueuses. Songez : envoyer une fille d'Anjou dans ce damné pays contre lequel on se bat depuis un siècle! Tant pis! Avec sa douce obstination, elle a obtenu l'assentiment royal. A présent, et sous couleur de suivre la duchesse Isabelle à Tours, où les parents et la famille de la future épousée se sont rendus en grand appareil, elle loge comme le roi dans la capitale de la Touraine. C'est pour y connaître la première épreuve de sa vie amoureuse.

Depuis la matinée de la veille, où Charles, au sortir de la grand-messe chantée qu'il entend chaque matin ainsi que deux messes basses, a subitement ressenti d'horribles douleurs d'entrailles, Agnès vit dans un brouillard de douleur. Son âme vacille. Son cœur est broyé.

Il lui semble loin le temps où elle s'interrogeait pour savoir de quels fils était tissé son attachement au souverain. A présent, elle sait. Une demi-année passée à Saumur, dans une intimité toujours plus étroite avec cet homme qui l'aime plus qu'elle n'eût jamais songé l'être, six mois de délices discrètes, de largesses royales, de secrets partagés, de confiance, d'attentions, de jouissances charnelles dont le raffinement et la violence l'ont définitivement subjuguée, six mois d'amour total, l'ont éclairée sur ses propres sentiments. Elle aime — oui, elle aime ce roi de quarante ans, point beau, sans prestance, de taille médiocre, qui n'a d'irrésistible que son sourire et sa science du plaisir. Elle l'aime de tout son être dont il éprouve un tel besoin.

S'il en est pour s'étonner, c'est que beaucoup ignorent la force des liens qui attachent l'objet d'une telle passion, à celui qui en vit.

Tendre comme Dieu l'a faite, Agnès ne peut qu'être bouleversée par l'idolâtrie dont l'entoure son amant. Son penchant pour lui est composé de tendresse, un brin maternelle parfois, malgré la différence d'âge, de reconnaissance infinie pour tout ce qu'il lui offre, mais surtout pour ce qu'il lui demande, à elle, de lui donner, à lui. Rien de plus grisant que d'éprouver, dans chaque fibre de son être, qu'on est devenu indispensable à celui-là qui vous aime et que le don de soi qu'on lui fait le comble au-delà de ce qui est exprimable. Il y a, aussi, dans toute sa chair, une gratitude sensuelle d'une intensité comparable à celle des transports qu'elle ressent dans les bras de Charles, et qui sont embrasements.

S'y ajoute, maintenant, un sentiment tout neuf, encore

timide, celui de la complicité qui lie de futurs parents. Depuis peu, elle est enceinte. Une grande exaltation s'est emparée des deux amants quand la chose a été sûre. Un enfant, c'est la consécration de leur amour! C'est le pardon de Dieu envers les coupables d'adultère, le signe de son alliance avec ces êtres de faiblesse qu'Il n'abandonne pas, en dépit de leurs péchés.

Tant d'espérances, tant de promesses, Seigneur, peuvent donc, en un instant, se voir menacées de ruine?

Dans la chambre ronde d'une des tourelles de l'ancien château, Agnès, à genoux, prie. Ses cheveux blonds, collés sur ses joues par les larmes, tombent jusqu'au sol dallé. Elle n'en a cure.

« Sainte Marie-Magdeleine, je vous en supplie, intercédez pour notre sire le roi auprès du Dieu Vivant! Je ne suis pas digne de Le prier moi-même, puisque je vis dans le péché. Vous, qui avez été pécheresse, avant d'être repentie, faites-le pour moi! Demandez, en mon lieu et place, la guérison de notre sire à Celui qui peut tout. Le roi est si malade que sa vie ne tient qu'à un fil. Requérez Dieu de ne pas couper ce fil auquel tant de destins sont suspendus! On parle d'empoisonnement. Je ne sais si on a raison. Qu'importe! Je ne réclame de châtiment pour personne, uniquement une rémission pour celui qui souffre! Sainte Marie-Magdeleine, le Christ a eu pitié de la Samaritaine et de la femme adultère, qu'Il ait pitié de nous! »

Pliée comme une herbe d'été sur laquelle est tombé l'orage, Agnès pleure, déchirée.

« Il ne faut pas qu'il meure! Il doit vivre. J'ai, nous avons tous besoin qu'il soit victorieux de la mort, comme il l'a été du malheur. Ce ne peut être pour le faire périr si impitoyablement que le Seigneur l'a aidé, conduit, soutenu comme Il l'a fait! Ce ne peut être pour l'abandonner alors qu'il parvient au port, qu'Il lui a envoyé Jehanne la Lorraine afin qu'elle le conduise se faire sacrer à Reims! Si vous m'exaucez, sainte Marie-Magdeleine, je fais le vœu d'offrir à telle église qui vous conviendra une statue d'argent ou d'or vous représentant et servant de reliquaire aux restes de vous que je pourrai acquérir, quel qu'en soit le prix. Daignez ne pas repousser ce présent que je vous ferai en témoignage de révérence, d'attachement, et en signe d'humilité. Écoutez-moi, sainte Marie-Magdeleine! »

Agnès reste prosternée. Dehors, il fait un temps léger. Le mois d'avril en est encore à ses débuts. Ce deuxième printemps de leur liaison semble hostile au roi et à sa favorite. Un an plus tôt, à travers le Limousin et le Poitou en fête, ils chevauchaient de compagnie, enivrés l'un de l'autre, attendant avec la même hâte l'étape et ses nocturnes voluptés.

La jeune femme se relève. Il n'est pas possible que le dauphin ait attenté à la vie de son père. Ce serait monstrueux. Pourquoi aurait-il agi si odieusement? Tout ne lui sourit-il pas? Vainqueur des Anglais à Dieppe, l'automne précédent, il a, dans les neiges de l'hiver, pris Lectoure, le château des Armagnac, réputé invincible. Qu'il ait triomphé par ruse et non par force importe peu aux yeux de ce garçon réaliste et fourbe. Seul compte le résultat : mettre hors de nuire cette terrible famille, déjà responsable de tant de catastrophes, et enlever à Gloucester, ennemi de Suffolk, toute possibilité de faire épouser à son roi la fille des Armagnac que le duc félon veut pousser vers le trône d'Angleterre à la place de Marguerite d'Anjou! Coup double, coup de maître!

Hélas, ce garçon de vingt et un ans désire-t-il déjà avec tant d'ardeur un pouvoir absolu? Rêve-t-il si tôt du sceptre? Peut-on imaginer que le sang d'un fils de France charrie tant de vilenies?

Agnès s'approche de l'étroite fenêtre qui domine les toits d'ardoise de la ville. Une infinité de clochers, de tours, de dômes, ponctuent la cité tourangelle où s'attroupent, autour de la basilique Saint-Martin, églises, collégiales, chapelles, couvents et oratoires.

Le ciel est clair, ensoleillé, d'un bleu-gris où passent des nuages blancs.

Dans le dos d'Agnès, la porte de la chambre s'ouvre sous une ferme poussée.

— Ma mie, bonne nouvelle : le roi va un peu mieux! Est-ce l'effet de la décoction de chêne agrémentée de blancs d'œufs que notre nourrice vous avait recommandée comme souveraine contre les empoisonnements? Je ne sais. Le résultat est là.

— Dieu soit loué!

— A présent, on fait boire du lait au roi. Il a accepté d'en prendre quatre gorgées.

— Alors, il est sauvé! Le lait achèvera de dissoudre les humeurs malignes qui troublaient son sang.

— Certainement. Aussi n'ai-je pas voulu attendre davantage pour venir vous annoncer ce qu'il en est.

Antoinette de Maignelay, la cousine d'Agnès, venue à la demande de celle-ci se joindre à la cour angevine, remue beaucoup d'air autour d'elle.

Rousse de chevelure, claire de peau, de chair opulente, elle est plus volontaire que patiente, plus audacieuse que réservée, mais son allant lui gagne des sympathies. Son intelligence froide, calculatrice, sait les utiliser.

La position scandaleuse d'Agnès lui interdit l'entrée de la chambre royale, tant que son amant reste entre la vie et la mort. Il n'en est pas de même pour Antoinette.

Depuis son arrivée en Anjou, elle a mesuré l'importance du rôle joué par sa cousine. Elle en a soupesé chaque possibilité et a décidé, tout aussitôt, de servir une liaison qui ne pouvait apporter qu'honneurs et faveurs à la famille des Sorel-Maignelay. On ne peut trouver parente plus dévouée, amie plus attentive.

La maladie du roi lui permet, soudain, de déployer ses talents. Arguant de son propre effacement, elle s'est proposée pour servir d'intermédiaire entre la favorite, que certains regardent déjà avec suspicion, et la chambre où souffre Charles VII, à la porte de laquelle on peut intercepter des nouvelles.

La reine, dont la santé fragile est à ménager, n'a pas encore été avisée du malheur. Elle réside pendant ce temps, avec ses plus jeunes enfants et la dernière-née, à Montils-lès-Tours, dans ce château neuf que le roi lui a fait construire et où elle se plaît plus que partout ailleurs. Personne n'a osé la prévenir. Un flottement se fait sentir dans l'entourage du souverain.

Isabelle, René et Charles d'Anjou ne quittent pas le chevet du malade. Pierre de Brézé, Étienne Chevalier, Jacques Cœur, André de Villequier chambellan du roi, le comte Antoine de Chabannes, rude capitaine à la fidélité exemplaire, et quelques autres entourent avec vigilance leur maître en proie au feu d'un mal inconnu.

Le confesseur de Charles VII, le père Machet, a demandé qu'on fasse venir de la basilique Saint-Martin, les reliques du grand saint tourangeau qui a déjà accompli tant de miracles, et les chapelains du château prient, en outre, saint Christophe et sainte Barbe, qui sauvent tous deux les patients en danger de mort subite.

Dans cette ambiance d'angoisse, tous les moyens connus semblent bons pour tenter d'arracher le monarque à son agonie.

C'est alors qu'Agnès s'est souvenue, le premier moment d'affolement passé, d'une décoction que sa nourrice lui avait administrée dans son enfance, après qu'elle eut absorbé des champignons vénéneux. Par Antoinette, la recette est parvenue jusqu'au valet de chambre du roi, Guillaume Gouffier, fidèle écuyer qui s'est chargé de faire prendre au souverain le breuvage recommandé par sa mie.

Joint à l'effet de la thériaque ordonnée par le médecin, de la saignée faite par le barbier, des purges administrées par les apothicaires, le remède picard semble avoir agi.

« Sainte Marie-Magdeleine, merci! »

Plutôt que les drogues humaines, n'est-ce pas le pouvoir des prières, des reliques, du vœu fait à la sainte repentie, qui s'est manifesté?

Antoinette observe sa cousine en plissant les yeux, qu'elle a verts, suivant une habitude qui lui est familière.

— Comme Sá Majesté est beaucoup plus résistante qu'on ne pourrait le supposer, il est à espérer qu'elle va se remettre rapidement. Ainsi donc, les fêtes prévues pour les fiançailles de notre princesse Marguerite avec ce lord Suffolk, qu'on dit magnifique, et qui représente si galamment le roi d'Angleterre, vont pouvoir se dérouler sans encombre.

Depuis des semaines, la cour ne parle plus que de ces réjouissances auxquelles on a déjà invité, bien que la date n'en soit pas encore fixée, une foule considérable.

Charles d'Anjou a décidé de profiter de l'événement pour célébrer ses propres noces avec Isabelle de Luxembourg. On s'est bien un peu étonné que ce jeune prince, aimé des femmes et favori du roi, se soit ainsi décidé à convoler. Le charme délicat de madame de Luxembourg et l'importance de cette alliance ont vite fait taire les indiscrets. D'ailleurs, tous ne songent qu'à une chose bien plus importante que tout le reste : la paix! Ce mariage anglais est le gage, si longtemps attendu, qui va assurer aux deux pays épuisés la fin des combats.

— Si Dieu sauve notre roi, c'est qu'Il veut lui faire présider ces fêtes pacifiques, dues à son courage et à son habileté, assure Agnès reprenant aussitôt confiance en l'étoile de son amant. Cette fois encore, il va mériter ce surnom de Victorieux que le peuple lui donne!

Antoinette incline complaisamment sa tête gréée de gaze mordorée.

« Si Dieu sauve le roi, pense-t-elle, l'empire d'Agnès sur cet homme mûr, qui vient de frôler de si près sa fin, n'en sera que plus absolu et toute notre famille en bénéficiera! »

Songeant aux périls qui pouvaient porter un coup si funeste à sa propre destinée, elle laisse échapper un soupir de soulagement et esquisse un pas de danse pour témoigner sa satisfaction.

— Par ma foi, Agnès, je vous porte tant de tendresse que me voilà toute ragaillardie de vous savoir hors de tourment, dit-elle avec un sourire câlin. Votre joie est ma joie.

— Je sais que vous m'êtes tendrement attachée, Antoinette, et je ne vous le suis pas moins.

Agnès, dont l'attitude spontanée exclut toute méfiance, a pour habitude de faire confiance aux autres. Elle le leur témoigne de telle sorte que beaucoup se croient obligés de la confirmer dans la bonne opinion qu'elle a d'eux.

— Si notre sire guérit ainsi que vous le dites, reprend-elle, nous allons vivre de bien heureux jours dans un pays où la paix va enfin ramener avec elle la douceur de vivre!

Elle se signe. On frappe à la porte. Le valet de chambre du roi entre. Le souverain a, maintes fois, assuré à Agnès qu'elle pouvait se fier sans hésitation à ce garçon. Intelligent et plein d'invention, il est tout dévoué à son maître.

— Demoiselle, dit Guillaume Gouffier, je vous apporte, de la part de notre sire, un message qui ne souffre pas de retard. Le roi revit et il est persuadé qu'il serait encore beaucoup mieux si vous vous teniez près de lui, l'assistant de votre présence.

Un flot de sang colore le visage d'Agnès.

— Quelle bonne nouvelle tu m'apportes là, Guillaume! Sois-en béni! Je viens. Conduis-moi sans plus attendre!

Au bout du lacis des sombres couloirs, une porte s'ouvre et se referme sur une femme heureuse.

★

Depuis que les douleurs ont assailli Agnès, les volets de la chambre restent fermés. On ne les rouvrira que quinze jours après la naissance.

La pièce, dont les murs sont tendus de tapisseries, est éclairée par deux grands cierges allumés sur un dressoir dans des chandeliers d'argent, ainsi que par la lampe à huile posée à même le sol, au chevet de la femme en gésine.

Il fait très chaud, bien qu'en cette fin d'octobre, le vent s'acharne à souffler son haleine humide autour des murs épais de la demeure. Un grand feu brûle dans l'âtre devant lequel on a installé la simple couche de toile où Agnès va mettre au monde son enfant. Le grand lit de parade à tentures de velours d'Utrecht, offert par la duchesse d'Anjou, est vide pour le moment. On ne portera la jeune femme entre ses draps de soie qu'après sa délivrance, quand elle aura été soignée, lavée, parfumée.

Un berceau, vide encore, attend un occupant, à droite de la cheminée sur les chenets de laquelle fume une grande bassine de cuivre remplie d'eau bouillante.

Plusieurs femmes s'affairent autour de la parturiente. Sa mère et sa nourrice, venues toutes deux de Froidmantel pour assister à l'événement, deux sages-femmes, dont celle-là même d'Isabelle de Lorraine; Jacquotte, qui plie des linges blancs dans un coin de la chambre, Antoinette de Maignelay, enfin, qui n'a pas voulu quitter sa cousine en un pareil moment. Elle a bien un peu hésité à suivre la maison d'Anjou en Lorraine où toute la noblesse française est réunie autour du roi sous prétexte d'assiéger Metz révoltée, mais, en réalité, plus soucieuse de s'amuser à Nancy où se trouve le quartier général du souverain que de se battre pour une querelle qui ne met en péril que l'autorité angevine. On y a célébré les épousailles de Yolande d'Anjou, fille aînée du roi de Sicile, avec Ferry de Vaudémont, on y attend lord Suffolk pour le fameux dénouement tant attendu : le mariage anglais fixé à la fin de l'hiver.

Toute tentée qu'elle est par le récit des réjouissances somptueuses dont l'écho est parvenu jusqu'à elle, Antoinette, cependant, a jugé plus profitable de demeurer auprès d'Agnès en ces jours critiques de son accouchement. Dès que la favorite sera rétablie, les deux cousines partiront ensemble vers la Lorraine rejoindre la cour et ses jeux. Pour l'instant, il faut surtout se préoccuper de l'événement attendu, tout faire pour qu'il se passe bien.

Heureusement, les choses s'annoncent le mieux du monde. Les belles hanches rondes d'Agnès laissent espérer une délivrance aisée et les sages-femmes ont déclaré qu'elles ne prévoyaient pas de complications.

— Ne vous crispez pas, ma fille, laissez faire la nature. Détendez-vous et, je vous en prie, ne vous retenez pas de crier.

Catherine Sorel, née de Maignelay, incline vers Agnès un visage usé par la vie comme un galet par les vagues. On y discerne encore les traces d'une beauté qui, jadis, put sans doute laisser présager celle de sa fille, en moins émouvant. Femme sans éclat, épouse remplie de soumission, mère discrète, elle n'a influencé en aucune manière le destin de son enfant, et se contente de venir l'assister, sans porter de jugement sur sa conduite. Elle ne peut ignorer qui est le père du nourrisson à venir mais n'en a soufflé mot à qui que ce soit depuis une semaine qu'elle est arrivée de Picardie pour tenir compagnie à Agnès au terme de sa grossesse.

Près d'elle, corpulente et cependant preste, se tient Prégente Barbet, la nourrice de sa famille. Nez en cerise, teint couperosé, face de lune, mais yeux vifs, qui voient, jugent, soupèsent gens et choses. Elle a assisté à la naissance de tous les enfants de Catherine et apporte maintenant à sa préférée, avec son expérience, la force sans phrase des êtres qui vivent en rapport constant et fraternel avec les mystères de la création.

— Il serait temps de vous asseoir sur votre couche, ma belle, dit-elle alors à Agnès qui vient de supporter en gémissant plusieurs assauts douloureux. Le moment approche.

La sage-femme de la duchesse, du haut de son savoir-faire, jette un regard de mépris à cette simple nourrice qui se permet de donner des conseils à une future accouchée dont elle a, elle-même, de par les ordres de son auguste maîtresse, reçu la charge.

— Rien ne presse, énonce-t-elle d'un ton de supériorité.

Soulevant le drap, elle palpe une nouvelle fois le ventre distendu, fronce le nez d'un air important, hoche la tête :

— Poussez, demoiselle, conseille-t-elle en gonflant les joues, poussez fort. Il faut aider l'enfant qui s'est engagé.

Ses larges mains d'accoucheuse massent avec science les flancs déchirés qui tressaillent sous les ondes de la souffrance.

Antoinette tamponne délicatement le front de sa cousine avec un linge imbibé d'eau de senteur. La sueur fonce la racine des cheveux blonds, tressés pour la circonstance en deux nattes épaisses. Les traits d'Agnès sont tirés par les souffrances qui, depuis bientôt dix heures, torturent son corps.

« Fais-moi mal, fais-moi mal, mon petit enfant! Tu es le fruit du péché. Que ces douleurs qui me ravagent soient détournées de toi, que je les endure, une fois pour toutes, à ta place! »

On a cousu, sur le devant de la chemise qu'elle porte en cette occurrence, une prière spécialement destinée à préserver des couches laborieuses et à favoriser le travail d'enfantement. Sur le manteau de la cheminée, un cierge brûle devant deux petites statues de bois doré représentant sainte Britte et sainte Maure, jumelles bénies de Dieu, qui aident aux heureuses délivrances des accouchées.

Tout à coup, un cri de bête suppliciée gonfle la gorge d'Agnès.

— Cette fois, dit avec autorité la sage-femme de la duchesse, cette fois, demoiselle, nous y sommes!

Elle fait un signe à son aide. Toutes deux, prenant

chacune la jeune femme sous un bras, la soulèvent avec force et l'assoient.

— Les coussins!

Catherine Sorel prend deux oreillers de fin duvet qui attendent sur un coffre. On les glisse sous les reins douloureux et, d'une poigne solide, la commère installe Agnès en position assise, contre leurs rotondités.

Les choses se précipitent. Au milieu des cris et des exhortations, dans la lourde senteur de sueur, de sang, d'herbes odoriférantes qui se consument en une cassolette au pied de la couche, de buée chaude s'exhalant de la bassine surchauffée, dans la douleur, comme il se doit, mais aussi dans l'émerveillement, vient au monde un enfantelet qui, tout de suite, se met à crier.

— C'est une fille!

Brisée, Agnès se rend à peine compte de ce qui se passe. Sa mère se penche, bouleversée.

Le cordon coupé, Prégente s'empare du petit corps nu pour le baigner, le sécher, le frotter de poudre parfumée à la racine d'iris, et lui met au cou le collier de grains d'ambre qui le protégera des convulsions et du « débord ». Puis elle l'emmaillote, bien serré, afin que les petites jambes restent droites et que l'enfant ne puisse se blesser en s'agitant.

— Elle est belle, ma douce, votre petiote! Elle pèse bien sept livres, parole de nourrice!

Les deux sages-femmes terminent la toilette d'Agnès. Comme sa fille, elle a été lavée, rafraîchie, ointe d'essence de jasmin. Sa mère lui a passé une chemise de soie bleue, brodée de ses propres mains.

— Buvez à présent cette infusion d'alchémille, demoiselle, pour éviter les inflammations.

Ayant vidé le gobelet d'étain où fumait le breuvage, Agnès se sent mieux.

— Je voudrais voir ma fille.

— Un peu de patience, demoiselle! Il faut, d'abord, vous porter dans le beau lit d'apparat qui vous attend et faire disparaître la couche de douleur.

Soulevée par des bras adroits, Agnès se retrouve bientôt entre les draps de soie si douce.

— Voici l'enfant.

Prégente, toujours émue en pareil moment malgré son expérience, présente à la jeune mère le nouveau-né. Autour du lit, font cercle toutes celles qui ont assisté à la naissance. Un silence lourd d'attention, d'émoi, remplace l'agitation de tout à l'heure.

— Elle est née les yeux ouverts. C'est signe d'intelligence et de curiosité. Elle ne sera point sotte!

Agnès se penche, accueille au creux de son bras le petit être rose et duveteux que la nourrice installe contre sa poitrine. Tant de fragilité et, cependant, tant d'avenir, tant d'espérances en puissance! De tout son être, jaillit alors un sentiment jamais éprouvé, fait d'infinie tendresse et de beaucoup de respect.

— Ma petite fille, à moi!

Elle baise avec dévotion, avec une tendresse précautionneuse, le front, les joues minuscules.

— Elle se nommera Marie, dit-elle, en révérence pour la Sainte Mère de Dieu.

— Marie! Ne croyez-vous pas, Agnès...

Catherine Sorel hésite. Ce prénom n'est-il pas celui de la reine? Il n'est peut-être pas opportun de le donner à cet enfant dont le père...

— Nous en avons décidé ainsi, Charles et moi, annonce Agnès avec calme. Il tient beaucoup à ce prénom.

Il n'y a plus rien à dire : le roi le veut! Dans le ton de la jeune mère, on peut déceler à présent un accent de tranquille assurance, de certitude. Elle affirme ainsi une complicité, une entente dont, de toute évidence, elle mesure l'importance, le retentissement.

— Ma mère, je vais vous dicter une lettre que vous serez bonne de faire acheminer au plus tôt vers Nancy.

Comment s'opposer à une telle décision? Ce n'est certes pas une mince affaire que d'avoir pour fille la maîtresse du roi de France!

Tenant son enfant contre elle, Agnès se laisse aller sur ses oreillers. Elle sait avec quel ravissement la nouvelle sera accueillie par son amant. Charles lui avait si bien témoigné, lors de leur séparation, son déchirement à l'idée de la laisser seule devant l'épreuve de ses premières couches!

« Comme il va être heureux, songe-t-elle, heureux et fier. Cette naissance va encore nous rapprocher. Il m'a promis qu'il reconnaîtrait pour sien l'enfant à qui je donnerai le jour. Tout va changer. Il ne peut plus être question, maintenant, de mystère, de cachotterie. Mère de la fille du roi, je ne saurais vivre dans l'ombre. Je tiens à ce que mon bonheur soit reconnu, à ce que, sans blesser pourtant personne, nous puissions le goûter tous deux, ouvertement, à la face du monde! »

★

— Des quatre mois qui viennent de s'écouler entre mon arrivée à Nancy, en novembre, après mes couches, et ce début de mars où nous allons célébrer les noces de la princesse Marguerite, de ces quatre mois, Marie, je ne conserve que le souvenir prestigieux d'une suite de jours inouïs de bonheur et de plaisir.

Une buée épaisse, chaude, flotte dans l'étuve. Étendue sur une dalle recouverte d'un fond de baignoire en

toile matelassée, Agnès, au sortir d'une eau tiède et parfumée, se délasse dans la touffeur de la salle destinée aux
bains de vapeur.

Près d'elle, également nue, Marie de Belleville, tout en
se reposant elle aussi, écoute son amie. Éloignée de la
cour pendant de longs mois par une maladie dont elle
est enfin remise, elle vient seulement de rejoindre Nancy.
Elle y a retrouvé Agnès, une Agnès bien différente de la
simple suivante de jadis. De notoriété publique, la jeune
femme est à présent favorite du roi. Une favorite
comblée, adulée, qui passe pour tenir le souverain en
son pouvoir et sur laquelle on porte un peu partout des
jugements contradictoires.

— En ville, ma mie, on ne parle que de vous. Votre
renommée fait un tapage à casser les oreilles!

— Je sais, Marie, je sais et je laisse dire. Ma félicité est
plus forte que la haine et les médisances!

— Je n'ai ouï nulle part d'hostilité contre vous, ma
mie. Bien entendu, on jase, on s'étonne, certains font
mine de s'émerveiller, d'autres protestent. Parfois, on
rit. Il y a bien quelques railleries mais rien de vraiment
méchant dans tout cela. Sans que vous le sachiez, peut-
être, vous êtes devenue, pour beaucoup, le symbole du
renouveau et de la joie ambiante.

— On critique, cependant, mon luxe, la longueur de
mes traînes, la richesse de mes vêtements, et, surtout,
me suis-je laissé dire, la nouvelle mode décolletée que
je n'ai pas craint de lancer puisque j'en avais envie!

Un rire clair fuse à travers les volutes brumeuses qui
emplissent l'étuve. Marie ne peut s'empêcher de jeter un
coup d'œil vers la gorge somptueuse de sa compagne.
Ses seins à elle semblent lourds auprès de la grâce provocante de ces tendres fruits de chair blonde.

— Il est vrai que j'en ai ouï parler, ma mie, mais plus

pour vous jalouser que pour vous blâmer de découvrir de semblables merveilles !

— Peu me chaut. Vous ne pouvez savoir, Marie, comme je me sens à l'aise !

Elle rit de nouveau. Pas impudique. Naturelle. Femme éclatante, heureuse de se sentir belle, heureuse de le montrer.

— Vous n'avez point tort, Agnès, d'être si simplement ce que vous êtes. Depuis que cette fameuse trêve avec l'Angleterre a suspendu les combats pour deux ans, tout le monde ressent le besoin de vivre double afin de rattraper le temps perdu. Vous n'êtes, en somme, que l'image parfaite de cet immense désir de revanche qui tient notre pays.

— Vous avez sans doute raison, Marie. Je me sens merveilleusement accordée à notre époque. Je découvre avec elle les plaisirs du monde et, comme elle, je fais preuve d'un appétit d'affamée !

De son corps doux, souple, fait pour l'amour, émane tant de séduction, une telle élégance de gestes et de proportions que Marie se sent devenir plus compréhensive à l'égard de la liaison que le roi affiche si ouvertement. Il est navrant, bien sûr, qu'il trahisse ainsi la bonne reine son épouse, mais comment le désapprouver d'aimer ce qui est si totalement aimable ?

— On dit notre sire fou de vous, Agnès ?

— On n'a point tort, Marie. Sous des dehors discrets, Charles est un homme de passion. Vous ne pouvez concevoir avec quelle fougue, mais aussi quelle délicatesse, quelles inventions, quels soins, il s'est emparé de moi ! Aussi, je l'aime de tout mon cœur et je suis à lui autant qu'on peut l'être.

— Il vous couvre de présents, à ce qu'on dit.

— Certes. Il m'a fait don de la seigneurie de Beauté-sur-Marne, charmant domaine aménagé par son aïeul Charles V pour son repos, et composé de bois, de jardins, d'eaux vives. Un manoir, fort joli, bien situé à l'orée de la forêt de Vincennes, le complète. Notre sire a, galamment, prétendu que l'idée lui était venue de me le donner parce que le nom m'en convenait à ravir. Je crois, plutôt, que c'est pour m'avoir à proximité lors de ses séjours dans le vieux château tout proche. Dès à présent, j'en touche les revenus, car le roi tient à ce que je possède des biens personnels. Ce qui ne l'empêche pas de m'offrir aussi des bijoux, des robes, des pièces d'argenterie admirables, des fourrures, des parfums... en somme, tout ce que me propose Jacques Cœur qui s'entend comme nul autre à me tenter !

— Ce qui semble susciter le plus de commentaires, Agnès, c'est qu'il vous ait demandé de quitter la maison de la duchesse d'Anjou, Isabelle, pour vous faire entrer dans celle de la reine !

— Je reconnais qu'on peut voir là provocation ou malhonnêteté, ce qui n'est point, mais, bien plutôt, témoignage d'amour constant. Il éprouve le besoin de m'avoir sans cesse auprès de lui.

— Vous ne pouvez savoir combien je suis contente de vous compter désormais parmi mes compagnes. Nous n'allons plus nous quitter, Agnès ! Vous souvenez-vous de l'inquiétude que j'éprouvais, voici deux ans, à votre sujet, en Languedoc, quand je découvris que le roi s'était épris de vous ?

— J'y songe parfois avec attendrissement.

— Eh bien, ma mie, si j'ai tout fait, alors, pour vous retenir sur une pente que je jugeais dangereuse, il en est autrement à présent. Je suis de ceux qui estiment qu'il faut boire le vin, une fois qu'il est tiré ! Il eût, certainement, été préférable pour vous de rester sage. Puisqu'il n'en est pas ainsi, n'ayez point honte de votre état présent et vivez hardiment. Il faut toujours, en définitive, aller jusqu'au bout de son destin !

— Marie, Marie, je ne vous reconnais plus !

— Qui sait, ma mie ? On peut être raisonnable de tant de façons. Disons aussi, si vous voulez, que je suis contaminée par la frénésie générale !

Les deux amies se dévisagent avec amusement.

— C'est bon de vous retrouver, Marie. A vous, je puis tout dire, tout avouer.

— N'est-ce point le fait d'une amitié véritable ?

— Sans doute, mais c'est chose rare.

— Une question me brûle les lèvres, Agnès. Puis-je vous la poser ?

— Allez toujours, Marie.

— Comment la reine a-t-elle pris votre liaison avec le roi ?

— Avec dignité et résignation. Que voulez-vous, elle l'aime tendrement, tout en sachant qu'elle ne lui suffit plus. C'est une personne bonne et sensée. Elle accepte ce qu'elle ne peut éviter. Le roi, d'ailleurs, la ménage. Il continue à la visiter et lui manifeste le plus affectueux respect. Comme il déteste les exhibitions, il se montre toujours, en public, très réservé à mon égard et ne s'adresse à moi qu'en tant que suivante de la reine.

— Et les gens de la cour ?

— Vous en entendrez de toutes sortes à mon endroit. Certains m'épargnent, d'autres m'accablent, beaucoup me guettent, quelques-uns me gardent leur estime. Ils sont peu nombreux. Tous, en revanche, me cajolent, me courtisent et me flattent. Il n'y a pas là de quoi être surpris.

— Je vous trouve admirablement lucide et de bon sens pour une fille en votre situation !

— Ce qui m'est advenu depuis deux ans contribue assez bien à mûrir un esprit, ma mie. J'ai beaucoup appris durant ce temps.

— Vous parliez, tout à l'heure, des réjouissances qui se sont déroulées depuis votre arrivée à Nancy. Le bruit m'en était déjà parvenu.

— Oui? Ce ne sont que bals, chasses, banquets, tournois, jeux et folâtreries! Ah, Marie, qui n'a pas vu ces débordements de liesse, de splendeur, de divertissement, de luxe, d'euphorie, n'a rien vu! Qui n'a pas vécu ces moments-là, ignorera toujours ce qu'est l'ivresse d'un peuple qui goûte enfin une paix si ardemment souhaitée, le faste d'une cour qui, pour la première fois, peut briller d'un éclat si neuf qu'elle éclipse, ou peu s'en faut, l'admirable cour de Bourgogne!

— Seigneur! Que va en penser le très noble duc Philippe!

— Il rage, n'en doutez point! D'autant plus que le bruit de nos magnificences est déjà parvenu jusqu'à lui. Certains de ses vassaux passent chez nous pour prendre l'air du temps. Il n'est certainement pas de plus grande mortification pour cet être d'orgueil. Songez que Jacques de Lalaing, le fameux chevalier errant qui se donne pour le parangon de l'espèce, nous est arrivé dans un équipage fracassant, suivi de vingt pages vêtus de satin blanc et montés sur des palefrois houssés d'or et décorés de clochettes!

— Comme vous avez dû vous en amuser!

— On ne fait que s'amuser, ici, ma mie! Le roi René, qui reçoit tout le monde, puisque nous sommes en Lorraine, terre de sa femme, déploie pour éblouir la cour, et bien qu'on le dise ruiné, les ressources infinies de son esprit, tellement inventif quand il s'agit de divertissements. Oui, vraiment nous vivons à Nancy dans une fête perpétuelle. La reine, elle-même, en semble réjouie. La duchesse Isabelle veille à tout, n'oublie rien ni personne, est présente partout. La dauphine étrenne des toilettes admirables, des étoffes d'une grande rareté, des joyaux fabuleux. Sa gaieté est, sans doute, un peu factice, mais elle tient à ce qu'on l'oublie, se nourrit peu, croque des pommes acides pour maigrir et passe ses nuits à tourner des rondeaux. Il reste que la perle de toutes nos dames demeure la princesse Marguerite, notre jeune épousée de tout à l'heure, dont le charme tourne toutes les cervelles!

— Toutes celles, du moins, que vous n'avez pas subjuguées, Agnès!

— Il en reste pas mal de disponibles, Marie.

— Vous oubliez Étienne Chevalier, dont chacun sait qu'il brûle pour vous d'un feu qui se voudrait secret et, surtout, notre beau sénéchal du Poitou, qui vous admire tant.

— Vous êtes en retard, Marie! Le sénéchal songe maintenant à se marier et se préoccupe surtout des affaires de l'État. Il est allé à Bruxelles pour tenter d'arranger, justement, les choses avec le duc de Bourgogne. Il a conclu le traité de Trèves avec l'empereur d'Allemagne, puis a mis les princes rhénans dans son jeu, qui est des plus habiles. Enfin, la dernière et non la moindre de ses réussites est la capitulation de Metz qu'il vient d'obtenir à la suite d'une conférence où il a déployé ses dons exceptionnels de diplomate. Vous le voyez, la politique l'emporte sur la sentimentalité dans ce cœur loyal.

— Dites plutôt qu'il a sacrifié l'amour à la gloire, et c'est très bien ainsi... On rapporte que vous-même ne dédaignez pas, à vos heures, de vous intéresser aux destinées du royaume. Le conseil royal est réuni à Nancy.

On dit que vous y siégez près du roi et qu'il tient compte de vos avis. Est-ce vrai? Il y a peu de temps que je suis en Lorraine, mais j'ai entendu raconter bien des choses au sujet de l'influence que vous exerceriez sur l'esprit de notre sire. Il semble qu'il n'entreprenne plus rien sans vous consulter.

— Il prête, en effet, une oreille attentive à mes remarques et accepte mes suggestions. N'est-ce point normal? Je ne lui ai jamais dissimulé mon zèle pour tout ce qui touche au bien du royaume.

— Il n'est pas le seul à le reconnaître. En passant dans la galerie du palais pour venir vous rejoindre ici, j'ai entendu le connétable de Richemont — quand je pense qu'il sera sans doute duc de Bretagne, laid comme il est avec sa vilaine lippe et son air bourru ! — j'ai donc entendu ce vieux brave dont le dévouement à la couronne a toujours, comme vous le savez, été exemplaire, admettre sans se faire trop prier, dans un groupe, que vous possédiez un jugement sûr. Je crois même, Dieu me pardonne, qu'il vous a nommée « le bon ange du royaume »!

— Nous nous entendons parfaitement, le connétable et moi. Sa fidélité a reconnu et accepté la mienne. Il en est de même pour Jean Bureau, maître de notre artillerie, pour Chabannes, dont on peut dire que c'est un des meilleurs capitaines du roi, et pour tous ceux qui font vraiment confiance à leur souverain...

La porte de l'étuve s'ouvre avec précaution. Jacquotte, suivie de plusieurs servantes, entre, porteuse de grands draps de bain en molleton.

— Dame, il est l'heure de vous préparer pour la fête des noces.

— Bon. Essuie-moi.

Une fois séchées, les deux amies passent dans la salle contiguë pour se faire masser et parfumer.

Charles VII a loué à Nancy, près du palais ducal, une riche demeure, aménagée avec raffinement. Le propriétaire, qui admire les belles villas italiennes qui sont alors de mode, en a soigné sans lésiner les installations intérieures. On y jouit d'un luxe assez rare chez un simple particulier. C'est ainsi qu'on y trouve ces bains, construits sur le modèle de ceux que possédaient les Romains, et chauffés par des conduits souterrains de poterie. Ils sont aussi bien conçus que les étuves publiques les plus fréquentées.

Comme les dames de la maison de la reine sont logées sous le même toit que leur souveraine, Agnès se trouve à même de profiter, plus et mieux qu'aucune autre, des facilités de cette confortable demeure.

Après avoir embrassé Marie, elle regagne sa chambre. Ici aussi, comme chez la duchesse d'Anjou, mais sur ordre du roi, elle a droit à une pièce isolée, meublée avec recherche, où elle se sent chez elle. Plusieurs servantes sont à présent attachées à son service et certains chuchotent qu'elle n'en est qu'à ses débuts !

Parmi les nombreux présents que lui a faits Charles VII, elle a été gratifiée d'un cabinet dans le goût italien, en ébène incrustée de nacre. C'est devant ce meuble qu'elle s'installe pour se faire coiffer, épiler, poudrer, parfumer.

Sa toilette dure longtemps. Quand elle sort des mains de ses femmes, dirigées par une Jacquotte extrêmement fière de sa promotion, sa beauté rayonne, étincelle, éblouit.

Une robe de mousseline blanche, en soie filetée d'or, gaine son corps poncé et lisse comme un jeune tronc. Un surcot ouvert de velours pourpre, bordé et doublé d'hermine, largement échancré, dissimule à peine des formes épanouies qui demeurent très pures en dépit de la récente maternité d'Agnès. Une rangée d'agrafes en pierres précieuses suit les plis de la longue et ample jupe qui traîne sur le sol en une « queue » de plusieurs aunes. Une chaîne d'or et de rubis forme une souple ceinture autour de la taille ronde et des hanches découvertes. Un atour à bannière en fil d'or, agrémenté d'une boucle de velours noir sur le front sans ombre, orné d'un voile de gaze perlée, coiffe la tête blonde au long cou gracieux.

Des bagues étincellent à ses doigts, des bracelets de pierreries enserrent ses poignets.

Cependant, bien plus que ces parures, c'est le décolleté d'Agnès qui attire les regards. Elle vient en effet de lancer une mode nouvelle, hardie, provocante, qui fait beaucoup parler d'elle. La beauté de sa gorge, dont le roi s'enivre, lui a donné l'idée de la découvrir autant que faire se peut, de largement la montrer. Transformant alors la sage ouverture arrondie qui se portait avant, en un décolleté triangulaire, profond, à peine voilé d'une pointe de velours foncé, nommée tassel, qui fait ressortir encore davantage l'éclat de la peau, elle ose ce qu'aucune femme n'avait osé avant elle : exposer ses jeunes seins comme les plus parfaits de ses joyaux!

— Le cortège se forme sur la place, demoiselle!

— C'est bon. Je descends.

Après avoir posé un manteau de drap d'or, fourré d'hermine lui aussi, sur ses épaules, Agnès va rejoindre la foule animée et parée qui s'apprête à faire cortège à la mariée royale.

Seigneurs et dames de deux cours — celle de Charles VII, celle du duc d'Anjou — vont, en grand arroi, accompagner jusqu'à la cathédrale de Nancy la princesse Marguerite. En la personne de lord Suffolk, le roi d'Angleterre, empêché de venir sur le sol de

France, va épouser ce matin la belle adolescente dont les yeux noirs l'ont, à la vue d'un simple portrait, bouleversé.

Il fait beau, bien qu'il n'y ait encore aucune douceur dans l'air piquant de ces marches de l'Est où le printemps est plus lent à venir qu'en Anjou. Un soleil sans vraie chaleur brille sur l'assemblée vêtue avec une recherche exubérante, fait étinceler ses ors, ses pierreries, ses broderies d'une admirable finesse qui décorent de soie, d'argent, de perles, d'orfèvrerie les étoffes venues d'Orient par caravelles. L'astre allume des reflets aveuglants sur les boucliers des soldats; il irise les étendards, les banderoles où flamboient les devises des nobles maisons, les bannières, les fanions, les oriflammes. Les cuivres des trompettes et des clairons semblent plus miroitants dans la jeune lumière, plus éclatante la blancheur de certaines coiffes, ou celle des guimpes empesées. Le chatoiement des rouges-vermeil, cramoisis, pourpres, des verts crus, des bleus de lin, des violets, des indigos, des roses vifs, des orangés, de tout un déferlement de nuances hardies dont on se vêt dans une orgie de couleurs, achève d'éblouir.

Précédant le défilé, les hérauts d'armes, chamarrés de tous les blasons dont ils sont les vivants panonceaux, soufflent dans de longs buccins ornés de fanions armoriés. Suivent les timbaliers dans un fracas assourdissant, puis les archers du roi, vêtus de jaquettes vermeilles, blanches et vertes.

Charles VII, drapé dans un manteau d'azur semé de lys d'or, le dauphin, moins fastueux, mais paré de la gloire que lui confère sa récente victoire sur les Suisses, René d'Anjou, dans une houppelande de damas vert et or, son fils, Jean de Calabre, le comte du Maine, étrennant pour la circonstance un paletot à manches pertuisées, orné de joyaux multicolores, Pierre de Brézé, en velours noir rebrodé de perles, le duc de Bretagne, le comte de Clermont, Louis de Luxembourg, le comte de Saint-Pol, les gentilshommes de la suite, enfin, et quelques dames plus intrépides que les autres, malgré leur hennin à voiles flottants, montent des chevaux de grande race, houssés jusqu'au sol de velours, de drap d'or, de damas, d'étoffes somptueuses soutachées de vermeil, frappées aux armes de leurs propriétaires, avec leurs crinières tressées de fils de soie, d'or ou d'argent.

Agnès chevauche un étalon arabe d'une grande beauté que lui a offert dernièrement son amant. La reine, la dauphine, Isabelle d'Anjou et les dames du cortège, ruisselantes de gemmes, suivent en litières peintes et décorées.

Toutes les cloches de la ville carillonnent à la volée. Des tapisseries, des courtines, des étoffes vives, des tapis, décorent les façades, les fenêtres, les balcons tout au long des rues où se presse une foule curieuse, amusée, familière, toujours prête à acclamer. On crie : « Vive le roi! », « Vive la princesse! », « Noël! », « Montjoie! », indifféremment.

Attention délicate : une débauche de marguerites peintes, brodées, découpées, en parchemin, en tissu, en fer, en cuivre, jonchent les pavés, s'accrochent aux tentures, se suspendent en guirlandes à la moindre ferronnerie, à la moindre saillie de pierre. On en retrouve sur les cottes des soldats de la maison d'Anjou, sur le satin des bannières flottant à des mâts fixés à tous les coins de rues; piquées sur les poitrines, sur les chaperons, sur les hennins.

Miraculeusement jolie dans sa robe de toile d'argent semée de marguerites d'or et de perles, la jeune épousée, un peu pâle sous la légère couronne qui ceint son atour de tête couvert de perles, avance vers son destin.

Devant le parvis de la cathédrale, lord Suffolk, entouré des représentants les plus brillants de l'aristocratie anglaise, attend sa future reine. Chacun remarque combien il semble frappé de la beauté de la princesse.

C'est l'évêque de Toul qui dit la messe et unit à jamais, du moins on veut le croire, la maison des Lancastre et celle des Valois.

La joie de tous est à son comble. La jeunesse et la grâce ne sont-elles pas parvenues, enfin, à triompher de la guerre? Nul ne doute, en ce jour d'espérance, que la paix, bientôt, soit de retour.

En pénétrant sous les hautes voûtes de la cathédrale où retentissent les accents d'une musique polyphonique toute nouvelle et encore discutée, Agnès se sent étrangement émue. Au passage, elle a saisi quelques remarques ironiques, quelques mots crus, mais elle veut les oublier. Elle sait que le roi pense à elle en cet instant précis, qu'il imagine, à son bras, la silhouette aimée, qu'il donnerait une province pour avoir la possibilité de se marier avec elle, qu'il l'adore autant qu'il est possible de le faire, et elle en éprouve une tremblante joie.

Dans ce lieu saint, mêlée aux meilleurs blasons de France et d'Anjou, elle ne se sent pas coupable, mais, paradoxalement, pardonnée.

Depuis la naissance de sa fille, elle a multiplié les dons aux églises, aux œuvres pieuses, les fondations, les secours aux malades et aux nécessiteux. Plus elle se voit monter, plus l'amour du roi l'enveloppe, plus elle tient à faire bénéficier ceux qui souffrent de ce bonheur qui lui est octroyé, de cette félicité qu'elle entend ne pas goûter seule mais, bien plutôt, distribuer comme une manne autour d'elle.

Il lui semble que son amour, sa joie de vivre, son instinct du bonheur ne sont en rien condamnables puisqu'ils sont l'hymne de grâce que son cœur comblé offre au Créateur. Il l'a, sans doute, destinée à réconcilier le roi de France avec une certaine douceur d'être, avec la joie, la jeunesse et la chance. Tel est le rôle qui lui a été dévolu : devenir le sourire du règne! C'est une tâche agréable et pour laquelle elle se sait douée.

Ce sera avec élan, sans chicaner sur les nécessités de cette situation qu'elle s'y donnera, aussi longtemps qu'il plaira à Dieu de la laisser en cette place où, étrangement Il l'a mise, quoi qu'on puisse en penser!

On est en juin. Les jours sont longs. La cour, qui a quitté Nancy en avril, vient de se regrouper à Châlons et alentour. Le roi, après s'être fait acclamer pendant un mois à Toul, Commercy, Saint-Mihiel, et autres places, s'est installé dans l'agréable manoir de Sarry, château de plaisance des évêques de Châlons, situé dans une large vallée des bords de Marne, à un peu plus d'une lieue de la ville. Il a décidé d'y tenir une assemblée plénière en vue d'assurer son prestige et de conclure certaines alliances.

Isabelle de Portugal, épouse du duc de Bourgogne, est arrivée en médiatrice pour apaiser le différend éternel qui oppose son duché au royaume. Elle est reçue avec les honneurs dus à son rang. Sans plus.

C'est que le prestige et la magnificence qui, si longtemps, ont été l'apanage des Bourguignons, ont changé de camp. La cour de France, depuis peu, donne le ton.

Le bon peuple de Châlons a vu arriver coup sur coup, les ambassadeurs de Milan, du duc de Savoie, des électeurs de l'Empire, du duc d'York, du roi de Castille, de l'empereur, et ceux-là même du patriarche de Constantinople! Il faudrait être aveugle pour ne pas constater le triomphe de Charles VII qui éclipse, à présent, de façon évidente, son rival, Philippe le Bon.

Le roi exulte. Il est transformé. De terne, inquiet, défiant, malchanceux qu'il était, le voici devenu joyeux, hardi, plein d'allant, mondain, habile et galant! On l'admire, on le redoute, on le révère. On parle de lui beaucoup, partout.

En ce soir de juin, dans une des salles ornées de boiseries et de tapisseries à mille fleurs du château de Sarry, quatre dames, après souper, devisent entre elles.

Par les fenêtres, grandes ouvertes sur le parc, entrent, avec la chaleur décroissante de la fin du jour, l'odeur des douves proches, la senteur puissante des foins et de la menthe sauvage, ainsi que les échos d'une conversation que le roi mène, dans une prairie voisine, avec René d'Anjou-Sicile, le comte du Maine, le comte de Saint-Pol, et quelques dames qui se sont jointes à eux. Des bruits de voix, des rires fusent, venant éclabousser de leurs éclats joyeux l'entretien mélancolique qui se tient dans la pièce où la reine Marie, Isabelle d'Anjou, la duchesse de Bourgogne et la dauphine échangent des propos sans illusion.

Elles ont pris l'habitude de se réunir ainsi à trois ou quatre, fort souvent, pour parler à cœur ouvert, en femmes, non en souveraines, de leurs seigneurs et maîtres et de leurs soucis.

— En mars dernier, la mort de Radegonde, notre fille aînée, qui lui ressemblait tellement, n'a même pas eu le pouvoir d'attrister vraiment le roi, dit en soupirant la

148

reine, dont il semble qu'elle soit perpétuellement condamnée à porter le deuil d'un être cher. Cette constatation, jointe à mon chagrin, a beaucoup alourdi ma peine, comme pour la doubler de celle qu'aurait dû éprouver mon époux.

Elle parle sans aigreur, avec la douceur triste des êtres dont la bonté est plus puissante que l'esprit de revendication. Entre ses doigts pâles, glissent, ainsi qu'elle a coutume de le faire avec les grains de son chapelet, les anneaux d'argent de la ceinture qu'elle porte sur sa robe de soie blanche. Bien qu'elle ait à peine quarante ans, son visage est déjà fané, sans âge, sans couleur. Sous sa coiffe de deuil, presque monacale, ses cheveux sont grisonnants. Pourtant, la tendresse de son regard, l'indulgence de ses propos, son maintien débonnaire, donnent à cette femme qui a traversé tant d'épreuves, sans jamais perdre son affabilité ni sa confiance en un destin meilleur, une sorte de charme simple qui ne laisse pas indifférent.

— Il y a longtemps que je ne m'étonne plus de l'insensibilité du duc Philippe à l'égard de nos malheurs familiaux, dit la duchesse de Bourgogne en soupirant. Il est bien trop accaparé par sa gloire, par ses conquêtes féminines et par son amour effréné du luxe pour se préoccuper de ce qui peut nous advenir de fâcheux!

Tout le monde sait que le duc trompe abominablement son imposante épouse, qu'il ne se souvient d'elle que pour l'utiliser à des fins diplomatiques et qu'il la traite avec une indifférence absolue. La paillardise bourguignonne est, d'ailleurs, légendaire dans toute la chrétienté.

— Je vous avouerai, reprend-elle en secouant la tête, que j'ai bien souvent regretté mon Portugal où je vivais si tranquille dans mon enfance.

Grande, épaisse, brune, avec un visage sans grâce, aux traits presque masculins, la duchesse de Bourgogne approche de la cinquantaine. Elle n'a jamais été jolie, en dépit de la richesse de ses vêtements et des pierres fines dont elle est couverte, mais, à présent, elle ressemble plus à une cariatide qu'à une femme.

— Qui peut se fier aux hommes? Quand ils ne vous trahissent pas ouvertement, ils vous bafouent d'autre façon, murmure la dauphine qui ne cesse de maigrir, de s'anémier, de tousser et qui s'étonne, cependant, de n'être point aimée, car elle se sait touchante, remplie d'esprit et d'une élégance parfaite.

— Je suis navrée pour vous, ma mie, de la façon dont vous traite le dauphin, assure la reine qui s'efforce en vain depuis vingt ans et plus, d'accepter ce fils incompréhensible que Dieu lui a donné. Son attitude à votre égard ne cesse de me blesser. Je ne sais vraiment quoi faire pour remettre Louis sur le chemin du respect qu'il vous doit.

— Personne n'attache d'importance aux calomnies qu'il se plaît à faire courir sur vous, affirme Isabelle d'Anjou. On le tient pour un mari perfide, indigne de la femme que vous êtes, et voilà tout.

La cour a beaucoup clabaudé, quelque temps auparavant, sur les racontars d'une dame qui prétendait avoir découvert un soir, assez tard dans la nuit, la dauphine en grande conversation avec un jeune gentilhomme, alors qu'ils étaient tous deux dans une petite pièce éclairée par la seule lueur des tisons. Scandale! On s'est vite aperçu que l'amour de la poésie et non l'amour tout court était la cause de ce long tête-à-tête durant lequel il n'avait, de toute évidence, été question que de rondeaux et de rimes.

Le dauphin, prévenu par l'espion qu'il avait attaché

aux pas de sa jeune femme, s'était férocement servi de cet incident pour railler et torturer la pauvre Marguerite d'Écosse qui souffre encore mort et passion au souvenir de ce qui lui est arrivé.

— Je ne sais pourquoi il me poursuit d'une inimitié si constante, reprend la dauphine. Tout ce que j'entreprends l'irrite et il n'est pas exagéré de dire que Louis fait preuve à mon égard d'une impitoyable cruauté!

— Hélas, ma mie, ce n'est pas un tendre! Implacable de nature, il allie à l'impétuosité sauvage des fils de Jean le Bon, l'ambition, la volonté de puissance, la fièvre dynastique des Espagnols que lui a transmises sa grand-mère, la reine Yolande. Il n'épargne et n'épargnera jamais rien ni personne. Ses proches encore moins que les autres, dirait-on. Vous pouvez constater, tout comme moi, la façon dont il se conduit vis-à-vis du roi, son père!

Isabelle d'Anjou, comme il est dans ses habitudes de le faire, tente de s'exprimer sans rancœur, aussi lucidement que possible, mais une pointe d'hostilité perce cependant à travers son propos. C'est que le roi René, son époux, souffre lui aussi, des intrigues menées à son endroit par un dauphin jaloux du faste et du pouvoir de la cour angevine. Depuis quelque temps, des « brouillis » sont intervenus entre l'héritier du trône et son oncle.

— Après que Louis eut remporté sa victoire sur les Suisses et si bien liquidé les « Écorcheurs », je pensais qu'il se serait amadoué, que la gloire de ses armes aurait apaisé son dévorant besoin de s'agiter, de comploter, de nuire.

— Apparemment, il n'en est rien!

La reine baisse le front, soucieuse, hésite, se décide enfin :

— Les tapisseries qu'il a prises l'an dernier à l'Ile-Jourdain dans le donjon d'Armagnac, alors qu'il assiégeait Lectoure, pourquoi en a-t-il fait cadeau à cette Agnès Sorel dont il dit tant de mal, le savez-vous ? Il la traite de femme galante, prétend s'indigner de me voir compter parmi mes dames d'honneur cette fille facile et lui fait, néanmoins, des présents de ce prix !

— Pendant un court moment, du moins je le pense, il a, en effet, cherché à gagner la sympathie de votre suivante. Sans doute pour mieux la perdre par la suite. Devant la répugnance qu'elle a manifestée à accepter ces tapisseries dont elle n'a pas tardé à se défaire au profit d'une abbaye, il a mesuré son erreur. Sur ce terrain-là, il ne pouvait jouer au plus fin avec elle.

Un silence, nourri de pensées soigneusement tues, pèse sur les quatre souveraines. Des martinets passent devant les fenêtres, cisaillant le ciel à rapides coups d'ailes, piaillant, se poursuivant, s'enfuyant, revenant.

La reine a un geste las.

— Je ne parviens pas à détacher mon esprit de la trahison du roi, dit-elle sans élever la voix, comme si elle se confessait. Cette pensée ne me laisse point de repos.

Femme sans détours, Marie d'Anjou s'est souvent confiée à ses amies, leur avouant ce fardeau nouveau pour elle : des amours adultères sous son propre toit, une infidélité étalée, le descendant de saint Louis laissant éclater au grand jour une passion dont la violence la déconcerte, la choque, autant qu'elle l'afflige.

— Il faut être confiante comme vous l'êtes, Marie, pour s'étonner d'une pareille aventure, dit la duchesse de Bourgogne avec une moue de ses lèvres aux plis amers. C'est notre sort à toutes d'être, à un moment ou à un autre, trompées et dédaignées. Voyez-vous, vous avez eu, peut-on dire, une certaine chance : le roi est demeuré fort longtemps très discret sur ses bonnes fortunes.

— Je sais, ma pauvre amie, combien vous avez eu, vous-même, à vous plaindre des infidélités du duc Philippe. Pour moi, il en va tout autrement. C'est la première fois que je subis ce genre d'outrage : voir, à ma propre cour, une favorite imposée par Charles! Si j'en souffre tellement, faites-moi la grâce de croire que c'est plus par tendresse que par amour-propre...

Jusqu'au mariage de la princesse Marguerite d'Anjou, à Nancy, la reine avait préféré s'aveugler. Elle ignorait, volontairement, ce qu'elle tenait à considérer comme une simple foucade. Mais un fait vint lui ouvrir les yeux. Le dernier soir des fêtes qui, pendant huit jours, s'étaient succédé comme un tourbillon doré, à la fin d'un tournoi de joutes courtoises où Charles VII, lui-même, avait combattu, un ultime cortège avait défilé dans la lice. C'est alors que l'inimaginable s'était produit : parmi les seigneurs que la foule acclamait, une femme, Agnès Sorel, revêtue d'une armure d'argent incrustée de pierreries, était apparue, caracolant aux côtés du roi, partageant son triomphe. La foule avait crié de joie. Marie d'Anjou, elle, avait eu froid jusqu'au cœur.

Depuis, il lui a bien fallu accepter l'évidence. Malgré ses prières et sa soumission à la volonté divine, ce n'est pas sans se sentir outragée et humiliée au-delà de ce qu'elle avait cru possible, qu'elle supporte tout le long des jours, parmi ses dames d'honneur au maintien si austère, cette femme trop belle, trop voyante, parée comme une châsse et plus entourée qu'elle!

— Non content de m'obliger à garder sa maîtresse près de moi, dans ma maison, Charles, sous mes yeux, se soumet à ses moindres désirs. Il donne des charges à ses frères : deux d'entre eux sont à présent attachés à l'hôtel du roi, deux autres ont été nommés hommes d'armes de la garde royale reconstituée. Il accepte les services des protégés d'Agnès, s'en félicite, et leur concède une part de plus en plus importante dans son entourage et même dans son conseil !

Marguerite d'Écosse a écouté ces doléances sans intervenir.

— Chère dame, dit-elle enfin, vous savez comme je vous suis attachée, mais vous savez aussi que je m'entends assez bien avec cette Agnès Sorel dont vous nous entretenez. Pour l'amour de la vérité et parce que je connais votre compréhension aussi bien que votre bonté, je tiens à faire remarquer que l'influence de cette demoiselle, sur notre sire, est plutôt bienfaisante que nuisible. Pour sa famille, il n'y a rien à en dire, ce sont gens de bien. Quant à ses protégés, comme vous les appelez, ils sont jeunes, actifs, débordants de projets ; dans l'ensemble, enfin, pleins de qualités utiles au royaume.

— Je dois reconnaître, ajoute Isabelle d'Anjou qui n'a jamais désavoué Agnès devant sa belle-sœur, que l'ascendant de cette personne sur le roi paraît profitable à Charles qui fait montre, à présent, d'une assurance qu'on ne lui avait jamais vue. Pardonnez-moi, Marie, je ne voudrais en rien vous heurter, mais on a souvent constaté que certains hommes, parvenus à la quarantaine, se voyaient révélés à eux-mêmes par l'intervention d'une nouvelle venue dont l'empire sur eux produit les meilleurs effets. Tout se passe comme s'ils avaient besoin de se considérer à travers un œil neuf. Je crois que nous nous trouvons là devant un de ces cas. Telle que je connais Agnès — vous savez qu'elle était de mes dames d'honneur depuis de longues années — je puis vous assurer de sa loyauté, de son intelligence, de sa finesse. Ce ne sont pas qualités à dédaigner dans la position où elle se trouve. Jamais, cette petite ne fera rien pour nuire au roi ni au royaume.

— Vous n'avez pas les mêmes raisons que moi de vous défier d'elle, Isabelle! Il se peut, cependant, que mes craintes au sujet du pouvoir qu'elle exerce sur Charles ne soient pas fondées. J'approuve votre attitude à l'égard d'une dame qui fut de votre maison. En admettant qu'elle soit effectivement douée des mérites que vous lui octroyez, il n'en reste pas moins qu'elle nuit, malgré tout, à la renommée du roi, par son luxe, ses dépenses, son train de vie, ses provocations. A la cour et dans ce pays, on s'étonne, beaucoup s'indignent, des prodigalités faites pour une telle femme et de la façon excessive dont le roi tient compte de son avis. Si Pierre de Brézé est à présent comte d'Evreux et grand sénéchal, si Jacques Cœur est, sans doute, plus riche que son souverain, c'est qu'ils forment tous deux, avec cette Agnès, un trio qui gouverne mon époux, livré à eux par sa folle passion. Entourés de leurs créatures, soutenus par un souverain asservi à sa favorite, que n'entreprendront-ils pas? Il est des gens pour s'en inquiéter!

— Permettez-moi, chère dame, de prétendre que ceux-là ont tort! Brézé est un gentilhomme digne de la confiance royale. Il est le dévouement et la fidélité mêmes.

— Pour moi, il semble surtout effroyablement ambitieux!

La duchesse de Bourgogne sent renaître l'amertume indignée qui s'est emparée d'elle quand elle a constaté, à l'occasion de ce voyage, la toute fraîche assurance des Français et l'habileté des nouveaux serviteurs du roi.

— Au sujet du sénéchal et de cette fille d'honneur, on raconte des choses qui seraient propres à ternir l'honneur de votre époux, reprend-elle non sans perfidie. Leur entente suscite bien des commentaires, dont certains sont, peut-être, justifiés.

— Certainement pas !

Marguerite d'Écosse vient de protester.

— Pierre de Brézé est un pur chevalier, digne des paladins d'autrefois ! Jamais il ne commettrait semblable félonie !

— Comme vous le défendez, ma mie !

— Je ne l'en crois pas coupable, moi non plus, affirme à son tour Isabelle d'Anjou avec cette fermeté et ce sang-froid dont elle ne se départ jamais. Ce ne sont là que calomnies. La célébrité du grand sénéchal est trop éclatante pour ne pas attirer la haine et allumer les jalousies.

— Je partage votre opinion, dit la reine, et je n'ajoute pas foi aux bruits qu'on colporte. Il n'en demeure pas moins que mon seigneur est entièrement soumis à cette femme. Il l'idolâtre, la couvre de présents et fait ses quatre volontés.

— Elle est si belle, si vivante ! soupire la dauphine avec un accent de nostalgie déchirante.

— Ne dit-on pas qu'elle attend un second enfant ? s'enquiert la duchesse de Bourgogne, qui cultive avec délectation les mauvaises nouvelles.

— Il paraît, admet la reine avec résignation.

— Il faut reconnaître que la petite fille qu'Agnès a mise au monde en octobre dernier a, depuis lors, été discrètement tenue éloignée de la cour, reprend Isabelle d'Anjou. Elle a été confiée à ses grands-parents maternels qui se sont installés en Touraine afin de l'élever loin de toutes nos rumeurs.

La reine acquiesce, soupire à nouveau, se tait et détourne les yeux.

Juste à ce moment, le roi, Charles d'Anjou et son beau-frère, le comte de Saint-Pol, quelques gentils-hommes, des dames, parmi lesquelles la jeune épouse du comte du Maine et Agnès Sorel, entrent, parlant haut, très animés.

— Par saint Jean, dit le roi, j'ai une nouvelle à vous apprendre, chère dame!

Véritablement, il est méconnaissable! Sa voix sonne clair, son regard brille, il est vêtu avec recherche, son geste est décidé. De toute sa personne émane on ne sait quelle force, quel entrain, un allant qui le transforme. L'amour le rajeunit.

— Nous parlions justement du duc, votre époux, dit-il en s'adressant à la duchesse de Bourgogne. Nous vantions sa science des divertissements.

La duchesse incline la tête, mais ne dit mot.

— C'est alors que ces jeunes gens ont pris la mouche, reprend le souverain en désignant les comtes du Maine et de Saint-Pol. Ils ont déclaré que nous pouvions, en France, rivaliser avec votre cour. J'ai paru en douter; aussi se sont-ils chargés de nous inventer de nouvelles réjouissances : pour commencer, ils ont proposé un pas d'armes, une joute à tout venant, qu'ils se font fort de mener huit jours entiers! Banquets, bals et jeux clôtureront, chaque soir, la fête. Qu'en dites-vous?

A quoi servirait de protester? De parler des dépenses inutiles, de toutes ces sommes qui vont s'en aller en folies? Ce seraient paroles vaines. N'est-il pas bon, aussi, pour le prestige du royaume, de faire montre de largesses?

La reine sourit à cet époux nouveau qui ne songe plus à errer, solitaire, dans les pièces tristes et closes qu'il affectionnait du temps de sa peur, mais qui, au contraire, ne rêve plus que plaisirs et amusements.

— Faites comme il vous plaira, Charles, vous savez bien que tout ce qui vous satisfait me convient.

Le ton est conciliant, soumis, presque maternel.

— Eh bien, c'est parfait! lance le roi.

Pivotant sur ses talons, il se retourne vers sa suite, croise le regard d'Agnès et, complice, lui sourit.

— Il faudra désigner le tenant du pas, dit-il encore, et que ce soit un fier brave!

Manifestement, il est heureux.

Agnès plisse les yeux. Du champ clos où le grand soleil fait reluire de mille éclats les armures de tournoi, les armes, les boucliers, les trompettes de cuivre, elle reporte son regard sur ses mains jointes au creux de sa robe. Blanchies par des pommades à la graisse de baleine et au benjoin, massées, parfumées, les ongles polis, des bagues à chaque doigt, ce sont là mains de patricienne, de maîtresse de roi!

Bien qu'un peu lasse, elle se sent contente et ne cesse pas de s'émerveiller, au secret de son âme, de sa propre destinée. Ce bonheur, ce cadeau enchanté, elle en doit hommage à Dieu. C'est Lui, dans Sa sagesse insondable, qui l'a vouée à ce rôle dont certains parlent avec sévérité mais qu'elle ne parvient pas à considérer comme néfaste. Pour Le remercier de Sa générosité, elle estime convenable de ne jamais ménager son enthousiasme, de se montrer, toujours et partout, d'humeur enjouée. Ceux qui sont heureux sont requis de le manifester en témoignage d'action de grâces envers le Seigneur.

Bouder sa joie serait d'une noire ingratitude envers Lui.

A la cour de France, donc, elle est l'image même de l'entrain, de l'allègre jeunesse, quoi qu'il puisse, parfois, lui en coûter.

— Êtes-vous indisposée par la chaleur, ma mie?

Antoinette de Maignelay, qui se tient aux côtés de sa cousine dans les tribunes de bois élevées autour de la lice, se penche avec sollicitude vers la jeune femme dont l'état justifie ces précautions.

— Merci, Antoinette. Ce n'est rien.

— Voulez-vous boire un gobelet de lait d'amandes bien frais?

— Volontiers.

Sur un signe, un jeune page disparaît en quête du breuvage réclamé.

Il y a un grand concours de peuple dans la vallée choisie pour ce pas d'armes de Sarry. De Châlons, de Reims, de Bar, d'un peu partout, on est venu à pied, à cheval, en croupe, en basterne, en litière, en chariot, pour voir, admirer, s'amuser, oublier et se réjouir. La cour, pour sa part, y déploie tous ses fastes.

Sur les conseils de René d'Anjou, maître en la matière, on a, pendant quinze jours, préparé avec un soin minutieux le cérémonial du tournoi. L'équipement des chevaliers, les dimensions de la lice, sa disposition, la composition du cortège qui accompagnera chacun des combattants, les formules dont devront user les hérauts d'armes pour signifier le défi dont ils sont chargés, rien n'a été laissé au hasard. Après avoir délimité le tracé de la lice, on a dressé, non loin de là, des tentes en toile, de couleurs vives, surmontées de banderoles ornées du blason de chaque jouteur. En ce moment, aucun frémissement ne les agite, tant la chaleur est immobile, mais hier encore, elles claquaient dans le vent. Les chevaliers, armés de pied en cap, y attendent l'heure de paraître dans le champ clos.

Autour de la lice, qui est immense, on a construit des tribunes décorées de tapisseries, de bannières armoriées, de tapis de Perse, de guirlandes fleuries. Les dames, les demoiselles, les seigneurs qui ne combattent pas, y ont pris place dans un grand déploiement de taffetas, de satin, de gaze perlée, de velours et de brocatelle.

Depuis sept jours, Jacques de Lalaing, gentilhomme de la maison de Bourgogne, désigné par le roi comme tenant du pas, s'oppose aux chevaliers venus le défier. Considéré par tous comme le modèle des champions, héros des plus belles joutes offertes à la cour de Philippe le Bon, ce chevalier de vingt-deux ans est à la fois un des plus redoutables et un des plus élégants seigneurs qu'on puisse voir. Taille élevée, teint frais, œil clair, ce Perceval éblouit l'assemblée par sa suite nombreuse et la richesse de ses costumes. Sur son vêtement d'apparat en damas cramoisi, losangé d'orfèvrerie, il porte son armure de tournoi, ciselée et incrustée d'or et d'argent. Le cimier qui surmonte son heaume est orné d'un panache de plumes d'autruche blanches et vermeilles retenues par un rubis gros comme un œuf de pigeon. Il s'est battu à merveille, a fait preuve d'un courage et d'une habileté sans défaut.

Le comte de Foix, le comte de Clermont, le sire de Bueil, ont été vaincus par lui malgré leur vaillance. Heureusement pour la cour de France, le comte de Saint-Pol, plein de feu, s'est montré son égal en emportant plusieurs fois le prix des Dames. Pierre de Brézé, le comte du Maine, Poton de Saintrailles, le seigneur de Baufremont, lui ont également tenu tête, mais l'honneur revient au tenant du pas.

Depuis sept jours, chaque soir, après les joutes, banquets, bals, concerts et jongleries ont saoulé de plaisir les hôtes du roi de France. Rien n'a été épargné pour que cette semaine devienne fertile en réjouissances galantes, magnifiques ou surprenantes, pour que chaque heure écoulée soit une heure de liesse.

En ce dernier jour de festivité, les dames et seigneurs, gorgés de bombances, de frairies, de divertissements, suivent d'un œil plus las les ultimes combats qui se déroulent devant eux. Habitués, maintenant, à ce déferlement de prouesses, ils se laissent plus difficilement émouvoir ou exalter.

— Dame, voici le lait dont vous aviez envie.

Agnès boit lentement le liquide opalescent, frais, fleurant l'amande amère.

Installée dans la tribune de la reine, parmi les prudes dames et les sages filles d'honneur de la souveraine, elle étincelle au milieu de ces ternes figures, de tout son éclat. Aujourd'hui, elle n'est vêtue que d'azur : bleue, sa robe de soie brochée d'argent, bleus, son surcot de velours et le voile de son atour de tête, bleus aussi, ses yeux. Elle porte des perles fines sur sa coiffure, à ses doigts, autour de son cou. Sa beauté, alanguie par sa future maternité, s'irise de leur orient.

Marie de Belleville à sa gauche, Antoinette à sa droite, elle se voit elle-même entourée de plusieurs demoiselles qui composent tacitement, sans qu'il ait été besoin de les nommer, sa petite cour personnelle, ses favorites.

Pour avoir la paix et par soumission aux désirs du roi, la reine supporte dans sa cour austère et familiale cette enclave pécheresse.

Soudain, les trompettes retentissent.

Deux seigneurs, fastueusement parés, suivis d'une brillante escorte, pénètrent dans la lice. L'un d'eux porte

les armes des Lusignan, héros légendaires des croisades ;
l'autre, sous son armure, n'est vêtu que de blanc. Tous
deux arrivent, visière baissée, environnés d'un tel fracas
de trompettes qu'il semble que la terre et le ciel doivent
combattre ensemble. Leurs gens s'écartent.

Le combat commence. Un silence aussi lourd que l'air
surchauffé de la canicule pèse sur l'assemblée. L'intérêt
de tous est subitement réveillé, tant le mystère et la maîtrise des jouteurs s'imposent à l'attention. La lutte est
mieux que plaisante : d'une qualité rare et d'une perfec-
tion exceptionnelle.

Quatre fois, les champions s'élancent. Leurs destriers,
houssés de velours brodé d'or, portent sur la tête des
panaches de plumes qui ondoient dans le vent de la
course. Calés sur leurs étriers, se maintenant de la main
gauche à une poignée fixée à leur selle, la lance de tournoi appuyée sur un crochet de fer soudé à leur armure,
les chevaliers sans blason s'abordent de toute leur
lourde masse. La sciure et le sable de la piste volent
autour d'eux. Ils virent, courent, voltent avec une
adresse et une élégance sans défaut qui arrache des cris
de satisfaction à la foule.

Deux fois, les lances sont rompues, mais, au cours de
ce savant engagement, aucun des deux chevaliers ne
mord la poussière.

Les trompettes retentissent de nouveau. Les seigneurs
inconnus, dont l'habileté a intrigué bien des spectateurs,
vont se faire désarmer au pied de la tribune qu'occupent
les dames. Ils avancent sous les vivats, les fleurs, les
voiles et les branches vertes qu'on leur lance de toutes
parts.

Parvenus devant la tribune, ils lèvent leur visière.
Stupeur : Pierre de Brézé est l'un des deux, l'autre, le
roi de France !

Des acclamations délirantes jaillissent.

Non sans mélancolie, la reine joint sa voix à celle de ses sujets. Pour elle, Charles VII n'a jamais pris tant de risques, lui qui, jadis, refusait de porter l'armure et n'osait plus, après Montereau, passer à cheval sur un pont!

A quelques pas de Marie d'Anjou, Agnès est radieuse. Elle sait de quels amoureux fils est tissé ce beau courage. En son cœur bondissant, elle en remercie à la fois le Roi du Ciel et celui qui, par amour d'elle, a su vaincre ses mauvais démons. Allons, l'homme rempli de timidité, d'hésitations, de honte et d'amertume est bien mort. Voici qu'est né à sa place un prince dont la hardiesse, l'ardeur juvénile et la passion illuminent le front! Elle seule sait de quels transports a surgi tant de force, au sortir de quelles étreintes s'est dressé, armé par elle, ce nouveau héros de chevalerie!

Pour clore le pas d'armes, une fête, encore plus somptueuse que celles qui l'ont précédée, est offerte, ce soir-là, au château de Sarry. Un banquet gigantesque, suivi de danses à la mode, témoigne de la vitalité de ces hôtes qui retrouvent leur appétit, leur gaillardise, leurs rires et leur enthousiasme pour congratuler leur souverain régénéré.

Parmi ceux qui ne sont pas au diapason — il y en a — la duchesse de Bourgogne ne cache pas sa surprise et son aigreur devant un spectacle qu'elle croyait son duché seul capable de donner.

La dauphine, épuisée, malade, mais ruisselante de joyaux, cache sous son fard et son amabilité de commande sa pâleur et sa consumption.

La reine, toujours en deuil, s'est retirée chez elle où elle se réfugie dans ses souvenirs et sa tendresse maternelle, afin de ne pas pleurer en songeant au triomphe de celle qui est, à présent, officiellement sa rivale.

Le roi, qui détestait danser, vire avec Agnès en des caroles sans fin. Comme par réfraction, il flambe de joie auprès de sa favorite qui n'est qu'étincellement.

Qui ne danse pas cette danse de Bourgogne si aimable ?

Jean d'Angoulême, le frère du duc d'Orléans, qui revient d'une fort longue captivité en Angleterre, fait, lui aussi, comme tout le monde, en dépit de sa sainteté, et entre, à son tour, dans le bal.

Isabelle d'Anjou, déchirée par la jalousie toute neuve qu'elle ressent à l'égard d'un roi René fasciné — en secret, croit-il — par le charme de Jeanne de Laval, danse cependant, avec son élégance coutumière, ainsi que sa bru, la duchesse de Calabre, le comte de Clermont, jeune athlète qui ne trouve point de cruelles, la dauphine, à bout de forces, et tous les seigneurs, dames et demoiselles qui ont l'honneur d'être reçus à Sarry.

La fête se prolonge jusqu'à l'aube. C'est une Agnès ivre de fatigue, de succès et d'amour que le roi reçoit dans ses bras, en ce beau matin de l'été, aux premiers feux de l'aurore.

Un visage émacié et cependant empourpré de fièvre, creusant à peine la soie des coussins, des cheveux poissés de sueur, une toux qui déchire, une respiration embarrassée : c'est là le spectacle navrant de l'agonie d'une princesse qui n'a pas vingt ans !

La dauphine se meurt. L'inquiétude, la peine, la consternation, telles de noires volées de choucas, se sont abattues sur le château de Sarry.

Les médecins et les apothicaires circulent, la mine

grave, entre la chambre de l'agonisante et Châlons où l'on compose à son intention des emplâtres de simples. On a tout essayé : saignées, ventouses sèches, scarifiées, application de moutarde, de cantharide. En vain. Rien n'y fait. Marguerite d'Écosse succombe à une maladie de poitrine. Déjà atteinte de ce mal sans pitié depuis des mois, elle a pris froid lors d'un pèlerinage à Notre-Dame-de-l'Épine, et n'a pu résister à la pleurésie qui l'a terrassée.

Dans le vaste lit où son époux ne venait plus jamais la rejoindre, elle vit ses dernières heures. On a tiré les courtines de velours pour qu'elle reçoive les sacrements. Ses femmes, ceux qui la soignent, ceux qui lui sont attachés, s'affairent autour d'elle.

Entre ses draps de satin, elle paraît anormalement menue, enfantine, réduite à l'état de pauvre petite momie. La fièvre la brûle, une douleur supliciante lui transperce le dos, elle respire avec une extrême difficulté, geint doucement, tient les yeux fermés.

Ses dames d'honneur se relaient à son chevet. La reine, qui a déjà assisté tant d'êtres chers en de pareils moments, vient lui tenir compagnie plusieurs fois par jour.

Dès que la souveraine se retire pour prendre un peu de repos, Agnès pénètre doucement dans la pièce, s'approche de la couche, caresse avec précaution la main diaphane. Au début, elle a tenté de lire à mi-voix des poèmes à la pauvre princesse qui les aimait tant. Très vite, elle a dû y renoncer. Le moindre effort épuise Marguerite d'Écosse.

A la tête du lit aux colonnes de bois tourné, des bougies parfumées combattent de leur senteur à la résine de pin l'odeur des suées, l'odeur de la mort.

Il fait nuit. Une ombre froide — ce mois d'août n'est

guère ensoleillé – est tombée sur la vallée. Aussi en dépit de la saison, a-t-on allumé un feu de romarin dans la cheminée, afin de réchauffer la chambre et d'en assainir l'air.

Agnès se tient à genoux sur un coussin auprès de la mourante. Elle a voulu aider le médecin à envelopper la maigre poitrine dans un emplâtre de plantes révulsives, fraîchement composé.

A présent, il n'est plus que d'attendre.

Jeanne de Tucé, dame de Saint-Michel, Marguerite de Vaux, Annette de Guise, Marguerite de Villequiers, toutes dames de la dauphine, également agenouillées, font oraison au pied de la couche.

« Le dauphin n'est venu qu'une fois prendre des nouvelles de son épouse, songe Agnès avec amertume. La mort de cette jeune femme le laisse indifférent et même, si on en juge par son attitude, impatient, soulagé! »

En dépit de la grande bonne volonté qu'elle déploie envers tous ceux qui l'approchent, la favorite ne peut ressentir qu'aversion et méfiance à l'égard de ce fils avide de pouvoir, de ce mari indigne, de ce personnage dont la cautèle n'exclut pas la brutalité. La rage qu'il a manifestée à la suite du don qu'elle a fait à la collégiale de Loches des fameuses tapisseries prises aux Armagnac qu'il s'était, bizarrement, cru en droit de lui offrir, laisse pressentir pour la suite on ne sait quelle vengeance.

« Le dauphin me hait. Après avoir espéré obtenir mes faveurs, pour me prendre à son père, il y a renoncé et n'est plus que venin! Il fera tout pour me perdre. Je le sens. On voit trop bien, à sa froide cruauté envers cette épouse qui se meurt, autant de son fait que de celui de la maladie, jusqu'où sa vindicte peut le mener. Envers moi, envers le roi, il est capable des pires vilenies. »

N'est-il pas à l'origine des brouilles récentes qui ont,

successivement, éloigné René d'Anjou de la cour d'où il est parti pour regagner Angers; ramené en Lorraine son fils aîné, Jean de Calabre; forcé Charles d'Anjou — décidément, il en veut à cette maison dont la puissance l'a depuis toujours rendu furieux — à abandonner sa place au conseil?

Il y en a pour prétendre que, derrière l'agitation perfide du dauphin, se profile l'ambition du grand sénéchal. Agnès n'en croit rien. Pierre de Brézé est son ami, le seul. Connaissant sa loyauté, le sachant de pur métal, elle a entière confiance en lui. Dans cette cour où beaucoup la détestent, où d'autres la méprisent, où tous l'envient, elle n'a plus, Isabelle d'Anjou ayant suivi René dans sa retraite, qu'un recours, qu'un soutien, en dehors, bien sûr, de l'amour du roi qui est son bouclier : le grand sénéchal, comte d'Évreux!

Jamais il ne lui manquera. Sa fidélité est celle d'un paladin. Quoi qu'il advienne, elle sait pouvoir compter sur lui.

Par-delà toutes les bonnes raisons qu'elle a de croire en lui, il en est une, plus subtile, que tous deux ne s'avoueront pas. Sans doute, la plus solide : entre cet homme et elle, implicitement, un amour étouffé dans son germe, crée, en plus de l'amitié, une sorte de complicité inavouée, sensible au cœur de chacun d'eux. Jamais, ils ne l'ont évoquée, jamais, ils n'en parleront.

En dépit de l'attention qu'ils portent à céler ce qu'il y a d'exceptionnel dans leur entente, beaucoup l'ont discerné. Aussi, médit-on sur leur compte. On imagine — elle le sait — une liaison qui trahirait le roi. Elle n'a que mépris pour de telles sottises qui ne changent rien au sentiment d'affection limpide qu'elle voue à Brézé. Autre résultat de cette alliance : ne voyant plus que par elle, Charles VII en est venu à se reposer entièrement sur le grand sénéchal de certaines affaires de l'État. C'est très bien ainsi. Elle veut qu'on puisse nommer « le Bien Servi » un souverain auquel de tels serviteurs lient leur destin.

« Voilà qu'au moment où se meurt la dauphine, notre pays ressuscite, retrouve sa vigueur, part pour de nouvelles victoires! Pauvre princesse qui ne verra pas ce redressement prodigieux! »

Charmante dauphine, tout le monde la pleurera à la cour, sauf ce mari dont les persécutions pleines d'artifices la hantent encore dans son agonie. N'a-t-elle pas, un peu plus tôt, répété plusieurs fois, le visage contracté par la peur :

« — Je ne fis jamais tort à mon seigneur! Jamais, je ne lui fis tort! »

Comme si le dauphin était encore là, près d'elle, pour la torturer par ses accusations d'adultère, auxquelles il ne croit pas lui-même, et pour l'en fustiger!

La respiration de l'agonisante est de plus en plus difficile. Elle halète, tout en serrant sur son cœur un crucifix que le prêtre venu lui donner l'extrême-onction lui a laissé, sur sa demande expresse. Son visage délicat est défait, creusé. Les os saillants y dessinent sinistrement le masque de la mort.

— Chère dame, voulez-vous boire?

Agnès se penche sur la forme souffrante, lui présente un gobelet rempli d'un élixir composé par les apothicaires.

— Oui. J'ai soif.

Jeanne de Tucé, première dame d'honneur, aide Agnès à soulever le corps décharné qui ne pèse rien. La malade boit un peu, suffoque, repousse la main tendue. On la recouche avec beaucoup de soin.

Un râle qui va s'amplifiant sort de sa bouche.

Agnès retombe à genoux.

« Seigneur, Seigneur, ayez pitié de cette âme de colombe. Épargnez-la ! »

Que fera le dauphin quand il se retrouvera seul ? Tel qu'on le connaît, il se remariera sans tarder, pour avoir des enfants, un fils, qui assurera à son tour la succession au trône.

Dieu merci, on n'en est pas là. Le roi est bien vivant ! Plus vigoureux, plus gai, plus remuant que jamais. L'amour l'a accompli. Sans cesse, la pensée d'Agnès revient à cette passion que lui voue le roi, qui l'habite tout entier. Avant de le constater, elle n'aurait pas cru possible qu'un homme puisse être si totalement subjugué par une femme, qu'il lui serait donné, à elle, de posséder un pouvoir si absolu sur l'esprit, le cœur, les sens de son amant. Tout ce qu'elle dit, tout ce qu'elle ose, est approuvé. Parfois, elle en ressent un vertige, une sorte d'angoisse : une telle idolâtrie est-elle durable ? Ses craintes se dissipent très vite. De nature confiante, elle croit en l'avenir, en Charles, en la pérennité d'une liaison si fortement établie.

« Je suis aimée, comblée, que demander de plus ? »

Le roi lui offre, à tout moment, de nouvelles preuves de son attachement. Il est follement jaloux.

N'a-t-il pas, dernièrement, expédié comme ambassadeur en Angleterre son cher Étienne Chevalier pour excès d'attentions ? Pour n'avoir pas su dissimuler aux yeux investigateurs qui surveillent chaque conversation d'Agnès, la tendresse infinie que le contrôleur général des Finances porte, lui aussi, à la favorite ?

« C'est un malentendu navrant. Je m'emploierai à faire revenir sans tarder mon roi sur sa décision. »

Par son entremise, elle a aidé à grouper autour du souverain des hommes sûrs, nouveaux, intelligents et actifs, que sa recommandation sert plus efficacement qu'un haut lignage. Conseillée par le sénéchal, elle a soufflé à Charles VII, afin qu'ils fassent partie de son conseil rénové, les noms de Jacques Cœur, Tancarville, Jouvenel des Ursins qui a été nommé chancelier, et de son frère, l'archevêque de Reims, Jean Bureau, Guillaume Cousinot et quelques autres. Elle devine que ceux-là ne pilleront pas la couronne car ils dépendent étroitement de ses succès, que leur intérêt, avant tout, est d'assurer la puissance du royaume. C'est elle, également, qui a demandé que Dunois, le bâtard d'Orléans, revienne au conseil, afin de remplacer le comte du Maine, parti à la suite des intrigues du dauphin.

Sur leur avis, le roi a accompli de profondes réformes : remaniement de l'armée, création d'une gendarmerie royale, nomination d'agents chargés de répartir eux-mêmes l'impôt.

La France est en de bonnes mains, en bonne voie !

Soudain, la dauphine se redresse, son visage, d'où tout le sang semble s'être retiré, reflète une grande anxiété. Ses yeux sont affreusement tristes.

— Agnès, souffle-t-elle, Agnès, je m'en vais !

La favorite se lève, serre entre les siens les doigts fiévreux.

— Ayez confiance, ma dame. Ne perdez pas espoir, vous vivrez !

La mourante secoue le front. D'une voix frêle, mais décidée, elle murmure :

— Non pas. Fi de la vie ! Qu'on ne m'en parle plus !

Lentement, elle retombe sur ses oreillers, répète une ou deux fois :

— Fi, fi de la vie !

Ferme les paupières, exhale un long soupir.

Agnès se penche, tâte le pouls qui ne bat plus.

— Un miroir. Qu'on me donne un miroir!

Aucune buée ne ternit la glace à main posée devant les lèvres sans couleur.

— Madame Marguerite d'Écosse, dauphine de France, n'est plus. Elle a cessé de souffrir. Qu'on prévienne la cour.

Annette de Guise s'élance au-dehors.

Agnès prie de toute sa foi.

Dès qu'elle perçoit des pas qui s'approchent, elle se relève, se signe, et sort sans bruit par une petite porte. Elle ne veut pas infliger, en un tel moment, par sa présence, une peine supplémentaire à la reine qui aimait tant la dauphine.

★

Les jours passent. A l'ombre du roi, l'influence de celle qu'on nomme couramment, galamment, la dame de Beauté, ne cesse de s'affirmer.

La cour a quitté Châlons. Impatient, Charles VII est parti devant en compagnie de quelques fidèles et d'Agnès. La reine a suivi, par petites étapes.

On s'est installé en Touraine. D'abord aux Montils, cette résidence tant aimée de Marie d'Anjou, puis à Loches, où Agnès se sent plus à l'aise. Là encore, le roi estime avoir trop de monde autour de lui, manquer de liberté pour vivre à sa guise amoureuse. En novembre, il décide d'aller loger chez un de ses chambellans, Jean de Razilly.

A deux lieues de Chinon, dans la vallée boisée de la Vienne, le château de Razilly dresse, au milieu d'un parc sylvestre et dru, ses murs garnis d'un chemin de ronde, ses toits d'ardoises bleues, et sa chapelle toute blanche, construite au début du siècle, dont les cloches rythment la vie insouciante des hôtes du lieu.

Reléguée à Chinon où le roi s'en va pourtant la visiter de temps en temps avec sa courtoisie habituelle, la reine, toujours docile, a repris son existence grise, toute dédiée aux devoirs de sa condition.

A Razilly, Charles VII est heureux. Il s'épanouit, loin des charges qui le contraignent dans ses domaines royaux, loin des commérages de la cour, loin des intrigues de ses ennemis. Entouré ici d'amis sûrs, aussi attachés à son étoile qu'à celle d'Agnès, il se sait à l'abri des hargnes et des complots.

Levé avec l'aube, il entend chaque jour, comme à l'accoutumée, trois messes matinales avant de partir chevaucher à travers bois et prés en compagnie de sa maîtresse. Loin des villes dont il se méfiera toujours, il s'adonne sans arrière-pensée à son goût pour la vie campagnarde, tire à l'arbalète, joue à la paume, chasse.

La tendre présence d'Agnès à ses côtés — il ne peut plus respirer loin d'elle — décuple ses plaisirs. Enfin livrés l'un à l'autre, sans apparences à sauvegarder, dans une intimité sensuelle qui les enivre, ils galopent, rient, dansent, jouent, aiment, follement.

Ceux qui sont admis à partager leur solitude passionnée se nomment André de Villequier, gentilhomme normand favori du roi, François de Clermont, Antoine d'Aubusson, Jean de Bueil, Chabannes, l'indispensable grand sénéchal, deux des frères d'Agnès : Jean et Charles Soreau, le dévoué Guillaume Gouffier et, bien entendu, Antoinette de Maignelay qui a su se rendre utile, partout, à sa cousine.

Le petit cénacle coule au bord de la Vienne des heures dorées, faites de divertissements intimes, de jeux champêtres, de badinages familiers, d'entrain, de fantaisie.

Razilly n'est pas, pour autant, une retraite. Le roi y reçoit avec bonne grâce tous les visiteurs, quémandeurs, solliciteurs qui se présentent, et ils sont nombreux.

Pour ne pas avoir l'air de maintenir la reine à distance, ni de bouder la cour, on organise en des moments judicieusement choisis de grandes réceptions ou de menus débats. Parfois, les princes s'y réunissent en des assemblées bruyantes, chatoyantes, où on aborde mille sujets pour n'en régler que quelques-uns.

On n'en retrouve qu'avec plus de secrète satisfaction, ensuite, les amusements du cercle réduit aux intimes, les courses dans la nature, les veillées consacrées à la musique, les plaisirs brûlants du lit.

Après de douces fêtes de Noël, où la piété et les sens, le charnel et le spirituel se sont mêlés avec suavité, janvier est venu.

Le visage mordu par le froid, les vêtements saupoudrés de neige, on rentre des bois craquants de givre, blancs de frimas, malmenés par le vent, dans les appartements chauffés du château où attendent des collations de pâtés de gibier, des échaudés, des fouaces, des fruits secs, des épices, des vins herbés. Dans les salles où on se tient, il y a toujours deux cheminées, une à chaque bout de la pièce. On y fait brûler des troncs entiers de chêne ou de noyer, en une féerie dansante de hautes flammes claires.

On joue aux dés, aux échecs, aux gages.

A la fin du mois, par un jour neigeux, sous un ciel pâle, naît la seconde fille des amours royales : Charlotte de Valois, jolie comme sa mère. Sans vergogne, on lui donne le prénom féminisé de son père. Penché sur le berceau lilial, le roi délire de bonheur.

Après ses relevailles, Agnès, encore embellie par ses maternités, plus pulpeuse, plus glorieusement florissante, constate que son empire sur le souverain est absolu. Maintenant, son train de vie est supérieur à celui d'une princesse, à celui-là même de la reine. Elle a sa propre suite, des dames d'honneur, une pension de trois cents livres. Bien que faisant encore officiellement partie des suivantes de la souveraine, elle se voit entourée d'un cortège plus brillant que celui de Marie d'Anjou.

Le roi ne sait rien refuser à cette sirène qui fait montre, le plus naturellement du monde, d'un appétit puissant et rieur des biens de ce monde. Elle devient dame de la Roquecezière dans le Rouergue, reçoit la châtellenie d'Issoudun en Berry. Elle possède les plus beaux meubles, les plus fines tapisseries, la plus lourde vaisselle d'argent massif, des joyaux à foison, des vêtements de brocarts façonnés d'or, des soies de Chine, des mousselines d'Égypte, des perles énormes pêchées à son intention dans les océans des antipodes, que Jacques Cœur fait cheminer jusqu'à elle à travers des continents.

Elle lance les modes, porte des traînes d'une longueur insensée, des atours de tête hauts comme des ruches, des décolletés vertigineux. Par amusement, faim de la vie, soif du plaisir, mais sans morgue ni vanité, avec bonne humeur, élégance, tact, sans volonté d'écraser qui que ce soit.

Sa bonté la sauve des extrémités où le luxe pourrait l'entraîner. Distribuant à pleines mains ses richesses aux pauvres, aux malades, aux enfants perdus, aux œuvres pieuses, aux maisons-Dieu, elle se rachète.

Une prodigieuse force vive, un accord instinctif avec la nature, une puissance de sympathie irrésistible émanent d'elle, enchantent ceux qui l'approchent. Le roi tout le premier. Elle trouve le moyen d'être éclatante en demeurant douce, riche en restant compatissante, puissante en conservant sa gaieté.

Créature de Dieu livrée aux jouissances de la chair, à celles de la célébrité, de l'argent, du succès, et les appréciant, Agnès, pourtant ne renie ni sa foi, ni les obligations qu'elle entraîne. C'est une pécheresse qui, à genoux, adore son Créateur.

Ceux-là même, et ils sont nombreux, qui ne lui pardonnent pas d'être la favorite en titre, qui commencent à lui reprocher de tenir sous son joug un souverain épris comme Tristan, déchaîné comme Dionysos, ceux-là aussi subissent son charme et en sont subjugués.

Elle connaît, cependant, la fragilité de son empire et sa précarité. La faveur du roi l'a élevée au faîte des honneurs, sa défaveur l'en ferait choir encore plus sûrement. Cette certitude ne lui pèse pas. Elle fait confiance à l'amour de Charles, à cet homme qu'elle a libéré de ses fantômes. Elle le voit, entre ses bras, renaître à lui-même, se découvrir des réserves de force et d'ardeur ignorées de tous, s'affirmer, rayonner. Elle voit le royaume refleurir, resurgir avec une vigueur insoupçonnée des décombres et des ruines qui le couvrent encore, repartir vers une ère nouvelle, qu'elle contribue à lui ouvrir, de richesses et de fécondité.

Voilà de quoi être satisfaite!

Bien entendu, il y a des ombres à ce tableau. La haine populaire, plus sensible au cœur d'Agnès que celle de la cour, grandit inexorablement envers celle qu'on nomme « la ribaude ». On l'accuse d'asservir le roi, de l'ensorceler, d'en faire ce qu'elle veut. Elle le sait. Elle en souffre. Mais, comme elle est de nature généreuse, elle s'imagine que les bienfaits, les dons, les secours qu'elle multiplie feront changer d'avis, au fil des jours, ces gens qui ne la connaissent pas et la jugent uniquement d'après de vils ragots. Elle se trompe. L'hostilité ne désarme pas si aisément, surtout quand de puissants personnages s'emploient à la tenir en éveil.

Le dauphin, toujours lui, joue les justiciers, se proclame le vengeur de sa mère, poursuit de sa fureur jalouse la favorite dont la séduction l'exaspère. Un jour de printemps, il a été jusqu'à souffleter cette femme trop belle qui n'est pas à lui, mais appartient, elle aussi, comme la France, à un père détesté.

A la suite de cette insulte, la colère du roi a été telle qu'il a fallu beaucoup d'adresse à l'outragée pour empêcher Charles VII de chasser, comme un chien enragé, de Razilly où il était venu quelque temps le vindicatif dauphin.

A présent, on s'efforce d'oublier ces intrigues, ces violences, on ne se préoccupe plus, en cet été de 1446, que de recevoir le plus brillamment possible les trois ambassadeurs extraordinaires envoyés en France par le jeune roi d'Angleterre. Il s'agit, pour eux, d'acquérir l'assurance d'une prolongation de la bienheureuse trêve qui permet aux deux royaumes de se ressaisir, de respirer.

Le roi tient à les recevoir avec tous les égards dus à leur mission.

René d'Anjou, revenu sans rancune de son duché, a été, une fois de plus, chargé d'organiser un tournoi particulièrement ingénieux. Il s'est surpassé.

Au lieu dit : « Le Rocher périlleux », entre Chinon et Razilly, il a choisi un roc imposant sur lequel on a construit un château de bois et de toile, superbement décoré, appelé château de la Fidélité. Selon l'usage, une colonne y est élevée. On l'a ornée des écus des tenants. Tous ceux qui souhaitent combattre doivent les toucher. Quatre gentilshommes, des plus nobles de Touraine, gardent le pas.

L'inspiration de René ne s'est pas arrêtée là. Il a imaginé de défendre à toute dame ou demoiselle de franchir la clôture sans être accompagnée d'un chevalier prêt à rompre deux lances en son honneur. Celle qui n'a pas trouvé de répondant doit concéder aux quatre gentilshommes tenants du pas un gage qu'ils ne céderont qu'au compagnon preux et courtois qui viendra le reprendre de la part de la dame en question.

Le vaincu devra porter un bracelet d'or muni d'une serrure jusqu'à ce qu'il rencontre la dame qui en possède la clef. Il deviendra alors son servant.

Enflammés d'enthousiasme, beaucoup de seigneurs se préparent à cette galante épreuve.

Après avoir cherché un nom évocateur pour ce tournoi, le roi René, jamais à court de trouvailles chevaleresques, a décidé qu'il se nommerait : « L'emprise de la Gueule du Dragon. » On ne sait pas de quel dragon il s'agit, mais peu importe.

Des tentes d'étoffes chatoyantes ont été dressées sur l'emplacement élu. A leur sommet, flottent les pavillons de France. Il fait beau. La veille, un orage a rafraîchi l'air et un vent plaisant se joue des prévisions inquiètes de ceux qui ont ausculté le ciel.

Des pages, tenant une bannière aux armes de leur seigneur, revêtus d'un manteau aux couleurs de l'écu, entrent dans la lice qui est pleine à craquer. La foule bourdonne.

Gonflés d'importance, écuyers et damoiseaux se croisent en tous sens.

Charles VII, donnant la main à Marie d'Anjou, qui se trouve enceinte pour la quatorzième fois, salue le peuple qui répond par les cris de : « Vive le roi! Vive la reine, notre noble dame! Montjoie! Montjoie! »

Ému, le roi s'écrie à son tour :

— Oui, mes bien chers enfants, Montjoie et Montjoie !

A l'entrée de la lice, debout, les hérauts d'armes font retentir l'air du son des fifres, des tambours, des trompettes.

Revenu depuis peu d'Angleterre, Étienne Chevalier, sobrement fastueux selon son habitude, entre sur un cheval caparaçonné de velours brodé d'argent. Une devise, qu'on ne peut lire de loin, est inscrite sur la housse.

C'est alors qu'Agnès Sorel, toute de blanc et d'or vêtue, se présente devant la clôture. Sa beauté pourrait émouvoir jusqu'au rocher qui sert de prétexte à la joute. Sur la demande qu'on lui adresse :

— Où est votre preux ?

Elle désigne Étienne Chevalier, en signe d'amitié et d'oubli des erreurs de jugement passées. Il s'incline devant elle sans parvenir tout à fait à dissimuler son trouble et sa joie.

Soudain, une autre dame d'un grand charme également, apparaît. C'est Jeanne de Laval, fille de Guy XIV, comte de Laval. Aussitôt, un chevalier monté sur un destrier houssé de noir surgit. Ses armes sont noires aussi, son écu est de sable semé de larmes d'argent, sa devise dont le corps est un réchaud, porte : « D'ardent désir. » Un panache de couleur foncée flotte sur son casque d'acier poli. Il touche l'écu des quatre gentilshommes tenants du pas et les appelle au combat.

Sa fougue et son adresse sont telles qu'il est proclamé vainqueur. Bien entendu, il s'agit de René d'Anjou, partagé entre le désir de ne pas chagriner Isabelle de Lorraine, sa femme, et celui, non moins fort, de séduire la belle Jeanne de Laval dont il est follement épris.

Ayant gagné le prix, à la fin du tournoi, il exulte.

Son grand rire victorieux résonne dans la lice comme autant d'éclats de cuivre. La foule est enchantée. La cour aussi.

Entourée comme une reine, plus que la reine, Agnès est l'astre de la journée. Chacun vient la saluer, l'entretenir. Souriante, mais non grisée, la dame de Beauté contemple son succès sur tant de visages tournés vers elle avec de flatteuses grimaces. Elle n'en est pas dupe. Combien d'amis sincères peut-elle compter parmi cette cohue parée et dorée qui l'encense sans vergogne? Du regard, elle cherche Marie de Belleville. Un peu à l'écart, sage, tranquille, comme isolée au milieu de toute cette agitation, Marie considère son amie avec un mélange d'admiration et de mélancolie. Elle croise une seconde les yeux d'Agnès, lui fait un signe de connivence, se détourne. La jeune femme en éprouve une douceur indicible.

Le soir, au château où René d'Anjou mène le jeu, on boit, on mange, on danse à perdre haleine.

Une fois de plus, certains disent par défi, d'autres savent que c'est seulement pour sa satisfaction personnelle, Agnès provoque la sensation.

Vêtue de damas vert surbrodé d'innombrables perles du plus pur orient, appuyée au bras du grand sénéchal, elle fait une entrée fracassante dans la salle du festin. A son cou, une chaîne d'or supporte une pierre fabuleuse que les flammes des bougies allument des feux du prisme. C'est le premier diamant taillé qu'on voit en Occident!

Dès qu'elle a su, par Jacques Cœur, que les Hollandais avaient appris à tailler cette pierre de façon à multiplier son éclat, elle a tenu à en posséder une. Sans hésiter, le roi lui a offert le joyau fabuleux afin qu'elle soit la première à le porter.

L'effet est considérable. On s'exclame, on admire, on envie.

La dame de Beauté semble s'amuser beaucoup. Charles VII se redresse, ravi de cette surprise comme d'une nouvelle victoire.

La reine, les paupières baissées, s'efforce de ne pas pleurer, de ne pas maudire sa rivale, de ne songer qu'à son futur petit enfant.

La fête se termine en apothéose. Personne, à Razilly, ne dort cette nuit-là.

TROISIÈME PARTIE

LE DÉNOUEMENT

Une odeur d'humidité et d'encens refroidi émane des murs, des dalles de l'église collégiale, se mêlant à celle, plus fraîche, des narcisses blancs qui fleurissent les autels.

Une pluie d'avril, acide, rageuse, tombe sur la vallée de l'Indre, sur Loches, sa colline, ses remparts emmurant la ville fortifiée, le donjon massif bâti autrefois par Foulques Nerra alors qu'il était comte d'Anjou, les dômes coniques de la collégiale, les tourelles du château.

A genoux sur le pavage d'une des chapelles absidales de l'imposante église, celle qui est consacrée à sainte Marie-Magdeleine, en souvenir de la chapelle dédiée à la sainte repentie, primitivement établie à cet endroit au cinquième siècle, Agnès prie avec ferveur. Depuis qu'elle s'est donnée au roi, voici déjà quatre ans, elle a toujours manifesté une piété particulière envers celle qui fut une grande pécheresse selon la chair, qui connut la tentation, ses attraits et ses gouffres, avant de se racheter.

C'est à cette même collégiale que la favorite fit don, selon le vœu qu'elle avait prononcé au chevet du roi moribond en 1444, d'une statuette en argent doré, représentant sainte Marie-Madeleine, contenant une côte et des cheveux de la sainte qui s'attacha si purement au Christ. Sous sa protection, Agnès se sent à l'abri. De son âme s'élève une oraison où le repentir se mêle étroitement à l'action de grâces.

Après s'être recueillie pour la mémoire de son père, Jean Soreau, seigneur de Coudun, mort à la fin de l'année précédente, et qu'elle a beaucoup pleuré, elle a suivi une pente familière qui l'amène invariablement à faire un retour sur elle-même.

Seule, pour le moment, dans son logis de Beaulieu, faubourg de Loches, elle a le temps de songer. Charles VII lui a acheté en cet endroit un hôtel charmant et discret où elle aime vivre quand elle ne partage pas l'existence errante du souverain, toujours en train d'arpenter les routes et chemins de son royaume.

En ce printemps de 1447, le roi réside pour un temps à Bourges où il est plus à même d'intervenir dans la délicate affaire du concile de Bâle statuant sur le cas du successeur du pape Eugène IV, qui s'est éteint voici quelques semaines. Le Grand Schisme menace toujours de renaître de ses cendres. Il revient donc au roi de France, le Très Chrétien, d'intervenir en arbitre dans cette querelle qui menace l'avenir même de l'Église.

Parmi les débats qui s'éternisent, il songe cependant sans cesse à Agnès. Il lui envoie message sur message, cadeaux, lettres impatientes, et s'échappe chaque fois qu'il peut quitter le conseil pour se rendre à Loches où le logis du roi est prêt, à n'importe quelle heure du jour ou de la nuit, pour le recevoir.

Ces derniers mois, l'exercice du pouvoir a bouleversé la vie recluse, la vie ardente, des deux amants. Le dau-

phin a tenté une nouvelle fois de fomenter, d'abord avec
Chabannes qui s'est récusé, puis avec le seigneur du Lude
qui a donné dans le piège, un complot pour chasser de
la cour, faire disparaître, tuer au besoin, Pierre de Brézé,
la favorite et leurs fidèles. Dénoncé par un serviteur
du sire de Bueil, qui était de la conjuration, Louis a tout
nié en bloc, puis a tenté de faire retomber l'accusation
sur Chabannes. Mais le vieux sanglier ne s'est pas laissé
faire ! En une entrevue dramatique, devant le roi ulcéré,
le dauphin s'est montré aussi lâche que venimeux, men-
tant, reniant sa foi, chargeant celui qu'il avait voulu
entraîner sur ses pas. Devant l'indignation de son ancien
compagnon d'armes qui demandait qu'on lui fasse raison de l'injure infligée par le dauphin à son honneur de
soldat, le roi, à bout de patience, s'est emporté :

— Louis, a-t-il dit avec colère et amertume, je vous
bannis pour quatre mois de mon royaume. Allez-vous-en
en Dauphiné !

Après cet esclandre, on a quitté Razilly et ses douceurs secrètes pour regagner les Montils, puis Chinon,
Loches enfin.

Le 28 décembre, jour des Saints-Innocents, la reine
Marie a mis au monde, à Tours, un fils solide et bien
membré qu'on a nommé Charles comme son père et
fait duc de Berry.

Agnès, à son tour, a souffert, dans son amour, de
l'allégresse triomphante éprouvée par le roi en appre-
nant la nouvelle. Un fils ! Un second fils, bien vivant,
alors qu'il n'en espérait plus, alors que l'aîné, une fois
encore, venait de montrer ce dont il était capable en
fait de trahison, de donner la mesure de sa duplicité,
de son ambition !

Charles VII a tenu à annoncer lui-même la nouvelle
à ses bonnes villes, puis il a envoyé à son épouse une

robe de somptueuse étoffe avec un présent de trois mille livres!

Face à ce ravissement où elle n'avait aucune part, Agnès a éprouvé une tristesse déchirante. Favorite, elle ne pourrait jamais, en dépit de toute sa tendresse, offrir à son amant un cadeau de cette qualité, un don de cette importance.

C'est encore avec une amère nostalgie qu'elle évoque le baptême magnifique que le souverain a ordonné pour Charles de France, enfant royal. Le comte du Maine, rentré en grâce depuis peu sur la requête du grand sénéchal qui préfère sans doute l'avoir auprès de lui que loin de sa surveillance, avait été choisi comme parrain, et c'est lui qui a tenu l'enfançon sur les fonts baptismaux. Tous ceux qui comptent à la cour se sont trouvés présents pour assister à l'événement. Quand le cortège est sorti sur le parvis de la cathédrale de Tours, la foule, massée là, a éclaté en vivats.

D'émotion, Charles VII a laissé couler des larmes sans rien faire pour les dissimuler et il a adressé à la reine un regard de reconnaissance qui s'est planté comme une flèche dans le cœur d'Agnès.

Si elle a eu mal, ce jour-là, à cet endroit précis, de ce fait, un autre, bien plus encore, en a conçu fureur et jalousie. Le dauphin, pas encore parti vers sa province, a vu un défi, une menace, dans l'explosion de joie saluant la venue au monde de celui qui se présente directement après lui dans l'ordre de la succession à ce trône tant convoité. Il a ressenti comme une injure la liesse des souverains, celle du peuple. Aussi, le premier janvier de l'année nouvelle, a-t-il pris la route du Dauphiné sans avoir salué son père, ivre de fureur, la malédiction à la bouche. On raconte que, tête nue, s'arrêtant au moment de quitter la ville, il s'est écrié :

— Par cette tête qui n'a pas de chaperon, je me vengerai de ceux qui m'ont jeté hors de ma maison!

Personne, surtout pas le roi, n'a pris cet avertissement à la légère. Depuis lors, plus soucieux, il guette les nouvelles de Grenoble, sent la haine de son fils s'agiter dans l'ombre, monter autour de lui comme un flot sournois. Adieu, les douces heures insouciantes, les ris et les jeux. Le devoir d'État a repris ses droits.

Une angoisse imprécise flotte autour du trône. On sent venir un vent de trahison, de conspiration. Charles VII, dont la nature prudente ne s'est jamais vraiment affranchie de la défiance qui lui a si souvent servi naguère d'unique moyen de protection, recommence à se méfier de tout un chacun, à épier jusqu'à ses proches. Ce n'est que dans les bras d'Agnès qu'il s'apaise et se livre totalement. Il a en elle une foi aveugle. Dès qu'il la retrouve, il s'abandonne à elle comme à son ange gardien. Elle est sa dame, sa passion, elle est tout ce qui est doux et beau dans le monde, elle est l'enchanteresse aux mains de laquelle se file son bonheur.

On sait, à la cour, que, pour perdre quelqu'un dans l'esprit du roi, il suffit de prétendre qu'il a mal parlé de la favorite. On le sait et on en use. Certains, qui tiennent à ménager à la fois le souverain régnant et celui qui sera appelé à lui succéder, jouent avec habileté de cette faiblesse qui leur permet de miser sur les deux tableaux.

Des rumeurs calomnieuses courent au sujet de Jacques Cœur et, plus encore, du grand sénéchal. Le pouvoir de Brézé, jugé trop absolu, appelle les haines, les machinations. Par tous les moyens on cherche à faire choir ces deux hommes et quelques autres qui sont soutenus, appréciés par la dame de Beauté. Avertis, ils se tiennent sur leurs gardes.

Agnès, à présent, prie pour eux, pour Pierre de Brézé surtout.

« Seigneur, Seigneur, cette cour est remplie de serpents! A qui se fier? Je ne suis pas faite, vous le savez, pour suspecter ceux qui m'entourent. Adoucissez leurs cœurs ou endurcissez le mien! »

Marie de Belleville ne lui a-t-elle pas laissé entendre dernièrement, que, dans l'entourage immédiat du roi, il y avait des délateurs? Elle a été jusqu'à nommer Guillaume Mariette, notaire et secrétaire de Charles VII, jadis maître des Requêtes du dauphin, le disant dangereux et félon. Marie, elle, est fidèle, elle ne parlerait pas à la légère. Alors, à qui s'en remettre?

Agnès prie longtemps. Quand elle se relève, la pluie a cessé. Un soleil joueur irise les dalles de la rue en pente, les hauts toits des maisons serrées autour du château, les feuilles des arbres et les brins d'herbe emperlés qui poussent au pied des portes fortifiées. Le vent est encore froid. Les deux femmes qui au fond de la collégiale ont attendu leur maîtresse pendant ses dévotions suivent avec peine le pas vif d'Agnès qui retourne chez elle.

Entouré d'un jardin épais où fleurissent en ce moment des giroflées, des violettes, des jonquilles et les touffes azurées des myosotis, l'hôtel offert par le roi à sa maîtresse est, bien que de taille modeste, un chef-d'œuvre de raffinement et de goût. Sur la demande d'Agnès on y a installé dans une cour, selon la mode, une volière où on élève des paons blancs et bleus, des faisans dorés, des rossignols pour leur chant, et toutes sortes d'autres oiseaux d'agrément.

A l'intérieur de la demeure les pièces sont meublées avec un luxe discret mais exquis. On y admire une bibliothèque de manuscrits richement enluminés, un cabinet de musique rempli d'instruments de tout genre : harpes, vielles, psaltérions, luths et guiternes. Sur les murs de la grande salle, fleurant bon les épices rares, sont accrochés des tableaux de maîtres, italiens, flamands, français ou même espagnols. Des tapisseries d'une finesse et d'une variété de nuances comme on n'en voit nulle part décorent les chambres dont les lits sont recouverts de fourrures de prix.

Cependant, les plus chers trésors d'Agnès en ce logis restent ses deux filles, Marie et Charlotte, qu'elle a fait venir chez elle depuis qu'elle s'est installée à Loches.

Par affection envers sa cousine et parce qu'elle connaît ses qualités d'organisation et d'intelligence, elle a confié l'éducation des deux enfants à Antoinette de Maignelay, sous l'indulgente tutelle de leur grand-mère maternelle. En effet, Catherine Sorel, à présent veuve, s'est fixée non loin de Tours, à Verneuil, dont elle est devenue châtelaine. Comme étourdie de la faveur éclatante qui a transformé l'existence de sa fille, elle vit paisiblement sur ses terres, sans vouloir se mêler au tourbillon provoqué par ce tumultueux changement de destinée.

A Loches, donc, Agnès se veut avant tout mère de famille, du moins en l'absence du roi, et ressent une grande douceur en s'adonnant à cette nouvelle vocation.

Dans la pièce réservée aux enfants où elle pénètre en revenant de la collégiale, elle trouve, donnant des ordres aux servantes et aux nourrices, une Antoinette dont la chair provocante attire l'attention par sa carnation de rousse et par sa luxuriance. Une gorge en proue, à peine voilée par le velours noir d'un tassel du plus petit format qui se puisse voir, des hanches au roulis prometteur, une bouche gourmande et des yeux de plus en plus aguicheurs, telle est la demoiselle de Maignelay, qui passe à la cour pour n'être pas farouche. On raconte qu'André de Villequier, ami intime du roi, est, parmi d'autres, du dernier bien avec elle. Peu importe à Agnès. Elle sait pouvoir compter sur l'attachement intéressé de sa cousine dont la fortune est étroitement liée à la sienne.

Pour l'instant, tout en surveillant les femmes de service, elle bavarde avec Étienne Chevalier qui n'est pas, de toute évidence, venu pour elle.

— Dame, je vous attendais.

Il salue Agnès avec ce mélange de courtoisie parfaite et d'élan réprimé qui reste son attitude devant celle qu'il ne peut s'empêcher d'aimer, malgré le roi, malgré les douces remontrances qu'elle lui en a faites, malgré l'éloignement de plusieurs mois en Angleterre.

— Messire Étienne, je suis navrée de vous avoir fait attendre.

Échappant à leurs nourrices, Marie et Charlotte se précipitent vers leur mère. Marie a trois ans, Charlotte quinze mois. Elles sont aussi différentes qu'on peut l'être. L'aînée, moins jolie, plus sage, semble déjà, sous ses boucles châtaines, raisonnable, Ses yeux gris sont empreints de réflexion. La cadette est un feu follet. Blonde, fine, délurée, elle a les prunelles de sa mère, son teint lumineux, sa vitalité rieuse. Encore pouponne, et sa marche manquant d'assurance, elle est déjà féminine, coquette, remplie de malice.

Suspendues à la robe de velours hyacinthe de leur mère, elles entendent détenir toute son attention. Agnès se penche, embrasse Marie sur le front, prend dans ses bras Charlotte qui rit aux éclats, baise ses joues douces comme des pétales sous les lèvres.

— Cette petite vous ressemble de façon extraordinaire, dit Étienne Chevalier que le groupe semble fasciner.

Vous êtes, chère dame, de ces femmes que la maternité embellit encore. Vous me faites songer, dans cette pose, à quelque madone italienne peinte avec son enfantelet!

— Voulez-vous bien vous taire, messire Étienne! Je n'ai rien d'une madone, hélas, et ma fille ne ressemble pas à l'Enfant Jésus! Il est des comparaisons qui sont presque profanatoires.

Antoinette prend Marie par la main.

— Allons, ma mie, posez cette enfant à terre ou donnez-la à sa nourrice. Vous allez vous fatiguer à la porter ainsi. Elle pèse plus de trente livres!

Agnès embrasse encore sa fille, la tend ensuite à la femme qui l'allaite.

— Je jouerai avec elles tout à l'heure, après le repas, dit-elle avec sa gracieuse façon de parler à tous ceux qui l'approchent. En attendant, messire Chevalier, venez donc un peu faire un pas de promenade dans mon jardin.

Dehors, la terre, mouillée de pluie, exhale son odeur végétale, puissante, sensuelle, son parfum de fleurs, de feuilles humides, d'humus gorgé d'eau.

— Je suis bien ici, à attendre mon seigneur, remarque Agnès qui se sent en accord profond, charnel, avec la nature tourangelle. J'aime ce pays. Plus et mieux qu'avec celui où je suis née, je suis en communion, comme en amour avec lui.

— Vous possédez sa beauté, son charme fait de douceur mais aussi de volupté, son art de vivre, dit le contrôleur général des Finances qui ne peut se retenir de soupirer, tout en grattant, par habitude, le grain de beauté qu'il a sur le visage. Pour moi, la Touraine a toujours été une femme bonne et belle. Vous voilà devenue, à mes yeux, sa vivante personnification.

Des rires d'enfants, des éclats de voix, des chants

d'oiseaux, fusent de la maison et des arbres d'où la pluie achève de s'égoutter.

— Je pense tout à coup à une chose, chère Agnès, qui serait pour moi une sorte de consolation au tourment dont j'ai promis de ne plus vous entretenir.

Agnès sourit, arrache un rameau de laurier à un arbuste qui pousse là, le froisse entre ses doigts pour en dégager la senteur. Le respire.

— Je vous écoute, mon ami.

— Vous savez combien j'aime les arts et, tout particulièrement, la peinture. Or il se trouve qu'un jeune peintre de ma connaissance, qui a beaucoup de talent, vient de rentrer d'Italie où il a longtemps travaillé dans les plus célèbres ateliers de Rome. Revenu en France, il est arrivé voici peu de temps à Tours, sa ville natale, avec l'intention de s'y établir. Il y installe à l'heure actuelle un atelier tout en reprenant la maison de son père, rue des Pucelles. Peut-être en avez-vous déjà ouï parler : il se nomme Jean Fouquet.

— Son nom a une résonance qui ne m'est pas inconnue. Quelqu'un a dû le citer devant moi. Je ne sais plus qui.

— C'est un garçon remarquable, doué d'un génie que j'admire. Accepteriez-vous de poser pour lui une maternité qui pourrait figurer dans un diptyque dont j'ai l'idée depuis longtemps afin de l'offrir à l'église de Melun, ville où je suis né ainsi que vous le savez.

— Voilà un grand honneur, messire, un redoutable honneur, que vous me proposez sans préalable. En suis-je digne? Ne serait-il pas sacrilège de prêter mes traits de pécheresse à la sainte mère de Notre-Seigneur?

— Nullement! Votre beauté est don de Dieu. Ce serait Lui rendre hommage que de la fixer sur la toile afin que, devenue image de Notre-Dame, elle traverse les âges.

— C'est une façon de voir. Il en est d'autres. Je vais réfléchir à votre proposition et vous donnerai réponse dans quelques jours, messire Étienne.

D'entre les bosquets reverdis, Jacquotte surgit alors.

— Dame, voici un message qu'un chevaucheur vient d'apporter pour vous de Bourges.

Agnès prend le parchemin, en rompt le sceau. Par discrétion, Étienne Chevalier, brusquement pâli, s'éloigne de quelques pas. Il détourne les yeux de la jeune femme qui prend connaissance, le sein palpitant, de la missive de son amant, pour contempler sans le voir le puissant donjon qui dresse sa masse au-dessus des toits voisins. Allons! bientôt l'étendard fleurdelisé flottera de nouveau sur les tourelles du logis royal, bientôt Agnès aura retrouvé les transports de son roi! Lui, l'amoureux condamné au silence, s'il n'était pas si maître de lui, il en crierait de douleur.

— Messire Étienne, le roi me mande qu'il compte revenir ici prochainement. Nous lui parlerons de votre projet.

— Comme il vous plaira, chère dame.

Avec un geste vif, Agnès s'empare du bras de son compagnon.

— Venez. Retournons auprès de mes filles. Je ne manque jamais de jouer avec elles, sauf, bien sûr, quand le roi loge avec nous.

Bien sûr... Charles VII accapare entièrement cet être ravissant qui lui appartient corps et âme! Lui présent, de quel temps disposerait-elle pour s'occuper de leurs enfants?

Le contrôleur général des Finances a trop d'imagination : il voit Agnès dans le lit du roi, offerte, abandonnée. Cette vision le blesse au cœur.

— Le joli mois de mai méritera bien son nom, cette

193

année, quel que soit le temps, dit Agnès en franchissant allégrement les dernières foulées qui la séparent de la salle des enfants. Il sera fleuri de joie!

★

— Ainsi donc, voici Paris!

Agnès immobilise sa haquenée. La suite de chevaliers, de dames d'honneur, d'écuyers, de pages, d'hommes d'armes qui, sur ordre du roi, l'accompagnent; les serviteurs et les servantes qui entourent les nombreux chariots porteurs des bagages de sa maison; les jongleurs et ménestrels, enfin, qui ont pour mission d'agrémenter le voyage de la favorite, s'arrêtent également.

Chacun regarde. Parmi tout ce monde, très peu ont déjà eu l'occasion de venir dans la capitale, qui fut si longtemps aux mains des Anglais.

Pour y parvenir, ils ont traversé de gros faubourgs enclos en des enceintes fortifiées et groupés autour des églises de Saint-Germain-des-Prés, de Notre-Dame-des-Champs, de Saint-Jacques-du-Haut-Pas. Cependant, le paysage d'alentour demeure campagnard, avec des vignes bien taillées et soignées sur les pentes du mont Parnasse que couronnent des moulins à vent, et les espaces verdoyants du Pré-aux-Clercs.

Devant la troupe qui arrive de Touraine par la route d'Orléans, se dresse, à quelques toises, la porte du faubourg Saint-Jacques, flanquée de ses tourelles rondes à toits coniques et surmontée d'un comble portant une échauguette. Des remparts massifs, d'une trentaine de pieds de haut, ceinturés à l'extérieur par un double fossé dont le second est rempli d'eau, protègent la ville. Au-dessus de la ligne épaisse des créneaux surmontés de tours régulièrement espacées, Agnès distingue un foisonnement de tourelles, de flèches, de clochers. Au ras des fortifications, à peine plus hauts qu'elles, se pressent, en une cohue serrée et irrégulière, les toits pointus, aigus, des maisons de Paris, coiffées de leurs tuiles carminées.

Une angoisse silencieuse serre la gorge de la jeune femme. Si elle ne possédait pas en elle un solide mélange de ténacité et de hardiesse, elle ordonnerait qu'on fasse demi-tour, qu'on retourne à Loches où l'attendent, avec ses trois petites filles — la dernière-née, Jeanne, n'a pas trois mois — une douceur de vivre qu'elle ne peut trouver que là-bas, et l'amour protecteur du roi.

Il ne saurait en être question.

C'est de son propre chef et par sentiment de solidarité envers le grand sénéchal, qu'elle a voulu se rendre dans cette cité orgueilleuse, encore imprégnée d'opinions bourguignonnes, où on ne la connaît pas, où nul préjugé favorable, bien au contraire, n'interviendra en sa faveur.

Tant pis!

— Allons, dit-elle simplement, en se tournant vers Étienne Chevalier qui a tenu à l'accompagner.

Dieu merci, elle ne sera pas seule pour affronter le peuple de la capitale. Charles VII a requis Guillaume Gouffier, dont la fidélité est absolue, Poncet de La Rivière, neveu de Jean Bureau et vaillant compagnon, André de Villequier, les deux frères d'Agnès, Charles et Jean, enfin, pour escorter la jeune femme dans cette randonnée périlleuse à laquelle, officiellement, elle cherche à donner l'apparence d'un pèlerinage en déclarant qu'elle se rend à Paris pour prier devant la châsse de sainte Geneviève qui délivra jadis la ville des barbares venus du Nord.

En fait, ce n'est là qu'un prétexte dont personne n'est

dupe dans son entourage. Cette décision, prise à contre-cœur, est l'aboutissement de six mois de scandales, d'intrigues, et de calomnies visant à discréditer Pierre de Brézé, à le perdre dans l'esprit du souverain, des grands, du peuple même qui l'admire comme un héros.

Tout a commencé un jour d'octobre précédent, alors qu'Agnès, enceinte pour la troisième fois, ne songeait qu'à préparer la naissance de ce nouveau fruit d'une liaison toujours aussi ardente. Ce jour-là, Guillaume Mariette, le notaire et secrétaire du roi dont Marie de Belleville s'était méfiée la première, a été arrêté aux Montils alors qu'il était porteur de papiers des plus compromettants. Ces documents, qui, on l'a su plus tard, étaient tous des faux, se présentaient sous l'aspect d'un mémoire adressé au duc de Bourgogne par le dauphin. Le fils du roi y accusait Brézé de gouverner le royaume par le truchement d'Agnès, de souhaiter, petit à petit, éliminer sournoisement son père pour régner, par l'intermédiaire de la favorite, en son nom, à sa place et avec son accord. Le remède proposé était la disparition du grand sénéchal grâce à l'aide du duc Philippe, qui s'était déclaré prêt à intervenir si besoin en était. Le dauphin s'offrait en outre à mettre l'auteur de ses jours dans un ermitage afin de prendre le pouvoir dès qu'il serait de retour en France.

Tout le monde s'est trouvé compromis dans cette lamentable affaire : le dauphin, le duc de Bourgogne et le grand sénéchal.

Guillaume Mariette, espion félon, mangeant à tous les râteliers, recevant de l'argent de tous côtés, excellait à brouiller les cartes. Il s'était cru le plus rusé. Seulement, tant de scélératesse aura été vaine! Arrêté, torturé, renié par ceux qui l'avaient soudoyé, il a payé de sa vie sa forfaiture. Comme toujours, le dauphin s'est montré le plus traître de tous! Voulant liquider un agent double qui ne pouvait plus servir, obtenir du même coup des accusations compromettantes contre Brézé, et tenter de revenir en grâce auprès de son père, il a simulé l'indignation, la soumission aux désirs du roi. Comme un fils obéissant, il a eu l'audace de demander des ordres au souverain au sujet de son propre indicateur et a fini par livrer Guillaume Mariette au procureur du roi. Après un procès vite expédié, le notaire royal a été emprisonné à Chinon, transféré à la Bastille, condamné à la peine de mort et, finalement, conduit à Tours où il a été écartelé.

Cette exécution n'a rien résolu. Pierre de Brézé a senti tout à coup peser sur lui le poids des diffamations, des accusations. Pas assez naïf pour ignorer les haines que sa toute-puissance devait fatalement entraîner, il a été pourtant surpris par un tel déferlement de venin. On allait racontant partout que la favorite et lui trompaient le roi, ruinaient le royaume, trahissaient le pays et la confiance de Charles VII.

Son sang de preux, bouillant dans ses veines, s'est révolté contre une telle infamie. Il a voulu être publiquement innocenté, réhabilité au grand jour dans l'esprit de tous, avant de se lancer dans la dernière phase de la reconquête des territoires laissés encore aux mains anglaises. C'est alors qu'il a pris une étonnante décision.

Il a requis le Parlement de Paris d'ouvrir, toute affaire cessante, une enquête judiciaire sur son propre cas. S'il a démérité, qu'on le prouve, sinon, qu'on le lave des soupçons calomnieux répandus contre lui! Il s'est déclaré prêt à se constituer prisonnier.

L'affaire a fait un bruit énorme. Le peuple s'est passionné, la cour indignée. Le roi, secrètement satisfait du courage de son grand sénéchal, a accepté que le procès ait lieu.

On n'a pourtant pas arrêté Pierre de Brézé, plus utile au front de ses troupes que dans une geôle. On a choisi de le laisser en liberté pendant l'instruction.

C'est alors qu'Agnès a réagi. Dès le début du scandale, elle a compris que son sort et celui du sénéchal étaient liés en une telle aventure. Depuis des mois elle sait de quelle animosité elle est poursuivie, elle n'ignore rien des reproches dont on l'accable, des sermons vengeurs qu'on prononce à son endroit. Ce procès sera aussi, il sera surtout, le sien. Il lui faut donc intervenir. Décidée à lutter, à entrer dans l'arène, elle est prête à faire face.

— Sire, dit-elle un jour d'avril à Charles VII, mon doux sire, je vous en conjure, laissez-moi me rendre à Paris. Je veux y aller en pèlerinage à Sainte-Geneviève. Je profiterai également de ce déplacement pour constater par moi-même comment ont été réalisés, en mon manoir de Beauté-sur-Marne, les aménagements que j'ai ordonnés.

Le roi s'est assez peu fait prier.

Jacques Cœur, qui a vu dans l'expédition de sa meilleure ambassadrice vers la capitale, une merveilleuse propagande pour ses multiples activités, a appuyé ce projet, promettant son soutien, sa protection par personne interposée, à Paris où il possède de nombreux correspondants.

Munie de l'assentiment du souverain, de la caution du grand argentier, Agnès a commencé à préparer son voyage.

A la mi-avril de cette année 1448, elle est donc partie, avec une suite digne d'une princesse du sang, vers la cité turbulente où on ne l'aime guère. Elle connaît cette hargne et en a peur. Cette peur ne suffit pas à l'arrêter. Elle puise son audace dans la certitude intime de pouvoir intervenir de façon efficace et plus ou moins voilée dans le déroulement de l'affaire judiciaire qui va décider du sort de son meilleur ami.

Après une semaine de route, la voici aux portes de Paris.

— Allons, dit-elle à Étienne Chevalier, allons, messire, entrons dans la place.

Le cortège se remet en marche derrière l'oriflamme brodée aux armes d'Agnès : écusson de sable au sureau d'argent, porté par un de ses écuyers.

Au-dessus de la ville, le soleil luit par intermittence, tour à tour dissimulé et dévoilé par les nuages. Il fait assez frais.

La herse, l'avant-porte, puis le pont-levis franchis, Agnès et les siens se trouvent dans la rue Saint-Jacques, point trop large, pleine de mouvements et de bruits, sinuant entre les maisons à encorbellement qui la bordent sans discontinuer. En pierre pour les plus opulentes, plus souvent en bois, plâtre et torchis, les habitations parisiennes ont des poutres apparentes peintes ou sculptées qui les encadrent et en dessinent les soutiens. Beaucoup d'entre elles ont pignon sur rue. Leurs toitures aiguës tracent sur le ciel une ligne en dents de scie. Des dizaines d'enseignes suspendues par une barre de fer au-dessus des portes, panneaux de bois peint et ouvrages de ferronnerie, ou bien images pieuses gravées ou sculptées sur les façades, attirent l'attention des nouveaux arrivants par leurs couleurs voyantes, leur formes découpées. La plupart grincent et se balancent à hauteur des cavaliers.

Une foule agitée se presse dans la rue : étudiants — la rive gauche est leur fief — moines, clercs, artisans, bourgeois, mendiants, pèlerins, ribaudes, et enfants joueurs.

Des porteurs d'eau, des marchands de charbon, de bois, de balais, de chapeaux, de chandelles, de livres pieux; des raccommodeurs de cottes, de surcots; des réparateurs de meubles, de lits, de huches; des polisseurs de vaisselle d'étain; des annonceurs de vin ou de bains chauds, circulent dans la cohue, criant pour proposer leurs produits ou appâter le client.

Une quantité de charrettes campagnardes, de chariots richement décorés, de cavaliers montant chevaux ou mules, d'ânes portant un bât ou des fagots, achèvent d'encombrer la chaussée et de ralentir la circulation.

Non sans mal, la suite d'Agnès se fraie un passage parmi toute cette multitude.

Devant le couvent des Jacobins, un groupe d'étudiants se met à interpeller les arrivants, s'étonnant à haute voix du luxe de cette femme parée et escortée comme une princesse. La favorite se sent devenir nerveuse. Une inquiétude qu'elle ne peut réprimer l'oppresse. Par défi, elle continue de sourire. Pour faire son entrée dans cette redoutable cité, elle s'est voulue vêtue avec la plus grande élégance, comptant sur sa beauté pour faire taire les malveillants. C'est sans doute une erreur. Plus discrète, elle eût été moins remarquée. Alors que sa robe de velours incarnat ajustée à la taille par une ceinture d'orfèvrerie en résille d'or, son long voile de gaze azurée flottant comme une aile jusqu'à terre, ses souliers à la poulaine brodés, les diamants qui étincellent à ses doigts, à ses oreilles, le collier d'or et d'émeraude enfin qui brille sur sa gorge largement découverte, toute cette somptuosité qu'elle a souhaité offrir en hommage à la réputation de Paris, surprend et indispose, provoque remarques et quolibets.

— Est-ce une reine ou une étrangère de riche famille?
— D'où venez-vous, la belle?

— Regardez donc son écusson : le sureau d'argent!
Pardon, mes maîtres, c'est la fameuse Agnès!

— Paix! C'est la catin du roi!

La nouvelle se répand aussitôt de groupe en groupe.

— Cette femme trop richement mise que vous voyez
passer est la belle Agnès, celle qui est publiquement
aimée de notre sire!

— Par ma foi, on le comprend! Quelle belle fille!

— On dit que le roi en est complètement assotté!

— C'est à elle qu'il a donné le château de Beauté-
sur-Marne!

— Ce ne serait que moindre mal si ce n'était pas avec
elle qu'il trompait ouvertement notre bonne reine, son
épouse!

— A bas la favorite!

— Honte à la ribaude!

Il faut continuer à avancer au milieu de la foule hostile d'où les injures et les railleries fusent de tous côtés.

— Prenez patience, chère dame, répètent à tour de
rôle Étienne Chevalier, gris de colère rentrée, André de
Villequier, Poncet de La Rivière. Ils ne sont pas vraiment
méchants, seulement mal informés.

— Courage, ma sœur, nous ne sommes plus loin du
but, reprennent Charles et Jean Soreau pour réconfor-
ter leur cadette.

Agnès ne répond pas. Dents serrées, joues empour-
prées, elle se tient bien droite sur sa selle et semble
ignorer les sarcasmes qui la frappent comme pierres de
fronde.

En passant devant le collège de la Sorbonne, le couvent des Mathurins, siège des assemblées générales de
l'Université, elle jette un regard rapide à ces édifices
imposants, mais continue de se taire. Venue à Paris
pour séduire les Parisiens, elle mesure son aberration,

regrette amèrement de s'être ainsi livrée aux outrages d'une population prévenue contre elle, et songe qu'elle n'aurait jamais dû mettre les pieds dans cette ville de parjures et d'opportunistes. Du temps de l'occupation anglaise, ces gens acclamaient Henri VI et le duc de Bedford; à présent, parce qu'ils ont intérêt à le paraître, ils se disent fidèles à Charles VII, mais un revirement de situation les jetterait à nouveau dans les bras ennemis. Rien de plus mouvant, de moins sûr que ce peuple de la capitale. C'est bien parce qu'ils connaissent sa versatilité ainsi que sa cruauté, que les compagnons d'Agnès, tout en l'entourant afin d'écarter d'elle, autant que faire se peut, les plus virulents parmi ceux qui la prennent à partie, dispersent seulement ces enragés du geste et de la voix, sans passer à l'attaque. Les consignes royales, en effet, sont formelles : ne rien faire qui puisse déplaire aux Parisiens, éviter toute escarmouche, tâcher de gagner les sympathies. Ce ne sera pas facile!

Parvenus devant l'église Saint-André-des-Arts, siège de la confrérie des marchands de livres, autour de laquelle gravitent libraires, bouquinistes, relieurs et parcheminiers, les voyageurs sont obligés de demander leur chemin à un commis qui se trouve là.

— Dis-moi, l'ami, où donc se trouve l'hôtel des Tournelles?

— De l'autre côté de l'eau, messire, par-delà la Cité, dans le quartier Saint-Antoine.

— Est-ce loin?

— Point trop.

— Allons, allons, ordonne Agnès, ne perdons pas de temps.

Charles VII a voulu qu'elle descende dans cette demeure royale construite une soixantaine d'années auparavant, plutôt qu'à l'hôtel Saint-Pol qu'affectionnait son père dément et où trop de mauvais souvenirs du règne précédent demeurent vivants pour lui. Les Tournelles composent un logement aussi raffiné et confortable qu'on peut le souhaiter. Le duc de Bedford y a habité pour le compte du roi d'Angleterre, pendant la régence qu'il a exercée en son nom durant la guerre. Croyant y vivre de longues années, il l'a considérablement embelli et fait somptueusement aménager.

Pour franchir la Seine qui coule entre des berges aux pentes douces où on a construit, ici et là, des bâtisses appelées maisons sur l'eau, il existe, de ce côté gauche du courant, enjambant le fleuve et son trafic de batellerie, deux ponts : le pont Saint-Michel, plus récent, et le vieux Petit-Pont qui fut autrefois le seul et que garde à son entrée le Petit-Châtelet sur les murs massifs duquel on a fait pousser de beaux jardins.

La suite d'Agnès s'engage sur celui-ci. Entre les maisons et les boutiques qui le bordent, on franchit la Seine sans même la voir. Une circulation intense y enchevêtre piétons, cavaliers, voitures et litières.

A la sortie du pont, le cortège débouche dans la Cité, berceau de la ville où se dresse Notre-Dame, la blanche cathédrale de Paris, avec son cloître ceint de murs, son parvis irrégulier envahi par les échoppes des marchands de cierges, et son environnement d'églises, de chapelles, de couvents ; la Maison-l'Évêque, l'Hôtel-Dieu, l'église royale de Saint-Barthélemy, le Palais qui n'est plus logis royal, et la Sainte-Chapelle dont la flèche aérienne monte vers le ciel comme un cri de foi. Tout autour, ce ne sont que rues étroites, surpeuplées et hérissées de clochers.

Ici, la foule, où ne dominent plus les écoliers, manifeste moins d'hostilité. Elle s'écarte avec indifférence devant les chevaux de l'escorte. Quelques brocards, qui restent sans écho, partent encore de droite et de gauche, mais la masse des étudiants n'est plus là pour exciter la verve des mécontents.

Sur le pont Notre-Dame, on défile entre d'élégantes maisons, toutes semblables, aux façades peintes, aux fenêtres décorées. Ici aussi, la présence du fleuve n'est perçue que par le bruit régulier des moulins placés entre ses arches.

— Dame, regardez le Grand-Châtelet !

Trois tours carrées, de hautes murailles fortifiées se dressent, en aval, au-dessus de la rive droite, grouillante de monde. C'est sur cette berge servant de port fluvial que se vendent toutes les marchandises amenées jusque-là par bateaux. De la place de Grève au Grand-Châtelet, se concentre toute l'activité commerçante du port de Paris : vente du poisson de mer ou de rivière, déchargement du blé, du vin, du bois, du charbon, des grains, du sel, du foin ; va-et-vient des portefaix qui coltinent des charges énormes, des bateliers qui écoulent leur fret, des officiers municipaux qui en contrôlent les arrivées et les départs.

En face du Grand-Châtelet, s'élèvent, tout neufs, les bâtiments de la Grande Boucherie qui viennent d'être reconstruits.

Agnès et les siens gagnent la place de Grève. Étienne Chevalier lui fait alors remarquer — comme chacun de ses compagnons, il s'ingénie à la distraire — la Maison aux Piliers, ornée de deux tourelles d'angle, devenue Parloir aux Bourgeois depuis qu'elle a été achetée par le prévôt des Marchands et des Échevins comme maison municipale. La jeune femme jette un regard et passe. Elle est trop blessée pour s'intéresser aux aspects curieux d'une ville qui lui fait si mauvais accueil. Cependant, en longeant le gibet qui occupe en permanence le milieu de la place, elle frissonne. Elle se signe devant la haute croix de pierre montée sur plusieurs marches qu'elle sait destinée à recueillir l'ultime prière des suppliciés.

Les badauds, ici, se font rares. Ce ne sont que négociants, marchands, artisans, fort occupés de leurs affaires, parfaitement insensibles à tout ce qui n'est pas monnaie sonnante et trébuchante.

C'est sans incident notable que le cortège suit la rue Saint-Antoine, bordée de boutiques qui débordent sur la chaussée de tous leurs éventaires grands ouverts afin de mieux présenter les marchandises, denrées ou colifichets aux acheteurs éventuels, et de permettre aux passants de voir travailler sous leurs yeux compagnons et apprentis. On débouche dans le cours Saint-Antoine, large place d'imposant aspect avec ses demeures seigneuriales et, au fond, les tours de la porte reconstruite par Charles V au-delà des remparts de Philippe Auguste. On voit également, au loin, la masse redoutable de la Bastille. Le cours est un terrain de lices, un lieu de promenades, fréquenté par de paisibles Parisiens qui considèrent sans hargne, mais non sans stupeur, le riche cortège qui se dirige vers l'hôtel des Tournelles.

Cette résidence immense est entourée d'un mur flanqué de nombreuses petites tours, limité à l'est par l'enceinte de la ville, à l'ouest par la rue de l'Égout, et au sud par la rue Saint-Antoine où donne l'entrée principale. Un portail, surmonté de l'écu de France à trois fleurs de lys d'or porté par un ange, y donne accès.

Agnès éprouve une certaine répugnance à descendre dans cette maison royale des Tournelles où le roi vient avec la reine à chacun de ses passages à Paris, mais il a beaucoup insisté pour qu'elle s'y installe pendant son séjour dans la capitale. En cette volonté du souverain de loger la dame de Beauté dans cet hôtel, la jeune femme voit comme un hommage rendu à son rang de plus aimée. Elle s'y montre d'autant plus sensible qu'elle ressent cette attention comme une réparation aux outrages que les Parisiens viennent de lui infliger.

C'est dans les pavillons annexes au logis même du roi que sont préparés les appartements réservés à Agnès et aux gentilshommes de sa suite. Dès qu'elle y a fait déposer ses bagages, et pendant qu'on les déballe, la favorite, au bras d'Étienne Chevalier, visite le domaine.

Outre un logis pour la reine, un autre pour les enfants royaux, on y trouve un ensemble de demeures particulières, de dépendances, de communs. Douze galeries de cloîtres et de préaux relient entre eux les bâtiments des étuves, des chapelles privées, des cuisines, des écuries, des volières, des ménageries où on peut voir toutes sortes d'oiseaux et d'animaux exotiques, et un labyrinthe appelé Dédalus. Des jardins, des bois, des prés, des pièces d'eau, des vergers complètent cet ensemble.

L'intérieur en est aussi luxueux que l'extérieur. Agnès y passe dans des salles pavées de très belles mosaïques, dans des chambres tendues de tapisseries de haute lice avec des lits élevés sur des estrades à plusieurs degrés et recouverts d'étoffes précieuses, dans des librairies meublées de lutrins et de pupitres pour poser les manuscrits, dans des cabinets mystérieux peints avec un goût certain pour les beaux corps dénudés.

Ce lieu de délices, de confort et de raffinement est, pour le moment, livré à Agnès et aux siens.

Sous les ombrages printaniers, la jeune femme retrouve un peu de sa sérénité perdue durant le trajet. Elle respire mieux. Elle s'attarde dans les jardins pour reprendre contact avec sa chère nature, s'y retremper.

De retour dans son appartement, après un bain et des

massages, elle mande auprès d'elle son confesseur, maître Denis, un augustin qu'elle a choisi depuis plusieurs années pour sa vaste intelligence et sa compréhension à l'égard d'une situation qui, au regard de la religion, demeure délicate. Elle l'emmène partout avec elle. Il connaît ses scrupules, ses tourments, mais aussi sa douceur, son inépuisable charité. Durant une longue causerie, il achève de pacifier l'esprit de sa pénitente en lui présentant les insultes subies comme des épreuves envoyées par Dieu pour abaisser un orgueil qui risquait de devenir dangereux pour son salut.

Le lendemain matin, après avoir entendu la messe dite pour elle sur l'autel portatif qui la suit dans tous ses déplacements, elle sort, plus simplement vêtue et accompagnée du seul Étienne Chevalier. Celui-ci, enivré du rôle de mentor qui est, pour quelques jours, le sien, entraîne la jeune femme dans sa découverte de Paris avec un enthousiasme généralement étranger à sa manière d'être.

Il la conduit admirer le nouveau Louvre, transformé par Charles V, ses hautes tours à mâchicoulis, ses nombreuses fenêtres, ses toits garnis de lucarnes décorées, les blanches murailles dominant les remparts, surmontées de fleurs de lys d'or.

— Il n'est pas de capitale où on puisse voir pareil ensemble. C'est le plus beau palais qui soit au monde !

La Cité, ensuite, les reçoit, après qu'ils eurent franchi le Grand-Pont bordé par les boutiques des changeurs et des orfèvres aux éventaires remplis de bijoux, de vaisselle d'or et d'argent.

C'est au tour de l'ancien palais, devenu siège du Parlement et de la Cour des comptes, d'attirer ensuite leur attention. Cet antique domicile des rois de France n'a rien perdu de son aspect imposant. Forteresse que

flanquent les tours pointues de la Conciergerie il est surtout célèbre à présent pour la fameuse horloge extérieure qui décore à l'angle du pont sa tour carrée surmontée d'un lanternon. C'est là une curiosité fort rare
qui amuse Agnès et l'intrigue un moment.

Elle demande ensuite à être menée à la Sainte-
Chapelle, édifiée par le roi Louis IX pour contenir
la couronne d'épines, un morceau de la vraie Croix et
d'autres saintes reliques vendues par le dernier empereur
de Constantinople au roi de France. Longuement, elle
s'y recueille. Après quoi, elle s'extasie devant l'élégance
des proportions, les vitraux, la grande rosace aux teintes
célestes de cette chapelle élevée avec tant d'amour.

Pour la distraire, Étienne Chevalier décide ensuite de
lui faire connaître le Paris commerçant. Cette ville n'est-
elle pas le plus séduisant des marchés?

Agnès, toute peur envolée, se laisse captiver par le
charme des rues animées, par le bouillonnement, la vie,
le mouvement de cette cité où tout le monde semble
plus avisé, plus dégourdi qu'ailleurs.

N'étant plus précédée de son oriflamme, ni habillée
avec trop de recherche, la jeune femme ne se fait plus
autant remarquer que la veille. Son compagnon et elle
peuvent muser à travers la capitale sans soulever la
moindre remarque, si ce n'est quelques exclamations
admiratives adressées à la beauté de cette passante inconnue.

Elle s'attarde à la Halle aux Champeaux, magasin où
est offert aux citadines tout ce qui peut alerter une ache-
teuse éventuelle : étoffes de soie, gazes, damas, fourrures,
broderies, couronnes, atours de tête, gants, miroirs, dentelles, aumônières, ceintures; puis la voici dans la Galerie des Merciers, toute proche de la Grande-Salle du
vieux palais, où on vend des articles de luxe, des par-

fums, des bijoux, des livres, des poupées et mille autres babioles; elle se retrouve enfin dans les petites rues de la Cité bourrées d'échoppes de pelletiers, de bottiers, de relieurs, de ciseleurs, de parfumeurs, de marchands d'épices, de fleurs, d'oiseaux.

Les tentations de la grande ville inclinent Agnès à une révision du jugement sévère que lui a arraché la veille son amère déception.

Avisés de sa venue, les correspondants de Jacques Cœur se précipitent bientôt à l'hôtel des Tournelles pour présenter à la favorite ce qu'ils ont de plus beau, de plus séduisant, de plus flatteur. Elle se rend à son tour dans leurs magasins où, loin de la huer, on la courtise, on la loue, on s'extasie sur sa démarche, sa façon de porter l'hermine, les joyaux, les traînes immenses.

S'arrachant à ces plaisirs mercantiles, elle se préoccupe sans plus tarder du procès pour lequel elle est venue. Introduite au Palais, elle y rencontre les avocats du grand sénéchal, s'entretient avec eux en de mystérieux colloques, les reçoit en son hôtel, étudie leurs rapports, se fait écouter, discute, intervient, apporte enfin toute son influence et son intuition à une cause dont elle sait le bien-fondé, et parvient à convaincre.

Pendant deux semaines, elle mêle étroitement ses démarches procédurières, ses visites, ses achats, ses dévotions.

Le soir, d'une des tours de sa demeure, elle contemple la ville, ses remparts, son fleuve, le trafic des bateaux sur la Seine, elle entend le murmure de Paris, elle respire l'odeur de ses fossés et de sa poussière, elle devine la fièvre qui habite cet univers enclos, et se félicite de demeurer ailleurs, de repartir bientôt loin de toute cette agitation où il est si facile de perdre son âme et sa dignité.

Dieu merci, le procès de Brézé est en bonne voie. On ne la malmène plus dans les rues de la capitale, si, cependant, on continue, quand on la reconnaît, à l'entourer d'une rumeur de réprobation, de racontars, de mauvais sourires.

Le mois de mai arrive. Il fait chaud. Les rosiers commencent à fleurir dans les jardins, ainsi que les lilas et les iris.

Vers la fin de la première semaine du mois de Marie, Agnès peut écrire au grand sénéchal qui parcourt le Maine et l'Anjou à la poursuite des bandes dévastatrices de soldats pillards, que son procès est gagné. On lui promet des lettres de rémission rappelant ses exploits, sa noblesse, les services rendus au royaume et démentant les calomnies répandues contre lui.

En action de grâces, la dame de Beauté se rend à l'abbaye Sainte-Geneviève, ainsi qu'elle l'avait promis. Devant la châsse de la sainte patronne de la ville, elle prie, remercie, puis s'en va, en paix avec sa conscience.

Le 10 mai, elle quitte Paris sans regrets, ce Paris qui n'a pas su reconnaître ses qualités pour ne s'attarder qu'aux fâcheuses apparences que lui donne sa situation illégitime. Seuls, les marchands de la capitale, parce qu'elle leur a beaucoup acheté et qu'ils pourront la citer comme une de leurs clientes, se sont montrés courtois avec elle. La désinvolture du reste de la population ne s'est jamais démentie et demeure comme une écharde dans le cœur fier d'Agnès.

Un détour vers son domaine de Beauté-sur-Marne lui permet de retrouver avec plaisir le charmant château où elle ne fait jamais que passer, les bois qui le cernent, la rivière qui l'enserre, son parc rempli de daims et de biches, ses prés fleuris, les jardins où jasent des fontaines, les vignes, les champs, les moulins sur l'eau verte. Elle s'attarde dans la bibliothèque où on a laissé sans y toucher la fort belle librairie qu'y avait installée Charles V dont la sagesse goûtait cette retraite champêtre. Elle prend quelques jours de repos, éclairés de lectures, de promenades en barque, de collations rustiques, dans ce havre de grâce, cette retraite dont la quiétude répare les dégâts que Paris et sa grogne ont causés à son âme délicate. Elle est satisfaite des réparations, des améliorations qu'on y a apportées sur son ordre, et s'en retourne, suivie de son escorte, vers la Touraine dont le ciel est, décidément, plus clément que celui de l'Ile-de-France.

★

L'été de 1449 est le plus beau qu'on ait vu depuis longtemps. Les récoltes de blé et de seigle s'annoncent bonnes. Il fait si chaud que beaucoup de ruisseaux et rivières sont à sec. On traverse leur lit en sautant de pierre en pierre.

A Chinon aussi, la fièvre monte ; seulement, la température ambiante n'y est pour rien. Après cinq ans de paix, le roi se voit contraint de relancer la guerre. Sa nature prudente hésite devant l'énormité de la décision à prendre. C'est la France, réorganisée, pacifiée, redevenue opulente et forte qui pousse son souverain à repartir au combat afin d'achever les troupes anglaises sur son sol. Les circonstances vont l'y aider.

Les pourparlers de paix, abandonnés, repris, rompus, recommencés, semblent ne jamais devoir aboutir. Le jeune roi d'Angleterre, Henri VI, ne souhaite cependant rien tant qu'une entente entre son pays et celui de son épouse, la trop belle et trop remuante Marguerite d'Anjou, fille du roi René. Il est le seul. Ni la noblesse, ni le peuple de Grande-Bretagne ne supportent l'idée de perdre les régions qu'ils occupent encore en France. Les soldats et les marins britanniques violent tranquillement, partout où ils le peuvent, la trêve qui les offense.

L'évacuation du Mans, promise par les occupants au moment du mariage de Marguerite d'Anjou avec le souverain anglais, va devenir le brûlot inévitable.

En effet, le gouverneur du Mans, vieux capitaine anglais intraitable, se refuse à rendre la ville ainsi qu'il en a été convenu entre les plénipotentiaires des deux pays.

Las de cet état de choses, Charles VII fixe un délai d'évacuation. Personne n'en tient compte. Excédé, le roi de France délègue Dunois, le bâtard d'Orléans, et Pierre de Brézé, vers la ville récalcitrante. Investi et aussitôt conquis, Le Mans doit se rendre. Le Maine suit l'exemple de sa capitale.

Dès lors, des incidents éclatent partout. L'un d'eux est décisif. Un capitaine aragonais, servant l'Angleterre, est jeté avec sa compagnie hors du Mans reconquis. Furieux, après de nombreux pillages, il se tourne vers la place de Fougères en Bretagne, l'assiège, l'enlève de force, la met à sac jusqu'au dernier sol.

Le roi de France, allié au duc de Bretagne, proteste. Vainement. Les escarmouches se multiplient. Les troupes françaises délivrent Pont-de-l'Arche et quelques autres cités.

Il n'est plus possible de tergiverser. A contrecœur, Charles VII se voit dans l'obligation de reprendre une lutte dont il sait l'horreur et dont il est fatigué. Il semble un des rares à se souvenir des malheurs si proches. Galvanisé, le pays désire de toutes ses forces neuves rejeter à la mer les goddons détestés. Un élan de patriotisme, d'enthousiasme guerrier, de courage et de revanche déferle de toutes les régions de France.

A la fin du mois de juillet, à Chinon, après dîner, alors que la chaleur pèse sur la vallée de la Vienne, le roi contemple, des fenêtres de son appartement, les prés dont l'herbe jaunit sous l'implacable soleil de cet été brûlant. Situé dans le château du milieu, au cœur de la masse écrasante des trois forteresses dont l'énorme enceinte surplombe Chinon de sa silhouette dominatrice et protectrice à la fois, le logis royal, admirablement protégé, surmonte la vallée, tout un horizon de plaines et de bois.

Ce paysage, pétri de charme tendre et d'harmonie, est un des plus chers au cœur du souverain. C'est dans ces murs qu'il a reçu Jeanne la Pucelle, qu'elle l'a reconnu, réconforté, décidé à se lancer dans la terrible aventure qu'était la reconquête de son héritage, de sa couronne, de cette majesté dont il se sentait, alors, si totalement dépourvu.

Et voici que, de nouveau, dans le même cadre, il lui faut décider une fois de plus du sort de la France! La conjoncture est-elle propice à la reprise des combats?

Depuis plusieurs années, la cavalerie française est la meilleure d'Europe. Depuis un peu plus d'un an, l'ordonnance créant le corps d'élite des francs-archers — une troupe d'hommes répartis dans toutes les villes, tous les villages du pays — met à la disposition du roi huit mille tireurs à l'arc parfaitement entraînés, paysans, artisans, roturiers de tout poil, fidèles à leur souverain, fiers d'avoir été choisis pour participer à la défense du royaume. Dès que le tocsin sonnera, ils surgiront de partout pour seconder les nobles dans la lutte contre l'occupant.

Encore mieux : les frères Bureau, maîtres de l'artillerie, ont fait construire un nouvel engin de guerre : la couleuvrine, bombarde légère, maniable, qui lance des boulets de quatre-vingts livres! Cette arme rapide, redoutable, sera la plus sûre auxiliaire des soldats.

Bref, le tableau des forces françaises est rassurant.

Par ailleurs, les Anglais, peu nombreux, aigris, déprimés, mal armés, sans réserves, sans argent, sachant leur gouvernement faible et divisé, ne seront pas des adversaires aussi inquiétants qu'autrefois.

Le moment n'est-il pas venu? Pourquoi hésiter davantage?

C'est alors que la porte de la pièce où songe le souverain s'ouvre tout d'un coup. La reine entre, accompagnée de plusieurs de ses dames.

— Sire, on ne parle autour de moi que de la reprise de la guerre. L'avez-vous décidée?

— J'y pense, en effet.

— Il semble que l'occasion soit excellente, mon cher seigneur.

— Je le sais.

Une animation, une excitation toute nouvelle s'empare de Marie d'Anjou, si paisible d'ordinaire, et agite ses suivantes.

— Sire, dit alors Agnès qui se trouve dans le groupe, sire, j'ai ouï dire que vous avez eu de bonnes nouvelles, Dieu merci! Il me vient une idée : puisque vous allez faire la guerre, menez-nous donc toutes à la bataille avec vous. Vous en serez plus vaillant, ainsi que toutes vos troupes. Notre présence vous apportera plus que vous ne sauriez penser!

Dressée devant son souverain, son amant, la jeune femme, frémissante, est l'image même du courage, de l'élan qui soulève la France tout entière.

Charles VII la contemple une seconde, entre ses paupières rapprochées comme pour mieux se pénétrer de cette beauté à laquelle il est si sensible, pour mieux admirer cette gorge offerte, ces yeux brillants, ce teint animé.

Si elle ne se trouvait pas enceinte une quatrième fois, peut-être sa suggestion, si hardie soit-elle, emporterait-elle l'assentiment du souverain. Après tout, ce ne serait pas une nouveauté pour la cour que de suivre le monarque au combat. Mais, dans l'état où se trouve Agnès, il y aurait folie à risquer une telle vie en de dangereuses équipées.

— Je sais bien que votre présence et celle des autres jolies dames qui sont ici nous aideraient à achever notre conquête, dit-il enfin. Cependant, il ne me paraît pas nécessaire de prendre tant de risques. L'affaire, bien engagée, est déjà presque gagnée. Il n'y a plus grand-chose à accomplir.

Agnès secoue son front soigneusement épilé que surmonte un atour de drap d'or voilé de gaze perlée.

— Ne croyez pas nous convaincre comme cela, sire! Pensez-vous donc être un roi sans affaire? Nenni! Les grands rois ont de grandes affaires. Vous trouverez encore assez d'occasions où démontrer votre propre vaillance et les vertus auxiliatrices des dames! Ce sera quand vous voudrez!

Son feu, son ardeur font plus pour décider le roi que les états satisfaisants fournis par ses renseignements. Puisque tout le monde considère que les hostilités sont déjà ouvertes...

— Je vais convoquer ici une assemblée des plus sages, des plus nobles pairs du royaume, assure-t-il. Avec eux, je verrai ce que j'ai à faire.

S'en remettre à ses conseillers pour un tel arbitrage, c'est accepter la guerre. Aussitôt convoqués, aussitôt réunis, les seigneurs consultés décrètent que Charles VII, en état de légitime défense, possède non seulement le droit mais a le devoir de relancer les combats.

Jacques Cœur, présent au débat, intervient, lui aussi, de tout le poids de son crédit. Au roi qui lui demande où prendre les fonds nécessaires au financement d'une expédition qui sera coûteuse, il répond :

— Sire, ce que j'ai est vôtre!

D'Agnès au grand argentier, ils sont tous d'accord. A quoi bon s'opposer encore? Charles VII accepte l'idée de la guerre. L'appel aux armes retentit; le tocsin s'ébranle dans tout le pays.

Cette fois-ci, ce sera, sur la terre normande, otage de la partie, une lutte totale, sans merci. Il faut en finir. Il faut vaincre, se débarrasser du chancre anglais, recouvrer l'étendue du territoire national.

Le 6 août, dans un déploiement inouï de faste guerrier, de banderoles, d'étendards, d'oriflammes, de fanions, sur leurs destriers caparaçonnés comme pour un tournoi, les compagnons du roi de France, vêtus de soieries éclatantes flottant sur les cottes d'acier et les armures, quittent, musique en tête, derrière leur souverain, la bonne ville de Chinon.

Dans la poussière et l'enthousiasme, dans le flamboiement des casques, des lances, des épées, des boucliers, l'armée française s'ébranle pour aller bouter l'ennemi hors de France!

Cette fois-ci, rien n'a été laissé au hasard. Le plan de campagne a été longuement établi. Tout est prêt : Dunois, le bâtard d'Orléans, comme lieutenant général, est nommé à la tête de la première armée, celle qui fonce. Le grand sénéchal, le comte de Clermont, le comte d'Eu, le comte de Saint-Pol, le secondent. Une deuxième armée, sous les ordres du duc de Bretagne et du connétable, doit ceinturer la Normandie.

Le plan est sûr. La prière s'y joint : on sort de la

Sainte-Chapelle la précieuse couronne, le fer de la lance, les reliques de la Passion et on les porte en procession dans la capitale en suppliant Dieu de bénir l'entreprise royale.

Les résultats sont foudroyants : le 12 août, Pont-Audemer tombe; le 15, Pont-l'Évêque; le 16, Lisieux; le 17, Bernay; le 26, Mantes; le 28, Vernon. Le 30, Charles VII décide de marcher sur Rouen!

Après de fort tendres adieux à Chinon, Agnès a préféré regagner Loches pour y attendre à la fois les événements et sa propre délivrance.

Elle a le cœur lourd de n'avoir pu suivre le roi. Son état la fatigue. Aussi, est-ce avec un plaisir infini qu'elle retrouve son manoir de Beaulieu, ses filles, ses fleurs, ses oiseaux.

Le 31 août l'orage pèse sur Loches. La chaleur étouffante épuise plantes, bêtes et gens.

Comme chaque après-midi après le dîner, Agnès, qui redoute la touffeur des heures les plus chaudes du jour, est montée dans sa chambre pour s'allonger et faire la sieste.

Ses servantes lui ont retiré ses beaux atours. Elle repose, en simple cotte, sur le lit recouvert d'une étoffe brochée et d'une quantité de coussins. Pour maintenir un peu de fraîcheur, on a fermé les volets, jonché le carrelage de pierre à damiers blancs et noirs d'herbes odorantes et de menthe sauvage. Des mouches bourdonnent contre les petits carreaux de verre enchâssés de plomb. Carpet, le lévrier, dort étendu de tout son long au pied du lit, près d'un coffre sur lequel on a posé un broc d'étain rempli de roses.

L'heure est propice à la songerie.

« Voilà six ans que je suis la maîtresse de Charles. Six ans d'amour, de félicité, de triomphe, mais aussi de luxure, de vanité, de tromperies envers la reine, pour tout dire, de péchés. Ai-je fait assez de bien pour compenser la grandeur de ma faute? Ai-je suffisamment donné, prié, fait œuvre pie, soigné, songé aux miséreux? Mon confesseur, maître Denis, prétend que mes enfants, envoyés par Dieu, sont la preuve vivante de Sa miséricorde à mon égard. Cette quatrième naissance attendue attesterait encore une fois que mes égarements ne découragent pas une bonté qui, parce qu'elle est infinie, sera toujours plus vaste que le mal que je puis accomplir. De toute mon âme, je veux le croire! Mes filles sont des témoignages divins d'indulgence, de rémission. Marie-Magdeleine, que je prie chaque jour, sait combien me pèsent, parfois, cette existence dorée, ce plaisir, tout le luxe qui m'entoure, ce faste que j'aime, par ailleurs, mais dont la perfide suavité me fait trembler quand j'émerge du tourbillon trop aimable où me plonge la faveur du roi. Comment ne pas me laisser griser? Cette passion dont la violence ne connaît pas d'apaisement, cette idolâtrie ne semblent en rien pâtir du temps qui passe. Je l'émeus toujours autant. C'est presque incroyable, tant c'était imprévisible. Le roi de France continue, inlassablement, à m'adorer! »

A Chinon, à Loches, après le retour d'Agnès de la capitale où on l'avait si mal reçue, l'amour du roi s'était montré plus véhément que jamais. Furieux et navré du mauvais accueil réservé par les Parisiens à sa favorite, Charles VII avait redoublé de transports pour panser la blessure encore fraîche. Ce n'étaient que caresses, délires sensuels, présents, fêtes, enivrements de toute espèce. Secondé par Jacques Cœur, il l'avait comblée de cadeaux princiers, de perles fabuleuses, de statuettes en ivoire, de peignes d'écaille, de livres peints pour elle par des enlumineurs célèbres, de ceintures d'argent ciselé, de fermails d'or. Il avait fait tisser pour elle des tapisseries d'une finesse et d'une richesse de teintes jamais vues. Il avait voulu qu'elle possédât le mystérieux ambre gris, du musc du Tibet, des épices de Chine, des lingots d'or, une argenterie admirable : aiguières étranges à forme d'homme ou d'animal, hanaps de vermeil, salières représentant des arbres chargés de fruits, des coquillages, des fleurs, des anges. Il lui avait offert des bijoux créés pour elle par le talent et l'ingéniosité des plus grands orfèvres : colliers de pierres précieuses, chapeaux de perles, bracelets, bagues, boucles, ornés de diamants, d'émeraudes, de saphirs somptueux.

Non content de mettre à ses pieds des trésors, le souverain veut faire Agnès duchesse, ce qu'elle refuse, de crainte que ce titre trop voyant n'ajoute à son impopularité.

En la quittant, quelques jours plus tôt, à Chinon, il a tenu, de peur qu'elle ne vienne à s'ennuyer trop cruellement, à lui donner une petite naine folâtre et sachant faire mille pitreries, afin de distraire celle qu'il laissait, à son grand dam, derrière lui.

« Il n'est pas jusqu'à ma famille qui n'ait à se louer de tant de largesses. Mon oncle, Geoffroy Soreau, a été nommé voici deux ans administrateur de l'abbaye de Saint-Crépin de Soissons. Il est maintenant question qu'il devienne évêque! Mes frères sont pourvus de riches charges honorifiques, ma mère a reçu l'opulente châtellenie de Verneuil. Ses vieux jours sont assurés de connaître toujours semblable sollicitude... Toujours? Combien de temps durera ma faveur? Le roi ne finira-t-il pas par se lasser de moi? Est-il de ceux qui peuvent demeurer fidèle longtemps? Je suis encore jeune et mes vingt-sept ans s'épanouissent à leur aise. L'âge venant, qu'adviendra-t-il de moi? Ces grossesses me

fatiguent. Mes traits, un jour, en porteront la trace! »
Dieu merci, il n'en est rien pour le moment! Il est
sot de se tourmenter pour une éventualité qu'aucun
signe ne laisse présager. Agnès se remémore l'éblouisse-
ment de Jean Fouquet, ce jeune peintre qui a un tel
talent, l'émotion d'Étienne Chevalier, la fierté du souverain, quand l'artiste a fait son portrait, ainsi que le
souhaitait le contrôleur des Finances, sous les traits de
la Vierge Marie.

« J'ai craint que ce ne soit un péché de plus. Maître
Denis m'a affirmé qu'il n'en était rien. Dieu l'entende! »

Un fracas de galop dans la rue, des coups frappés au
portail, des bruits de voix, des exclamations, se font
entendre tout à coup, rompant la quiétude de l'heure
chaude. Des pas grimpent l'escalier. On frappe doucement à la porte. Antoinette pénètre dans la pièce.

— Ma mie, j'ai cru bien faire en venant troubler votre
sieste. Des chevaucheurs envoyés par le roi arrivent tout
droit de Normandie avec, pour vous, un pli cacheté de
la plus grande importance.

Agnès se redresse, le cœur alerté :

— Serait-il arrivé quelque chose à notre sire?

— Non, non, rassurez-vous. C'est à vous, qu'il advient
quelque chose de fort agréable.

Antoinette tend à sa cousine un message officiel
annonçant à la dame de Beauté que Charles VII, ayant
pris Vernon, a décidé de faire hommage de cette ville
à sa maîtresse qui devient, de ce fait, dame de Vernon-
sur-Seine.

— Ma mie, un des chevaucheurs porte, à votre intention, les clefs de la cité, pour vous en faire don.

— Qu'il attende un moment, je vous prie. Veuillez
m'envoyer mes femmes afin qu'elles m'habillent pour
que je puisse recevoir dignement ces messagers.

Vêtue de soie, coiffée de perles, Agnès descend, un moment plus tard, dans la grande salle lambrissée où se tiennent ses suivantes. Parmi elles, la petite folle gesticule et fait mille grimaces.

Devant la jeune femme, le courrier du roi met un genou en terre. Sur un coussin de velours, il lui présente les énormes clefs de la ville conquise.

— Dame, elles sont à vous.

C'est en souriant qu'Agnès s'en empare, mais ses doigts tremblent et des larmes mouillent ses yeux.

— Soyez remercié, messire. Je vais écrire au roi afin de lui rendre grâces. Veuillez accepter de prendre une collation en attendant ma lettre.

Quand les chevaucheurs repartent, sustentés et porteurs d'un message qui n'est qu'un long cri de gratitude, Agnès ne remonte pas dans sa chambre, mais se rend dans l'appartement de ses petites filles.

Marie a, maintenant, près de cinq ans; Charlotte, trois ans passés, et la petite Jeanne, dix-huit mois jaseurs et blonds à ravir.

Dans l'atmosphère rieuse et câline qui environne ses enfants, Agnès redevient la jeune mère enjouée qu'elle sait être si souvent. Elle oublie ses inquiétudes; les malaises d'une grossesse moins facile que les précédentes, jusqu'à la mélancolie d'un cœur éloigné de celui qu'il aime.

Elle berce, embrasse, joue, s'amuse, raconte des histoires, ne songe plus au temps qui passe.

Antoinette, ainsi qu'il se doit, demeure, en parente fidèle, auprès de sa cousine, bavarde avec drôlerie, surveille les nourrices, lance des pointes à la naine qui s'adonne à l'impertinence, veille à tout.

Derrière les volets clos sur la chaleur de l'été, ce ne sont plus, en dépit du nouveau titre de la maîtresse du manoir, que rires, bouffonneries et divertissements.

L'orage n'éclate que le soir, après le souper.

Pendant la séance de musique offerte par la nouvelle dame de Vernon à quelques amis intimes, parmi lesquels Antoinette, Marie de Belleville qui vient souvent rendre visite à Agnès, Guillaume Gouffier que le roi a laissé près d'elle pour la garder, et quelques-unes de ses demoiselles d'honneur, au moment précis où un joueur de luth tire des accents émouvants de son instrument, le tonnerre se déchaîne. Les éclairs déchirent le ciel, les grondements se rapprochent, la pluie tombe, fracassant les roses, les soucis, les résédas, les héliotropes du jardin.

— Enfin, un peu de fraîcheur! s'écrie Antoinette en ouvrant toute grande la porte de la salle de musique sur le déluge nocturne.

— Vous allez nous faire foudroyer! s'écrie une des suivantes.

— Je n'ai peur de rien! Ni de l'orage ni de personne! répond superbement Antoinette.

En une brusque fulgurance, la foudre, comme pour répondre à ces paroles imprudentes, tombe, sulfureuse, avec un craquement de fin du monde sur la pierre du seuil, qu'elle fend.

Pour lutter contre le froid mordant de janvier, on a garni la grande litière de tapis de haute laine, de coussins gonflés de duvet, de peaux d'agneaux, de couvertures fourrées. Des chaufferettes qu'on bourre aux étapes de braises rougeoyantes, et des bouteilles de grès pleines d'eau chaude, maintiennent derrière les rideaux de cuir tirés un semblant de chaleur qui va s'appauvrissant tout au long du jour.

Allongée sous des fourrures, grelottante au sein de cette aigre tiédeur, Agnès, enveloppée dans une houppelande de zibeline, tente de se reposer. Fatiguée par sa grossesse dont le terme approche, par ce voyage insensé entrepris au cœur de l'hiver, en dépit des intempéries et de l'état des routes, elle est à bout de résistance. Il lui arrive de sombrer dans de brèves somnolences qui ne lui apportent pas le délassement espéré. Pour ne pas troubler son silence, les deux suivantes parties de Loches à sa suite, et madame de Brézé, qui partage également sa voiture, se taisent aussi. La jeune épouse du grand sénéchal, dont Agnès s'est fait une amie, va rejoindre son mari, nommé depuis peu capitaine de Rouen où il réside durant ce terrible hiver.

De l'intérieur capitonné du véhicule, on ne perçoit que le grincement des essieux et le martèlement des pas des chevaux qui l'escortent sur le sol durci par le gel. Outre quelques archers assurant sa protection, la favorite a demandé à Guillaume Gouffier, son ombre dévouée, à ses deux frères préférés, Charles et Jean, ainsi qu'à son confesseur, maître Denis, de la suivre. Le médecin de la reine, maître Robert Poictevin, que la bonne souveraine lui a délégué depuis le début de cette difficile grossesse, s'est joint à eux. On est loin du cortège princier qui l'accompagnait lors de son passage à Paris !

Cette fois-ci, dans l'angoisse et la précipitation du départ, il n'a pas été question d'une foule nombreuse, ni de ménestrels. Quelques chariots de serviteurs et de bagages suivent simplement la litière et sa modeste garde.

Il fait un temps glacial, tranchant, d'une grande tristesse. Le ciel de plomb pèse sur les cœurs comme sur l'horizon. Un vent sans pitié gerce les visages, les mains dans les gants de peau, les pieds dans les bottes fourrées de loup. A perte de vue, grise et dénudée, la campagne normande s'étend de chaque côté de la route défoncée dont les profondes ornières, emplies de glace boueuse, courent entre des champs de choux haillonneux, des bois noirs, des fermes encloses sur leurs tisons.

La petite troupe chemine vers Jumièges où Charles VII a passé les fêtes de la Nativité pendant que son armée prépare le siège d'Honfleur. Depuis l'été, en effet, malgré un automne maussade et détrempé, le roi marche de victoire en victoire. Les Français ont repris Fécamp et sa sainte abbaye, Coutances, Saint-Lô, Carentan, La Roche-Guyon, Argentan, Caudebec, Gisors, Lillebonne, Tancarville et autres places.

Le 18 octobre, Dunois, lieutenant général des armées, attaque Rouen dont beaucoup d'habitants, désireux de se débarrasser du joug anglais, souhaitent l'arrivée des gens du roi de France. Une émeute a éclaté contre les occupants et l'archevêque de la ville est venu, en personne, négocier avec Charles VII! Bientôt, les bourgeois se décident à apporter eux-mêmes les clefs de la cité.

Pierre de Brézé entre le premier dans la capitale normande avec cent lances et des archers. Le lendemain, le duc de Somerset et le vieux Talbot, le chien de garde des Anglais, se rendent.

Rouen est reconquise! La nouvelle parvient à Paris le lundi suivant. Les cloches de toutes les églises se mettent à sonner, le peuple est en liesse. Pour fêter un tel événement, on organise le 28 octobre, à Saint-Martin-des-Champs, la plus belle procession vue depuis cent ans : le clergé de Notre-Dame, l'Université au grand complet, toutes les paroisses, le Parlement, en tout plus de cinquante mille personnes vont chercher le précieux corps de Notre-Seigneur à Saint-Jean-en-Grève. Les rues sont décorées et tendues de courtines multicolores comme pour le jour du Très-Saint-Sacrement.

La France entière pavoise.

Le 10 novembre, l'entrée du souverain à Rouen, sous un dais de vermeil, est une apothéose. La foule hurle : « Noël! Noël! Montjoie Noël! » Les rues sont encourtinées de bleu azur, des feux de joie s'allument sur toutes les places. On joue des mystères sur les parvis des églises. Des arcs de triomphe portant inscrit : « Le roi très victorieux » sont dressés aux carrefours.

Le monarque, vêtu de son armure de combat, un chapeau de castor gris doublé de vermeil et orné d'un énorme fermail en diamant sur la tête, monte un destrier houssé jusqu'au sol de velours fleurdelisé. Aux côtés de Charles VII, René et Charles d'Anjou. A leur suite, le trio qui permit et forgea ce jour de gloire : Dunois, Pierre de Brézé, Jacques Cœur.

On apporte en grande cérémonie les clefs de la ville au roi qui les remet aussitôt au sénéchal, le nommant capitaine de la cité reconquise en signe de satisfaction, pour effacer les traces des mauvais procédés dont il a eu à souffrir auparavant.

C'est, ensuite, dans la cathédrale de Rouen, le *Te Deum* d'action de grâces. Le souverain y prie avec ferveur. Puis il reçoit les notables de la ville qui lui jurent fidélité et obéissance. Se voulant oublieux du passé, Charles VII accepte sans sourciller les serments de repentance. Cependant, il commande aussitôt après qu'on ouvre une enquête sur le procès de Jeanne d'Arc.

Le 13 novembre, la forteresse de Château-Gaillard,

verrou de la Normandie réputé invincible, se rend à son tour.

Agnès, déjà en route, apprend la veille de Noël qu'Harfleur s'apprête à capituler. Le 2 janvier, enfin, Le Havre tombe également, chassant ses occupants jusqu'à leurs bateaux et les forçant à reprendre la mer.

Ces nouvelles triomphantes courent, galopent à travers le pays. Elles apaisent un peu les alarmes de la favorite et la réconfortent. Si Agnès, en effet, est partie ainsi, en dépit de son état, des avis de ses proches, de la guerre, du froid, c'est qu'elle a appris qu'un nouveau complot est ourdi contre le roi. Ses succès trop écrasants, trop éclatants, lui ont suscité des haines solides.

Le dauphin, éloigné de la marche irrésistible qui pousse, dans un vent de victoire, les troupes de son père à travers la terre normande, songe, dit-on, à reprendre les événements en main. Par le fer, la trahison, voire le poison, si cela est nécessaire.

Loin de son amant, Agnès, que son état rend plus nerveuse, plus troublée qu'à l'ordinaire, se sent perdue. Il lui faut le rejoindre, le prévenir, veiller, auprès de lui, à ce qu'il se protège de l'abomination qui le menace.

A Loches, elle ne tient plus en place, dort mal, imagine le pire. Des cauchemars la poursuivent, dont elle émerge en pleurs. A quoi bon tous ces triomphes, si, dans l'ombre, on organise la disparition du Victorieux! Elle n'en peut plus. Bravant sa propre appréhension, les mises en garde de sa mère, les adjurations de sa cousine, elle décide, un jour de pâle soleil hivernal, de partir rejoindre Charles VII près de Rouen. Elle laisse ses trois filles sous la surveillance d'Antoinette et s'en va vers son destin, pensant être chargée d'une mission, secrètement désireuse, aussi, de retrouver sans plus attendre l'amour attentif dont elle subit depuis des mois la privation.

Les voyageurs sont passés par Blois, Chartres, Dreux, Vernon, où Agnès s'est arrêtée deux jours pour répondre à l'invitation des échevins de la ville, flattés de recevoir Noble et Puissante Agnès Sorel, dame de Beauté, de la Roquecezière, d'Issoudun, de Vernon et d'Anneville. Ils ont ensuite fait étape à Louviers, puis à Elbeuf. Enfin, ils approchent de Jumièges! Il est temps. La jeune femme est fort lasse, ses compagnons gelés.

— Voulez-vous boire un peu de lait tiède, chère dame?

La femme du sénéchal se penche vers Agnès.

— Non, mille grâces. Sommes-nous encore loin?

— Nous arrivons.

— Dieu merci! Cette route est interminable!

Entre la femme discrète, d'apparence tranquille, de jugement pondéré, dénuée d'élan qu'est l'épouse du grand sénéchal, et Agnès, qui est de feu, s'est formée une de ces amitiés incompréhensibles pour qui juge de l'extérieur, qui ne voit pas les affinités de cœur et d'esprit de deux natures qui ont en commun la bonté et l'indulgence. Sous un sourire réservé, madame de Brézé cache un attachement passionné au magnifique époux que Dieu lui a donné. Mieux que quiconque, Agnès peut comprendre, précisément, un tel sentiment pour un tel homme. Il s'en est fallu de si peu... Cette identité de goût amoureux et un besoin commun de raffinement, de beauté, de luxe, rapprochent encore les voyageuses.

— Chère dame, voici les tours de Jumièges!

Guillaume Gouffier a crié la nouvelle contre un des rideaux de cuir.

— Enfin!

La demi-lieue qui reste à faire se traîne sous un ciel

qu'assombrit l'approche du soir. Cependant, les murs de l'abbaye se dressent tout à coup au bout du chemin.

Il faut parlementer avec le frère portier, décontenancé par l'arrivée dans son abbaye de bénédictins, bien qu'elle soit pour l'heure transformée en quartier général de l'armée royale, d'un convoi qui n'a rien de militaire, tant s'en faut, avec ces dames parées comme il n'en a jamais vu!

On envoie un novice prévenir le roi qui, heureusement, se trouve dans la place.

En attendant sa venue, les frères d'Agnès et Guillaume Gouffier aident la jeune femme à sortir de sa litière afin qu'elle s'installe devant un bon feu qui brûle du matin au soir dans la grande salle de la maison des hôtes. Sous les voûtes élevées, des tables de chêne sont alignées. Des bancs de bois, disposés pour le repos des errants s'adossent aux murs.

Agnès se chauffe sans mot dire. Madame de Brézé, son médecin, son confesseur l'entourent d'attentions.

— Ma mie, que vous êtes pâle!

Le roi vient d'entrer. Il s'élance vers sa maîtresse qui, au son de sa voix, s'est brusquement redressée.

— Sire! Il fallait que je vous voie!

Par un souci des convenances dont, en public, Charles VII ne s'est jamais départi, les deux amants ne s'étreignent pas. Le souverain s'empare simplement des mains d'Agnès et les baise dévotement.

— Je ne sais ce que vous avez à me dire, ma douce, mais c'est folie d'être venue de si loin, par un tel froid!

— Cher sire, ne me grondez pas! Ce sont choses d'importance que j'ai à vous confier.

Après avoir salué le roi, la suite de la favorite s'éloigne discrètement.

D'une voix que l'impatience et la fatigue font trem-

228

bler, Agnès dit ses tourments, ses tristesses, son indignation et la panique qui s'est emparée d'elle quand elle a appris la sombre menace qui pèse à nouveau sur Charles VII.

— Mon doux sire, on en veut à votre gloire : il est question de vous livrer aux Anglais ! On en veut à votre vie, s'il le fallait, on ne reculerait pas devant un meurtre !

— N'est-ce que cela ?

Le roi a bien changé. Où est sa prudence légendaire ? Il part d'un rire heureux, tendrement moqueur.

— Vous avez fait tout ce chemin pour de telles billevesées, ma mie ! C'est là de votre part une bien grande preuve d'innocence... et d'amour, ajoute-t-il plus bas. Sachez, mon cœur, qu'il n'est pour ainsi dire pas de semaine où ne me parviennent des bruits de complot, d'assassinat, d'enlèvement ! Certains doivent être vrais. Beaucoup sont faux. Mes dispositions étant prises, ma sécurité assurée autant que faire se peut, je m'en remets à Dieu et vis comme si de rien n'était. Le moyen de faire autrement ?

— Votre existence, Charles, qui m'est si précieuse, est donc encore plus exposée que je ne le craignais !

— C'est le sort de tous les rois, ma mie ! Couronne et mort violente vont souvent de compagnie. Il n'est que d'éviter d'y songer. En tout cas, pour le moment, je suis bien vivant !

Il rit. Son regard se fait plus intense.

— Je ne demande qu'à vous le prouver sans tarder, ma belle, mais ce lieu, hélas, n'y est pas propice ! Allons, je vais vous chercher un logis près d'ici, où je pourrai vous visiter autant que l'envie m'en prendra.

Dans sa joie des retrouvailles, dans l'ivresse de la victoire, il ne veut pas tenir compte des traits tirés d'Agnès, de sa mine défaite.

— Êtes-vous tout à fait sûr, mon seigneur, de faire tout ce qu'il faut pour votre sauvegarde?

— Certain, ma mie. Ne pensez plus à toutes ces vilenies, croyez-moi, ne vous en souciez plus.

Avec un entrain qui n'aurait pas été imaginable chez lui quelques années auparavant, le roi mande l'abbé de Jumièges, s'entretient avec lui, revient vers Agnès.

— Tout est arrangé. Vous allez vous rendre au manoir du Mesnil. C'est une maison de plaisance située à environ une lieue d'ici, et qui appartient aux bénédictins. Ils la mettent à votre disposition.

Dans le froid, dans la nuit, le convoi s'ébranle de nouveau.

— Vous reverrai-je bientôt, sire?

— Je vous accompagne, ma mie.

A travers le brouillard d'hiver, l'obscurité glacée, la grande litière, entourée d'une escorte beaucoup plus importante qu'à son arrivée, reprend la route à la lueur vacillante des torches. Le roi de France chevauche à la portière.

Franchi le porche, le manoir du Mesnil apparaît comme une longue bâtisse coiffée d'ardoise, flanquée de quelques tourelles, environnée de dépendances en forme de rectangle qui ferment la cour où trône un puits couvert.

A l'intérieur, on trouve bon accueil dans des salles aux poutres apparentes, pavées d'un carrelage de couleur. Des feux de fagots flambent dans de hautes cheminées de pierre. Bientôt, un souper est servi à la compagnie. Réchauffée, sa faim apaisée, Agnès retrouve sa grâce et un peu de sa bonne humeur pour s'entretenir avec son amant et ses amis.

La chambre qui lui a été réservée est une vaste pièce du premier étage, où ses servantes ont apporté ses fourrures, ses tapis, ses draps de soie, ses coffres, ses bagages.

Déshabillée, parfumée, coiffée, frictionnée d'une lotion tonifiante fabriquée pour elle par son apothicaire, Agnès peut enfin s'étendre sur le moelleux lit de plumes, sous les couvertures d'agneau blanches et douces.

Le roi, qui a constaté durant le repas l'état de lassitude de sa maîtresse, la laisse reposer après quelques baisers et un court bavardage.

Des bougies parfumées brûlent au chevet du lit. Après le remue-ménage de l'arrivée et de l'installation, le silence revient sous le haut toit du manoir, submerge la chambre aux volets clos, bourdonne dans les oreilles habituées au bruit incessant des routes rendues encore plus sonores par le gel. Rompue, mais le cœur plus tranquille, Agnès s'endort.

Pendant les jours qui suivent, elle se sent mieux. D'une traite, le roi vient chaque jour la voir pour l'entretenir à la fois de son amour et de sa guerre. Certaines nuits, il reste auprès d'elle. Quand le soleil sans chaleur de janvier consent à se montrer, il mène dans la campagne, avec beaucoup de précautions, la future mère qu'il tient sous le bras et enlace au besoin pour l'empêcher de glisser sur des plaques de glace. Ils ont retrouvé la chère intimité qui leur est si précieuse. Pour Charles, Agnès se pare, se farde, dissimule son manque d'entrain, ses malaises.

Madame de Brézé est partie pour Rouen. En revanche, Jacques Cœur, Étienne Chevalier, le sire de Tancarville, multiplient les visites au manoir du Mesnil où ils tiennent compagnie, en l'absence du roi, à celle qui ne cesse, en dépit de son état et de ses maux, de les charmer. Souvent, ils la trouvent pâle et dolente, renonçant à jouer le rôle qu'elle se force à tenir près de son amant.

Enveloppée dans d'épaisses fourrures, sans force, elle ne fait rien pour leur dissimuler son affaiblissement. Ils s'inquiètent de ces signes de fatigue chez une femme dont ils connaissent et admirent la vitalité. Ils en parlent à maître Poictevin. Le médecin, de son côté, ne leur cache pas que le malencontreux voyage entrepris par Agnès à la fin d'une grossesse qui n'a pas été facile, a sérieusement perturbé la santé de la jeune femme. Le froid, les heurts de la route, les étapes inconfortables, la durée du trajet, autant de causes qui ont contribué à dégrader une constitution qui semblait florissante. Il lui faut beaucoup de repos.

Un matin, à la pointe du jour, une servante affolée vient chercher en hâte le médecin qui dort. Agnès ressent les premières douleurs de l'enfantement.

— Elle avait encore un mois à attendre! s'exclame maître Poictevin que la nouvelle arrache à son sommeil pour le précipiter dans les angoisses d'un accouchement prématuré.

Hélas, le travail est difficile, les couches laborieuses. L'état de fatigue de la favorite l'empêche d'aider activement, comme elle le fait d'ordinaire, à la naissance de l'enfant. Après des heures de souffrances, de cris, d'efforts, de déchirements, vient au monde une frêle petite fille qui semble partager l'épuisement de sa mère. Menu, ne pesant pas quatre livres, le nouveau-né aura-t-il la force de survivre? On n'en sait encore rien. D'ailleurs, on s'y intéresse peu. Agnès occupe toutes les pensées.

Brisée, le teint gris, de larges cernes sous les yeux, elle gît à présent sans mouvement entre les draps de soie où on l'a recouchée. Les servantes, les sages-femmes ont procédé à sa toilette, l'ont lavée, ointe d'essence de jasmin, et ont fait disparaître toute trace sanglante de la naissance.

Il est près de midi. Dehors, le froid est encore plus intense. Dans les forêts normandes, l'écorce des troncs d'arbres éclate sous le gel. On trouve par terre des oiseaux morts, raidis aussitôt que tués par le vent du nord qui balaie ce mois de janvier. Le sol est dur comme de la pierre. Dans la cour du Mesnil, les robes des chevaux fument, une épaisse vapeur sort de leurs naseaux.

Maintenant, la chambre d'Agnès est tranquille, quiète. Depuis l'arrivée de la voyageuse on y entretient jour et nuit un feu de grosses bûches. La chaleur s'y est, au cours des jours, blottie derrière les tapisseries, sous les courtines de velours, parmi les coussins. Il y règne continuellement une douce tiédeur. Pour en purifier l'air et le parfumer, des herbes odoriférantes brûlent dans une cassolette non loin du lit de l'accouchée.

Maître Robert Poictevin, installé au chevet de la jeune femme, considère le profil délicat, la tête renversée sur les oreillers, semblant s'enfoncer dans la plume sous l'effet d'un accablement impossible à surmonter. Une sage-femme, qui est demeurée pour l'assister en cas de besoin, se tient assise derrière lui. Les mains dans son tablier, elle somnole, son menton gras reposant sur sa poitrine gonflée comme une couette.

Deux suivantes d'Agnès, celles qui ont fait le voyage avec elle dans sa litière, restent debout de l'autre côté du lit. Dans le berceau qu'on a été quérir au cours de la matinée chez une mère de famille du village, la fragile petite fille tente de vivre.

Tout est calme. Bien que prématurée et difficile, la délivrance ne s'est tout de même pas trop mal passée. Il n'y a plus de raison de s'inquiéter... en apparence, du moins. Cependant, le médecin ne se sent pas, pour autant, déchargé de ses responsabilités. L'anéantissement d'Agnès le tourmente. D'ordinaire, elle supporte admirablement l'épreuve de l'enfantement, en émerge souriante, à peine décoiffée. Cette fois-ci, on devine qu'elle éprouve une immense difficulté à sortir de son abattement.

— Dame, buvez un peu de cet élixir reconstituant que j'ai préparé à votre intention. Il vous fera du bien.

Comme indifférente, la jeune mère se laisse soulever, avale quelques gorgées du liquide doré, retombe en arrière. Il semble à maître Poictevin qu'un peu de couleur envahit de nouveau le visage aux yeux fermés.

Soudain, une cavalcade, des cris, des ordres, retentissent. Quelques instants après, le roi, botté, coiffé et vêtu de fourrures, passe la porte.

— Agnès !

Il s'est élancé vers la couche. A son nom, la jeune femme ouvre les paupières. La vue du souverain la réconforte certainement davantage que les fortifiants du médecin. Elle tente de sourire.

— Charles, pardonnez-moi : je ne puis me redresser. Voyez-vous, je suis encore si fatiguée !

— Ne bougez surtout pas, ma mie. Reposez-vous, ne parlez pas. Je vais rester un moment près de vous, en silence, en me contentant de vous regarder.

Il jette, en passant, un coup d'œil distrait au nouveau-né, et vient s'installer à la place que maître Poictevin lui laisse à la gauche du lit. C'est par un geste incertain que le célèbre médecin répond à la question muette que lui adresse son souverain. La grimace qui accompagne le geste en dit long sur son inquiétude.

Un chef d'État, doublé d'un chef de guerre, ne peut s'éterniser au chevet d'une malade, fût-elle la plus aimée des maîtresses.

Vers none, un envoyé du quartier général vient chercher le roi. Il part après avoir posé un baiser léger sur les cheveux blonds d'Agnès.

Vers le soir, elle semble recouvrer un peu de forces. Elle accepte de prendre quelques gorgées de lait miellé, le boit sans déplaisir.

Plusieurs visiteurs sont venus au cours de la journée s'enquérir de l'état de l'accouchée. On leur répond avec prudence. On ne les laisse pas entrer.

La nuit arrive. Maître Poictevin, qui constate un léger mieux, va dormir, laissant une autre sage-femme et des servantes près de la favorite. Les heures coulent : matines, laudes, prime. Agnès somnole. Brusquement, elle appelle. Ses prunelles brillent anormalement, son teint est beaucoup trop coloré, ses mains brûlent.

— Dame, qu'avez-vous?

— Un grand frisson vient de me saisir, me tirant du sommeil. Je suis transie et pourtant j'étouffe. Ce sont les fièvres.

— Je vais chercher maître Poictevin.

Le médecin accourt. Il palpe le ventre à la peau si douce, y réveillant une douleur aiguë, fulgurante.

— Oh! que vous me faites mal!

Le visage altéré, les larges cernes qui entourent les yeux, la bouche sèche, et ces souffrances qui, maintenant, reviennent, renseignent le praticien.

— De la glace, dit-il en se tournant vers une des servantes. Qu'on aille casser de la glace dans le puits. Il faut lui en mettre dans une serviette sur l'abdomen.

« Faites bouillir de l'eau, jette-t-il à une autre. Je vais lui administrer un clystère de décoction d'écorce de chêne.

« Préparez un breuvage composé de feuilles de valériane, de feuilles de mélisse, de fleurs et de feuilles de basilic, prescrit-il à la sage-femme. Allons, vite! »

D'un coffret qu'il vient d'apporter avec lui, il tire tout en les nommant au fur et à mesure les plantes séchées et les tend à la grosse femme. Chacun s'affaire. Agnès geint doucement.

Commencent alors les heures noires, les jours affreux, de douleur, de sanie, d'humiliation. Le corps tant soigné, tant chanté, tant désiré, tant aimé de la Belle des Belles, n'est plus que souffrances et déjections. Officiellement, on parle d'un flux de ventre. Ceux qui soignent la jeune femme savent qu'elle est atteinte du mal des accouchées dont bien peu se remettent.

Sur ordre du roi qu'on tient au courant heure par heure de l'évolution de la maladie, le propre médecin du souverain, maître Adam Fumée, est venu rejoindre maître Poictevin. Ensemble, ils luttent contre une infection dont ils connaissent trop bien les effets sans pouvoir en déterminer la cause, non plus que le remède.

Le bruit de cette atteinte brutale d'un mal mystérieux court bientôt la campagne, les villages, les villes de Normandie. On s'étonne de la progression foudroyante de cette fièvre maligne sur une santé qui paraissait si prospère. On chuchote. On parle d'empoisonnement. Agnès n'a-t-elle pas beaucoup de jaloux, des foules d'ennemis? Ses amours royales, le scandale de sa position, ont suscité la désapprobation, la haine, les malédictions, et jusqu'aux foudres de l'Église! L'évêque Jean Jouvenel des Ursins, bien qu'ami du grand sénéchal et de Jacques Cœur, a tonné, en chaire, contre le luxe éhonté de la favorite. Il en est arrivé à menacer le roi lui-même de la vengeance divine! De son côté, le dauphin ne cache pas sa rancœur et l'intention qu'il a de se débarrasser d'Agnès. Tant de fureurs, d'animosités, ne sont-elles pas instigatrices d'assassinat?

Les jours passent. Le mal s'aggrave. Les médecins

combattent avec désespoir un état qu'ils ne peuvent affronter qu'avec des moyens dont ils mesurent sans illusion l'insuffisance et le peu d'efficacité.

On a éloigné de sa mère la petite fille qui ne semble guère plus valide qu'elle. Une nourrice, cependant, allaite et soigne avec vigilance le pauvre enfantelet dans une autre pièce du manoir.

Madame de Brézé, qu'Agnès a réclamée en un moment où elle échappait à la torpeur fiévreuse qui suit les crises atrocement pénibles dont le rythme s'accélère sans cesse, est venue rejoindre son amie. Avec une tendresse parfaite, elle l'entoure de soins et d'attentions.

Charles VII, lui, est torturé d'angoisse. Il retrouve les insomnies, les tourments du temps où il n'était que le « Roitelet sans royaume ». On ne lui a pas caché la gravité d'un mal dont chacun sait qu'il est presque toujours fatal. Ainsi donc, Agnès, son aimée, sa colombe, sa douce, la plus belle fleur de son chaperon, comme il aimait à l'appeler aux heures de félicité, est en danger de mort !

Précipité du faîte des passions heureuses au fond d'un gouffre d'horreur, celui qu'on nomme partout « le Victorieux » sent vaciller son équilibre, voit revenir avec effroi les ombres mauvaises du désespoir et du malheur. Il a besoin de cette femme. Sans elle, il sent qu'il sera, de nouveau, perdu. Agnès est la fée d'un monde charmant où il n'a pu pénétrer qu'à sa suite. Elle détient les clefs de l'univers ardent et suave où il règne près d'elle dans l'allégresse de son âme enfin pacifiée. Elle partie, les brouillards, les obscurités, qu'elle seule avait su dissiper, reviendraient cerner de leurs ambiguïtés glacées, comme ces ténébreuses journées d'hiver, le monarque au cœur déchiré.

Si Agnès meurt, le bonheur, l'assurance, l'élan, le

goût de vivre et jusqu'au triomphe tout neuf du souverain, tout ce qu'il a obtenu avec tant de retard et tant de peines, sera frappé, détruit, ruiné du même coup.

Il se désintéresse de la guerre presque terminée et suspend sa propre existence au souffle douloureux qu'exhale dans les affres d'un combat sans merci celle qui est l'essence même de sa vie.

Avec lui, Étienne Chevalier et Jacques Cœur vont, viennent, repartent, galopent, espèrent, pleurent. Sur la route durcie par le gel, dans l'escalier de bois du Mesnil, au seuil de la pièce interdite où on ne les laisse plus entrer, on peut croiser l'un d'eux à n'importe quelle heure du jour. Tous trois sont navrés, mais le roi est, de beaucoup, le plus ravagé.

Agnès a fait condamner sa porte. Elle ne veut pas que ceux qui l'aiment assistent à sa déchéance. Au fond de son cœur, pourtant, elle accepte cette épreuve. Pour ses péchés, pour la luxure, pour l'adultère, pour l'excès de luxe, pour la vanité, pour un certain contentement de soi, pour toute cette poussière, toute cette boue qu'elle a laissé se déposer sur son âme.

Ses forces s'en vont. Son courage et sa foi restent entiers. Elle admet que cette corruption de sa chair, cette détresse physique lui soient envoyées comme remède aux maux bien plus pernicieux qui menaçaient auparavant son salut. Elle accepte de les subir pour sauver ce qui, en elle, mérite seul d'être sauvé : son âme.

Au fil des heures, dans la souffrance, l'horreur et le dégoût, elle retrouve, au fond de l'abomination, la lucidité, la confiance d'une véritable chrétienne.

Le mois de janvier s'achève. Février arrive parmi la glace, la pluie, le vent. Tout est gris et noir. Le printemps paraît à jamais perdu, hors de portée.

Agnès n'en a pas encore fini avec son martyre. Cependant, un moment vient où elle mesure le peu de vie qui lui reste, son état d'épuisement et la capitulation de sa chair qui n'en peut mais. Elle n'a pas besoin d'interroger les médecins qui la soignent pour savoir que sa fin est proche.

« Seigneur, il faut donc s'en aller si vite, quitter si tôt tout ce que Vous m'avez donné! »

Elle souffre tant et de si répugnante façon que ce lui est par moments presque un soulagement de deviner le peu de temps qui lui est encore imparti pour subir les outrages de la maladie. Son corps vidé, pantelant, tenaillé de si cruelle sorte, lui fait horreur.

Le froid, soudain, est un peu moins vif. Un matin, la Normandie se réveille sous la neige. Tout est devenu blanc en une nuit. Les plaines reconquises, les forêts dénudées où les bêtes sauvages errent, en proie à la faim, les toits des maisons villageoises, les fortifications, les tours aiguës, les clochers des églises, la margelle du puits. Le moindre arbuste, la plus mince branche, le pan de mur le plus humble, soudainement fourrés d'hermine, sont anoblis par l'hiver.

Derrière les volets, qu'on tient fermés, de la chambre où Agnès agonise, un voile de flocons feutre les bruits, efface l'horizon, enserre de sa blanche résille le manoir du Mesnil.

La mourante a demandé, une fois de plus, qu'on aille chercher maître Denis, son confesseur, pour qu'il vienne l'assister. Elle sent que son heure est proche. Profitant d'un répit accordé à son organisme dévasté par le mal triomphant, elle tient à utiliser cette accalmie pour régler ses affaires.

— Mon Père, achevons de tout mettre en ordre en moi et autour de moi. Le temps me presse.

Le matin même, sur sa demande, elle a reçu les derniers sacrements. Son âme déborde de contrition et de confiance en Dieu. Ces derniers jours, elle a prié sans cesse, s'adressant à Marie-Magdeleine envers laquelle elle éprouve depuis des années une dévotion particulière, à la Vierge Marie et, essentiellement, au Seigneur.

Elle a également réclamé qu'on lui apporte son livre d'heures pour y lire les vers de saint Bernard qu'elle y avait, jadis, tracés de sa propre main.

Le spirituel étant assuré, il reste à songer au temporel. Agnès a toujours géré ses biens avec méthode. Il en sera ainsi jusqu'au bout. Avec une fermeté qui s'impose à tous, elle demande à madame de Brézé de ne plus la quitter, et d'assister à la dictée de ses dernières volontés. Sur sa requête, on va aussi quérir messire Étienne Chevalier et Jacques Cœur.

Depuis de longs jours, ils ne l'ont pas revue. Inconsciemment, ils appréhendent tous deux cette confrontation. A leur grande surprise, le beau visage d'Agnès n'est pas enlaidi, seulement épuré par la maladie et l'approche de la mort. Amaigrie, elle semble encore plus jeune, revenue aux heures dorées où elle leur est apparue pour la première fois, à Toulouse. Elle a tenu à ce qu'on la coiffe, la parfume. Comme elle souffre moins en cet instant, elle parvient à sourire.

— Mes amis!

Aux deux hommes bouleversés, elle fait signe d'approcher.

— Je vous ai mandés pour solliciter de vous un dernier service, dit-elle d'une voix plus faible, moins claire qu'autrefois. Je tiens à ce que vous soyez, avec maître Poictevin, mes exécuteurs testamentaires. Acceptez-vous cette ultime charge?

— Agnès!

— Chère dame!

— Alors, reprend-elle très vite parce que les minutes lui sont maintenant comptées et qu'elle ne veut pas, non plus, donner libre cours à une émotion qui offenserait son goût de la mesure, alors, écoutez-moi. En tant que secrétaire du roi et contrôleur général des Finances, vous ferez, si vous le voulez bien, messire Étienne, office de notaire.

— Il en sera comme vous voudrez.

Sans faiblir, en femme organisée qui a pensé à tout le monde, la favorite fait alors connaître aux trois hommes qui l'entourent les dispositions qu'elle a prises, les legs qu'elle tient à laisser en partant. Elle possède soixante mille écus qu'elle distribue en aumônes entre les maisons-Dieu, les hôpitaux, les monastères, les couvents qu'elle a déjà si souvent secourus, et tous les serviteurs de sa maison.

— Que mes filles, qui sont mes biens les plus précieux, demeurent sous la garde de ma cousine, Antoinette de Maignelay à laquelle j'ai laissé pour ce faire tout le nécessaire en ma maison de Loches.

Elle finit d'énumérer ses dons d'une voix qui va s'affaiblissant.

— Qu'on me comprenne bien, dit-elle pour terminer. J'entends que mon seigneur le roi, seul et pour toute chose, décide et accomplisse à ma place. Il est le maître. Tout ce que j'ai lui appartient. Au-dessus de vous trois, messires, il a le pas, il est le chef. Qu'il ordonne. Sa volonté fut toujours mon amour. Ce qu'il fera sera bien fait!

Elle se tait, ferme les yeux, au-delà de la fatigue, entièrement démunie de forces. L'effort qu'elle vient d'accomplir réveille les souffrances atroces de ses entrailles. Elle ne peut retenir un gémissement.

Maître Poictevin prépare un nouvel emplâtre de

simples. Madame de Brézé s'approche du lit, essuie le front où perle de nouveau la sueur des douleurs.

Guillaume Gouffier et le seigneur de Tancarville, qui arrivent à francs étriers de Jumièges, porteurs d'un message passionné du roi sont alors introduits. Impuissants comme tous ceux qui assistent à son agonie, ils observent les derniers sursauts du corps mourant qui fut celui de la plus belle femme de son temps.

Les narines pincées, Agnès agite d'un mouvement spasmodique sa tête sur l'oreiller. Elle respire avec difficulté, serre les lèvres sur les plaintes que le mal arrache à sa chair où la décomposition commence son œuvre.

— C'est peu de chose, et vile, et fétide, que notre fragilité, l'entend-on murmurer soudain.

Ce cri d'une âme qui accepte son calvaire mais non pas la démission de sa dignité, déchire le cœur de ses amis. Madame de Brézé ne peut retenir ses larmes. Étienne Chevalier est aussi pâle qu'Agnès; Jacques Cœur, la tête inclinée sur sa poitrine, évoque le passé. Guillaume Gouffier détourne le regard.

— Maître Denis, approchez-vous de moi, reprend la voix affaiblie, plus près, je vous prie.

Le confesseur se penche vers celle qui va mourir.

— Mon Père, veuillez m'absoudre, je vous en supplie, de mes peines et de mes péchés, en vertu d'une absolution pontificale que m'a envoyée, sur ma requête, le Saint-Père, il y a déjà un certain temps. Elle se trouve actuellement chez moi, à Loches. Croyez-moi, mon Père, Sa Sainteté m'a pardonnée!

Un désir pathétique de convaincre, un besoin poignant de miséricorde élargit les prunelles claires.

— Je m'en rapporte à votre parole, ma fille. Soyez donc exaucée.

Un silence absolu s'étend sur la chambre pendant

que le prêtre officie. Tous les assistants sont à genoux. Agnès, les mains jointes, s'offre à Dieu.

Soudain, son oraison s'interrompt. Elle pousse un grand cri.

— Notre-Dame, Notre-Dame, ayez pitié de moi! Mère de Notre-Seigneur Jésus-Christ, à l'heure de ma mort, priez pour moi!

Elle retombe en arrière en un lent glissement, où on retrouve, une dernière fois, la grâce de ses gestes. Tout est fini.

Maître Denis ferme les longues paupières, trace sur le front d'ivoire le signe de la croix. A genoux, ensuite, avec ceux qui ont assisté à la fin de celle que va pleurer le roi de France, il entonne le *De profundis*.

Dehors, la neige s'amoncelle. Le Mesnil est tout blanc. C'est dans un tourbillon de flocons que s'exhale l'âme d'Agnès.

Il est six heures après-midi, ce lundi 11 février 1450.

« On ouvrit son corps, et son cœur fut enterré dans l'abbaye de Jumièges à laquelle elle avait fait de grands dons. Son corps fut conduit à Loches où il fut enseveli avec honneurs dans l'église collégiale de Notre-Dame, où elle avait fait plusieurs fondations et donations.

« Dieu l'en récompense en son âme et la conduise en paradis. »

Jean CHARTIER,
Chroniqueur de Saint-Denis,
Historiographe officiel du Roi

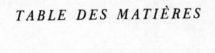

TABLE DES MATIÈRES

CET OUVRAGE
A ÉTÉ COMPOSÉ
ET ACHEVÉ D'IMPRIMER
PAR L'IMPRIMERIE FLOCH
À MAYENNE LE 9 SEPTEMBRE 1982

Dépôt légal : septembre 1982.
Numéro d'édition : 2089.
Numéro d'impression : 20206.
ISBN : 2-7103-0093-1
Imprimé en France